いつでも瞳の中にいる

崎谷はるひ

JN285187

幻冬舎ルチル文庫

CONTENTS ✦目次✦

✦いつでも瞳の中にいる

✦イラスト・梶原にき

✦カバーデザイン＝清水香苗（CoCo.Design）
✦ブックデザイン＝まるか工房

いつでも瞳の中にいる

四限目の体育は最悪だ。

ただでさえ成長期の胃袋は、朝にかきこんだ食事などとうに消化しきっている。そこにもってきてさらなるカロリー消費とくれば、若い身体《からだ》はもうくたくたで、授業終了のチャイムがまるで天使の歌声にも聞こえてしまうというものだ。

「うっはあ、腹減ったあ！」

「購買、いま行って菓子パン以外残ってっかなあ」

弁当持参のものはまだいいが、学食や購買を利用する面子《メンツ》にとってはこの着替えの数分が命取りとなる。餓鬼《がき》と化した十代の連中がこぞって押しかけた売店では、ひと足出遅れるとろくな食い物が残っていない。

「着替えてちゃ間にあわねえよなあ……ジャージで行くか」

里中佳弥《さとなかよしや》は、駿足《しゅんそく》を誇るバスケ部エースの牧田貢《まきたみつぐ》が「時間短縮すんべか」と呟《つぶや》くのを耳ざとく聞きつけ、ほっそりとした手を振りあげた。

「牧田牧田、俺のぶんも！　ハムカツサンドとチョコロールっ」

ちゃっかりした声に、長身をぐっと折り曲げて牧田はうろんな顔をする。

「あー？　駄賃含めで二割増しならいいぞ」

「ざけんな、ばーか。実費だ実費」

まったく昼食前の体育など勘弁してくれと、空腹を口々に訴えながら着替える彼らの顔には、なんの屈託も見受けられない。

校内マラソン大会を控え、近ごろの体育の授業は走らされてばかりだ。

おかげで、冬場とはいえみっしりと汗をかいた身体は湿っていて、旧校舎にある暖房のない更衣室が寒いと誰かが文句を垂れる。

ありふれた小さな焦《あせ》りと不満。漫然と続くと理由もなく信じていたささやかな日常の光景。

それが、ほんのかすかなひずみから壊れていくことを、このとき佳弥はまるで知らずにいた。

「んじゃ千円渡しておくからさ、……あれ？」

佳弥が自分のロッカーを開いた瞬間、その明るい表情はふっと曇る。どうした、と覗《のぞ》きこんできた牧田は、微妙な異変に気づいて男らしく濃い眉《まゆ》をひそめた。

「里中、またか？」

「ん……ないみたい」

ロッカーに入れておいたはずのタオルが消えていて、参ったなと佳弥が吐息すると、牧田は無言で自分のそれを差し出した。バスケ部の朝練夜練に追われるため、着替えやタオルを常時二、三枚用意している彼に、こうしたものを借りるのも今日がはじめてではない。

「わり、洗って返す」

「いいけどさあ、……なんか最近多くねえ？」

毎度迷惑をかけてすまないと佳弥が手をあわせれば、かまわないけれどと言った彼は、年齢よりも老《ふ》けて見られる男臭い顔を歪《ゆが》めた。

「気持ち悪くないか？　ここんとこちょっと頻繁《ひんぱん》だろ？　何度目だよ」

「うーん……でも返ってはくるし……」

苛立《いらだ》ったように吐き捨てた彼へ、佳弥はあまり気にしたくないと曖昧《あいまい》な笑《え》みを浮かべる。

「おまえちっと暢気《のんき》だぞ？　いたずらにしちゃたち悪いじゃんかよ。だいたい、俺が言わなきゃ気づきもしなかったたってのはどうなのよ」

「や、だって自分で忘れたのかって思ってさあ」

牧田の指摘どおり、近ごろ自身の周囲で起こる異変に佳弥が気づいたのは、最初のそれが起きてから一週間ほど経《た》ってのことだった。

シャープペンや小物のたぐいがたびたび見えなくなったことについて、粗忽《そこつ》な部分を自覚する佳弥は、いま言ったとおりに忘れ物か落とし物でもしたのかと思っていたのだ。

だがそれから徐々に頻度はあがり、教室の机に置いたままのノートや教科書が、数日間行方不明になることが増えたあたりで、奇妙なことはあるなと思った。

それでもしばらくすればそれらは戻って来ていたし、まれには友人が黙って借りていくこともあるから、佳弥自身はさほど気にも止めていなかったのだ。

「まあいいさ。ともかくこれ借りるな」

だからこの度《たび》のこれも、誰かに無断拝借されたのだろうと結論づけ、あまり心配するなと見た目の割に気の回る友人の広い肩を叩《たた》いた。

「つうかこのロッカーがボロすぎんだって」

「まあなあ……中身パチんのなんか簡単そうだし。誰かルーズなやつが持ってったんだろ」

この更衣室は出入り口こそ施錠されるようになってはいるが、個々のロッカーにさほど頑丈な鍵《かぎ》はついていない。少し器用なやつがいじれば簡単に扉は開いてしまって、だからこそ盗難防止のため、生徒が消えたあとに教員が施錠する決まりにもなっている。

「ま、だからっちゅーてひとのタオル勝手に持ってくのはどうかと思うけどな」

「それは言えてる」

いくら洗濯してあるとはいえ、他人の汗を吸ったタオルなど、普通は使いたくないものじゃないだろうか。思春期らしく、佳弥は少しの潔癖さでそう思うけれども、深く考えても詮無《せんな》いかと軽く首を振り、いやな想像を追い払った。

「まあ、財布は無事みたいだしな。おまえに限ってイジメやいやがらせでもねえだろうし」

「やなこと言うなよなあ」

「や、だからねえだろっつってんじゃんよ」

けろりと笑って牧田の長い脚を蹴《け》り、八重歯《やえば》の覗く子どもっぽい表情で佳弥も笑った。

全体にあどけなさを残した佳弥は、小作りながら、目鼻のはっきりと整った顔立ちだ。さらさらとくせのない、なめらかな形よい額《ひたい》を覆う栗色の前髪。長い睫毛《まつげ》に縁取られた大きな二重《ふたえ》の瞳も色素が薄く、光を孕《はら》んでいつでも輝いている。

造りだけならばそこいらのアイドルも顔負けのきれいな顔をしていたが、からりとした性格が前面に押し出されているため、やんちゃな印象の方が強かった。

「もういいよ、急ごう。つうか、おまえ購買！」

「げっ、やべ……ああもうどうせ間《ま》にあわねえよ、いいよ。着替えていくよ」

肩を落とす牧田に、もたもたしてると食う時間がなくなると佳弥は急《せ》かした。

ふざけあいつつ佳弥が体操着を脱げば、成長途中のまだ華奢《きゃしゃ》な骨格が表れる。肉の薄い身体つきで、ブレザースタイルの制服にもいまだ着られている感のある見た目に似合わず、佳弥はかなり向こう気が強い。だが、見目《みめ》は愛くるしいのに素直で負けん気の強いところが好ましいというのが、彼を知る人間からのおおむねの意見だ。

成績もいいわりに気取ったところもない佳弥に、友人は多かった。またもっとも仲のいいのが、性格はいいけれど喧嘩《けんか》っぱやい牧田であるせいか、短気な彼のフォローに回ることもあり、どちらかといえば相談役めいた役回りになることも多い。

そのため、妙な出来事が続いてはいても、彼に限ってはイジメのターゲットになることはまずないだろうというのが牧田はじめ周囲の評だった。

そもそもが、この高校自体の校風からして、あまりそういう陰湿な空気がなかった。

佳弥の通う私立武楠《ぶなん》高校は、この界隈《かいわい》では「無難高校」と揶揄《やゆ》されるほどに平凡で、平和な高校だ。私立とはいえとくに金持ちのボンボンが多いわけでもなく、学力も高からず低からず。これという売りもないせいで、いわゆる「滑り止め」に選ばれることが多い。

大学受験にしても高望みは諦《あきら》め、そのまま付属大学に進む生徒も多いためか、全体にのんびりした雰囲気が漂《ただよ》っている。それゆえに苦労知らずで危機感というものが基本的には薄く、ややもすれば軽い性格の少年たちは、それでもねじ曲がることもなく日々を送っていた。

創立時には男子校だったのだが、数年前に少子化の影響を受けて共学に変更された。しかしいまだ女子生徒の数はかなり少なく、そういう意味でもいまひとつ人気がない。

現在二年生の佳弥にしても、実際には第一志望は別の高校だったわけだが、力及ばずでこの高校に入るはめになったのだが、いまではこののほほんとした校風を気に入っている。

「月曜でいいよな？　タオル」

「おう、二割り増しで返せよ」

「だーから、どうやってタオルを二割り増しだよ！」

「いてっ、蹴るなっつの！　っとにもう、顔に似合わず凶暴だよな」

「めしめしめしー！」

着替えをすませた佳弥は、くだらない冗談を言う牧田にそれより胃袋の危機だと急かして、荷物をまとめる。

「あああ、もうぜってえツイストロールしか残ってない……」

「だーもういいよ、食えるもんあればっ」

更衣室から出て、我さきにと購買のある第一校舎へ走り出す。

だが気の急いていた佳弥と牧田に、勢いとともに食欲を殺《そ》ぐ、神経質な声がかけられた。

「なっ、なにやってるんだ……ろっ、廊下を走るなとっ、言ってるだろう！」

やや吃音《きつおん》癖のある鶴田《つるた》は、佳弥たちの担任である数学教師だが、最悪といっていいほどに人望も人気もない男だ。年中肩のあたりにはふけとおぼしき埃《ほこり》じみたものがたまっており、身なりが不潔なのもいただけない。

年齢はたしか三十前後と佳弥は聞いていたが、顔色が悪く頭髪も薄めで小太りの彼は、その実年齢よりも二十は老けて見える。

見た目もうだつが上がらないが、声が小さく授業も要領を得ない上、年中ひとり言を言っているせいで、男子生徒にもばかにされ、ともかく甚《はなは》だ人気がなかった。

数少ない女生徒の中には、姿を見ただけであからさまに眉をひそめ、声のした方へ、汚物でも見るかのような尖《とが》ったまなざしを向けるものもいる。

『やー……鶴センだ』

『ゲーってかんじ。キモいよね、こっち見んなっつの』

いきなり怒鳴りつけられた牧田も鶴田を嫌悪していて、普段は明るくさっぱりした性格の彼にしてはめずらしく、苛立ちもあらわな態度で眉をひそめた。

「あー。スイマセーン」

もっともな説教ではあるが、一秒でも惜しいいまは聞いていられない。顔をしかめて口さきばかりの謝罪を告げた牧田へ、鶴田はさらに絡《から》んできた。

「まっ、牧田、なんだその態度はっ」

「はあ？　謝ってるじゃないっすか。つか、昼終わっちゃうんで、購買行きたいんすけど」

「そっそっ、それが先生に対する態度かっ」

億劫《おっくう》そうにズボンのポケットへ両手を入れ、頭上から見下ろしつつ告げた牧田に、唾《つば》を飛ばすような勢いで鶴田は食ってかかった。

「だ、だいたいおまえ、この間《あいだ》のテストはなんだっ。ひどい点とって、部活かなんか知らないが、あんな調子じゃ留年するぞ、いやっ、た、退学だぞ！」

（言うか、いまそれ……）

牧田の少しうしろで、鶴田の大人げない態度に佳弥は嘆息《たんそく》する。まったくもって関係のない事柄を、しかも個人の成績に関することを廊下の真ん中でわめき散らすなど、教師のすることとは思えない。見た目や吃音だけでなく、そういうところが無神経すぎるとわからないから、彼は生徒中に軽蔑《けいべつ》さえされているのだ。

「いまそれ関係あるんすか？」

「ばっ、ばかもんが……なんだその顔はっ」

案の定、成績の悪さを暴露された牧田は広い肩を瞬時にいからせ、剣呑《けんのん》な気配を滲《にじ》ませる。しかし、こんな廊下の真ん中で教師と暴力沙汰《ざた》などになれば、分《ぶ》が悪いのは牧田の方だ。

（ああもう……挑発すんなよ）

これはどうにか自分が収めねばなるまい。内心困惑しつつも、佳弥はできるだけ明るい表情を作ると、鶴田へと話しかけた。

「先生、あのう、すみません。俺ら、昼飯まだ買えてないんです。走りませんけど、急ぎたいんで、行っていいですか？」

「……さ、さと、里中か」

大柄で強面《こわもて》の牧田とは違い、小柄で甘ったるい顔立ちの佳弥は、老若男女問わずに受けがいい。おまけにひとりっ子の甘えた気配が滲むのか、佳弥がにこにこしながら愛想を浮かべていれば相手の毒気も抜けるようで、大抵の場合は説教を免れるのだ。

「わ……わかった、行きなさい」

「はあーい、すみませんでしたぁ。……行こうぜ牧田」

舌打ちする牧田の腕をやや強引に引っぱりつつ、佳弥は笑みを絶やさない。それに対し、どうとも判断のつかない表情を浮かべた鶴田だったが、とくに咎《とが》めだてはないようだった。

「は、走るなよっ、いいなっ」

だが、そのうわずった金切《かなき》り声が不愉快だと牧田はなおも憤《いきどお》り、鼻の頭に皺《しわ》を寄せる。

「鶴センうるせえな……」

「ま、いいじゃん行こう」

苦笑してその広い背を叩いた佳弥は、軽く会釈《えしゃく》するように担任に頭を下げると牧田の背を押して歩き出す。

「だいたい里中さあ、あんなやつに挨拶《あいさつ》とかすんなよ！」

「まあまあまあ」

佳弥にしても鶴田は人間的に好きではなかったが、ああまで周りに認められなければ多少かりかりしても致し方ないと同情も覚えるのだ。

（それにもう、あそこまで嫌われてると、いっそ可哀想《かわいそう》っつうか……）

内心でこっそりため息をついて、美点の少ない教師について佳弥は憐《あわ》れみを覚える。

あれは佳弥が一年生のときのことになるが、この廊下で、鶴田は手にしていた書類をぶちまけたことがあった。採点済みのテスト用紙であったそれが、開けっ放しだった窓からの風にあおられひらひらと舞い散るのを、焦ったように鶴田は拾い集めていたのだが、それを見て手伝おうというものは誰もいなかった。

佳弥にしても、正直関《かか》わりたくはなかった。鶴田の不注意からのものであれば、それを放っておいただろうと思う。

ただ――書類で前方が見えづらくなっていた鶴田の脚に、誰とはしれない男子生徒がわざとらしくぶつかる瞬間さえ見なければ。

――あー、スミマセンデシター。

ぎゃはは、と下品な笑い声をあげて駆け去った生徒はおそらく三年の、あまりたちのよくない手合《てあ》いだった。あまり感心しないなと思いつつも、佳弥はそれに対してなにか抗議を向けることはできなかった。

十代の成長はめざましく、たった三年で大人と子どもほどの体格差を作りあげてしまう。見るからに力の強そうな上級生に、食ってかかるほどの度胸も勇気も、佳弥にはなかった。

だから、黙って書類を拾い、鶴田の前に差し出した。

彼への親切は、佳弥にとっては矮小《わいしょう》な自分の引け目からくる、罪滅ぼしの行動でしかなかった。そして当時まだ、この教師がここまで挙動不審であまりひとに愛されがたい性格をしているとは知らないからこそできたことでもあっただろう。

――先生、どうぞ。

しかし、その佳弥の声に、鶴田はありがとうともなんとも言わなかった。ただじっと、佳弥の顔をまっすぐに見ているけれど、その目は濁ったように光がない。

(なんだ……?)

なにかを確かめるようにその細い目を向けられたその瞬間、奇妙な悪寒《おかん》が走り抜けた。しかし佳弥が震えると鶴田はすぐに目をそらし、凝視《ぎょうし》するようにぶつぶつと繰り返しながら、差し出した書類をひったくった。

——ひっ、ひとを、ばかにして……なんなんだ……あいつら、なんなんだ。

なんだろうこいつ。そう思って目を丸くした佳弥の前で、這《は》いつくばるようにしていた鶴田は身を起こし、よたよたと去っていった。

——ありがとうくらい言えよなあ……。

苛立ち混じりに呟《つぶや》いたものの、目があった瞬間のなんとも言えない気持ちの悪さはごまかせなかった。

(なんっかキモかったんだよな)

このエピソードも、鶴田を毛嫌いする牧田にはとても言えた話ではないなとこっそり佳弥は嘆息する。本音を言えばあれ以来、佳弥もなんとなく鶴田は不得手《ふえて》である。だから、二年にあがり担任になってしまったときには、なんの因果かと正直嘆いた。

だが、いちおうは目上の人間である教師をばかにしたり、軽んじたりするのは、個人的に好きではない。自分の品性を貶《おとし》めている気がしてしまうからだ。

「なあ、今日ゲーセン寄ってかね？」

また、友人の苛立った顔というのもあまり見たいものではないと、佳弥が話題を変えるように帰路の提案をすると、切り替えの早い牧田はすぐに表情を変えて片手をあげた。

「あ、悪い、今日ミーティング。抜けらんね」

ちぇ、と舌打ちし、じゃあまっすぐ帰って母親に洗濯でも頼むかと佳弥も笑う。

そのまま話題は近々迫ってくる期末のテストやそのあとの休みの予定に流れていく。

「つうか牧田、今度の試験だいじょぶかよ」

「や、やべーんだよな……しかも冬期合宿、赤点保持者は参加不可なんだわ」

少しばかり成績の危うい牧田は、無事部活をこなすためにも佳弥に協力してくれと頼みこみ、昼飯奢《おご》ってくれるならいいよと佳弥は笑う。

「一教科につきパンいっこ?」

「バーカ、トータル一食、だから数学、物理、英語で三食な」

「うっそきっちー！　まけて！」

ぎゃあぎゃあと騒いでいると、隣のクラスで仲のいい菅野《かんの》が「うるせえな」と苦笑しながら寄ってきた。

「んだよ牧田、また里中に赤ペン先生？」

「この赤ペン先生暴利なんだよっ」

「どこがだよ、なんなら成功報酬でもいいぞ？　二割り増しで」

さきほどから言葉遊びになっている単語を繰り返してやると、意味もなく牧田は大笑いし、ノリについていけない菅野は「なんなのそれ、流行《はや》り？」ときょとんとする。

ささやかな日常の中での、しかし彼らにとっての大事を真剣な顔で話しあいながら歩く佳弥の脳裏では、さきほどなくなったタオルの行方《ゆくえ》など、記憶の隅に押しやられていた。

＊　＊　＊

結局牧田にふられたため、寄り道を諦めた佳弥は入学祝いに買ってもらった愛車のＭＴＢでまっすぐ帰宅した。

そして自転車置き場に愛車を収納したとたん、マンションの駐車場に見慣れた車が停まっているのに気づき、むっと顔をしかめる。

「あいつ……いやがるのか」

深みのある赤い車体は、中古のミニクーパー。八つ当たりのようにその愛らしいタイヤをひとつ蹴りつけた佳弥は、鼻息荒く吐き捨てる。

「似合わねえ車、乗ってんじゃねえよっ」

この車の持ち主はミニクーパーのちんまりした愛らしさに見合わぬ長身で、そのにやついた顔を思い出せば、どうしても胸がざわついてしまう。下校時の表情とは打って変わって渋《じゅう》面《めん》を貼《は》りつけた佳弥は、エレベーターを使おうとして張り紙に気づく。

「あ、そっか……塗り替え」

先日からこのマンションでは外壁と内壁の一部、共有部分を塗り替えている。築年数がかなり経ち、汚れの目立っていた部分を補修するためだそうだが、その間エレベーターが使えなくなるのはいただけない。

（ついてねえの。まあ、たいした距離でもないからいいけど）

最上階の八階の住人などは、塗り替え作業の時間は外出も帰宅もできなくなる。低い位置でよかったと思いつつ、佳弥は三階にある自宅へと階段を駆け上った。

「──ただいまっ」

玄関を開ければ案の定、自分よりひと回りも大きなサイズの革靴はそこにある。

八つ当たりのようにそれをも蹴散らした佳弥がリビングへ駆けこむと、おっとりとした母の声と、もうひとつ重なるように低く、けれど妙に軽い声音《こわね》が出迎えた。

「よっちゃん、おかえりなさい」

「よ。お帰り」

やっぱりと唇を噛《か》んだ佳弥は、母親と向かいあわせに座って笑みを浮かべる、どうにも軽いその声の主を睨《にら》みつける。

「昼間っからなにやってんの？」

「お茶ごちそうになってる」

険《けん》のある佳弥の声をさらりと受け流した彼は、やはりふざけた口調で母の淹《い》れたであろう紅茶を口に運ぶ。

「そういうこと言ってんじゃねえだろ、よっぽど暇なのかって言ってんじゃん」

「——佳弥、元《もと》ちゃんは用事でいらしてるのよ」

たしなめた母の声を無視したまま、佳弥は読めない微笑を浮かべる男を睨みつけた。

だらしなくネクタイをゆるめたダークスーツ。ややくせのある真っ黒な長めの髪はルーズに見えてさまになっている。細身で筋肉質の身体は全体にしなやかで、妙に危険な色気を醸《かも》し、およそ堅気《かたぎ》の仕事に就いているようには見えない。

切れ長の瞳はいつも笑っている印象が強いが、彼は基本的に鼻筋の高い端整な顔立ちだ。甘い顔立ちだからこそ、肉厚《にくあつ》の唇をやんわりと弓なりにすれば、男の怠惰な気配は強くなる。総じて、どこのホストかといった風体《ふうてい》の男を指さし、佳弥は声を荒らげた。

「だって用事ったって、いつもメシ食いに来てるだけじゃん！」

「はは、そりゃそうかも」

さらっと笑う、飄々《ひょうひょう》とした顔が気にくわない。挨拶なさいと咎める母の声も聞けず、佳弥は目をきつくする。だがそれすら平然と受け流し、『元ちゃん』と呼ばれた彼——窪塚元就《くぼづかもとなり》は、ソファからはみ出そうに長い脚を悠然と組み替え、広い肩を竦《すく》めた。

「でも、これも仕事の一環なんだけど？」

あしらわれているとわかる態度が不愉快で、佳弥の声はますます尖った。

「ひとんちで茶飲みすんのが仕事かっ」

「よっちゃん！　もう……ごめんなさいね、元ちゃん」

「いえいえ、気にしてませんよ」

食ってかかる佳弥にもしれっとしたままの男に、母はごめんねと苦笑し、愛らしい仕種《しぐさ》で細い首を傾《かし》げた。

母親、梨沙《りさ》は二十歳で佳弥を産んだが、見た目にはいまだに二十代でも通るのではないかという可愛《かわい》らしい容姿をしている。

ふわりと長い髪を軽く編んだスタイルは品のいい小作りな顔に似合い、大人のロマンティックを売りにしたブランドの服が似合いそうな雰囲気だ。

むろん梨沙は至って普通の感覚をした主婦であったから、昼日中から着飾る趣味はなく、この日もいつものように動きやすさを重視した普段着のワンピースである。

「母さんも、なんでそんなにこいつに甘いんだよ」

「昔からのご近所さんでしょう？　あなたこそなんでそんなに怒ってるの」

反抗期かしら、とため息をつく母に、複雑な心境を口にできようはずもない。

（こいつがいるとむかつくだけなんだっつうの……）

佳弥は年齢不詳な愛らしい母親の血をもろに受け継いでしまった自分の顔を嫌いとまでは

言わないが、どうにも男らしさに欠ける気がしてコンプレックスを覚えている。

ことに、いま同じ部屋にいる男の前ではなおさらそれを感じてしかたない。

シルエットは細いが、スーツの上からも見て取れる、目的に応じて鍛《きた》えられた筋力の逞《たくま》しさが成長期の佳弥には羨《うらや》ましく、また妬《ねた》ましい。

いくら服装をだらしなく装っても最終的に崩れた感じにならないのは、元就のしなやかでありながら強靭《きょうじん》さを秘めた体軀《たいく》のせいだろう。

そして——元就に対して苛立ちを覚えるのは、そんな少年らしい矜持《きょうじ》からばかりではないけれど、それこそ誰にも言いたくない。

だから会話の流れを無視して、佳弥は母親に牧田から借りたタオルを差し出した。

「母さんこれ、牧田に返すから洗って」

「はいはい……あら？」

ソファから立ちあがった梨沙は、息子の驕慢《きょうまん》な態度にため息をついたけれど、受けとったタオルを確認するや怪訝《けげん》そうな声をあげた。

「よっちゃん自分のタオルは？」

「わかんない、ロッカー入れてたらなかった」

あえて目を逸《そ》らし視界に入れないようにしていた、やたらに長い手足の男が、なにか聞き捨てならないとでもいうように飲みさしのカップを置く。

「——なかった？」

怪訝そうに問いかけてくるのを佳弥は黙殺した。とにかく元就とは、まともに口をききたくなどない。だが、疑問を持ったのは梨沙も同じようだった。

「なかったって……どうして？　朝持っていったじゃない」

「知んね。とにかくお願い、洗って」

母の訝《いぶか》しむ声に、そんなことはわかんないよと口を尖らせた佳弥は、友人のスポーツタオルを細い指に押しつける。

子どもっぽい拗《す》ね方に、ソファから立ちあがった男はくすりと笑った。

「じゃあ梨沙さん、俺はこれで。お茶、ごちそうさま」

「あら、元ちゃんもう帰るの？」

「ええ、これから仕事ですしね」

にっこりと微笑《ほほえ》んだ元就は、邪魔なほどに高い上背《うわぜい》を屈《かが》め、目を逸らしたままの佳弥の頭をくしゃりと撫《な》でた。

「じゃな、よっちゃん、あんまり梨沙さんにわがまま言うなよ」

「だっ……うるせえよ！　馴《な》れ馴れしく呼ぶな！　帰れこのへボ探偵！」

喚《わめ》いた佳弥は大きな手を叩き落とすように振り払う。だが頭ひとつ分はゆうにある身長差にものを言わせて、元就はさらにぐりぐりと佳弥の頭を撫でて笑うばかりだった。

「じゃあ、ヘボ探偵は帰ります。またねよっちゃん」

「来んな！　二度と！」

再度それを振りほどけば、その長い指は佳弥の甘い色の髪からあっさりと離れる。

「佳弥！　……もう、ごめんなさいね」

「いえいえ、じゃあまた……なにかあれば、ご連絡ください」

あからさまな態度の息子に、温厚な梨沙もさすがに声を大きくする。だが元就は気分を害した様子もなく、笑いながらその場を去った。

元就を見送ったあと、リビングはいきなり広くなったような気がした。背の高い彼の存在感をそんなことで思い知らされ、佳弥は内心舌打ちする。

（なんだよ、あいつ……）

どんなにいきり立っても笑って躱《かわ》されるのが不愉快で、佳弥の唇は尖ったままだった。しかし、背後からのひやりとした気配に、びくりと小さな唇は震える。

「佳弥、ちょっと座りなさい」

「なに」

厳しい声に肩をすくめた佳弥に、梨沙はひとり息子とよく似た瞳をつりあげる。これは本気で怒っているときの顔だと理解したが、いまさら素直な態度になれるわけがない。

「どうして元ちゃんにそんなに反抗するの？」

「……あいつ嫌い、俺」

ふてくされ、制服のタイを解《ほど》きながら部屋に入ろうとする佳弥に、梨沙は重ねて言った。

「だからどうして？　お隣に元ちゃんいてくれるから、お父さんだって安心してお仕事できるんでしょう？　それに小さいころ、あなた、元ちゃん大好きだったじゃない」

「昔のことじゃん……」

そんな覚えてもいないころの話が聞けるかと逃げた佳弥を、梨沙の声が追ってくる。

「昔ってあなた幾つ？　元ちゃん元ちゃんって言ってたころからまだ——」

「……っるさいなあ、もーっ」

「佳弥」

むっとして振り返るが、自分によく似た大きな瞳できっと睨まれ、語尾が弱まった。

（う。……怖い）

容姿こそ若作りで、少女のように見えるけれど、梨沙は気が強い。また感情的にはならず理詰めで説教をするタイプなので、結局佳弥が勝てはしないのだ。

身長こそ佳弥の方が既《すで》に十センチは大きいのだが、まだまだ迫力では母親の方が上だった。

「今度、元ちゃんに会ったら謝りなさい。あなたが言ったことは、きちんとお仕事してるひとに言う言葉じゃないでしょう。わかるわね？」

「——はい」

神妙に俯《うつむ》き頷《うなず》いた佳弥に、にっこりと笑った母は、お説教は終わりにするとその表情で告げ、佳弥はすごすごと自室に引き下がる。

「そうそう、お茶用意してあげるから、着替えたらいらっしゃい。ケーキも食べるでしょ？」

「あ、……うん」

甘党の佳弥はドアの外から聞こえる母の声に一瞬目を輝かせたが、それを誰が買ってきたものかと思い至った瞬間、眉をひそめた。

（ちぇ……あいつの土産《みやげ》かよ）

食べる気がそがれると思いつつクローゼットを開ければ、先日買ってきた筈《はず》のフリースが見あたらず、あれっと佳弥は首を傾げた。

「ねえ、母さん、パーカーないよー」

「……セーターあるでしょう？　それでいいじゃない」

ドア越しに母に聞けばなにか作業中であったのか、やや間が空《あ》いたのち梨沙にはそっけない声でそう返される。

「ちぇ……」

あれが楽なのにと思いつつ、しかたなく手に取ったセーターを頭からかぶった。乱れた髪をくしゃりとかき混ぜると、自分の指の細さに何故《なぜ》か、元就の大きな手のひらの感触を思い出す。

元就は余裕で自分をあしらう。長い指、大きな手のひら。いつまで経ってもその大きさに佳弥が追いつくことはないのだろうかというくらい、その差は著《いちじる》しいまま縮む気配がない。

（なんで、いつまでもああやって、子ども扱いすんだよ……）

ため息をしつつふと視線をめぐらせ、そこにあるものに気づいた佳弥は目を眇《すが》めた。自室のベランダ側にある机の上に、伏せたままの写真立て。手にとって、けれどそれを眺めることはできないまま、佳弥は呟く。

「……ばかじゃん、こんなもん」

里中家の家長である佳柾《よしまさ》は、佳弥が高校にあがる以前から海外へ単身赴任している。外資系の総合商社勤めである彼は、シカゴにある支社の中でもかなりの役職を任されているらしく、ここ数年は年に一度くらいしか顔を見る機会がない。

その父の姿があるため、捨てるに捨てられない写真だった。そしてそこには、さきほど苦笑しながら背を向けた男もいっしょに写っていることなど、見なくともわかりきっている。

（あいつといっしょの、写真なんて）

それはまだ佳弥が小学六年生のころのスナップで、笑う両親の手前で、制服を着た元就の腕にぶら下がっているという、ありふれた幸福そうな家族写真だった。そして制服といっても、十二も年の離れた元就は、当時もはや学生ではない。

エンブレムのついた帽子を被《かぶ》った彼は、いわゆる交番のお巡りさんだった。あの当時の元就の、涼しげでやさしそうな目元、清潔な髪型も笑顔も、なにもかもはっきりと覚えている。

「いつまで俺……とっといてんだよ、なあ」

呟きは、未練がましい自分へのものだった。大卒採用だったため、元就があの濃い青の制服を着る期間は長くなかったが、それだけに貴重なスナップで、捨てられない。

無邪気にその逞しい腕を信じきり、なにも心に曇ることのない、そんな表情の自分を見るのがいやで、ここ数年写真立ては伏せたままだ。

その元就は、現在では私立探偵という、ややもすれば胡散臭《うさんくさ》い職業に就いている。

だが、この写真が物語るように、数年前には彼は警察に勤務していた。元就の父親も所轄《しょかつ》署の刑事であり、彼が警察官になったことについて、なんら疑問を持つものはいなかった。

だからこそ、突然彼が警察を辞《や》めたときには、けっこうな騒ぎにもなったのだ。

(……あんなやつじゃなかったのに)

じゃれつく自分を、あたたかなまなざしであやしてくれた、やさしく賢い、隣のお兄さん。

彼を大好きだったなんて、母に指摘されるまでもなく、苦い思い出とともに自覚している。

あのころの元就は、ひとを食ったような曖昧で読めない笑みなど、浮かべるひとではなかった。佳弥の本気を笑って躱《かわ》すような、遠い距離を見せたりもしなかったのに。

(なんで、あんなんなっちゃったんだ)

唇を噛んで、佳弥は過去を見つめるように虚空《こくう》を睨んだ。

＊　＊　＊

元就とは、佳弥が産まれる前からのお隣づきあいだ。

このマンションがまだできたばかりのころ、窪塚、里中の両家ともが、時期を同じくして移り住んできたと聞くから、佳弥の年齢の分だけ、隣家とは関わりがあることになる。

当時から留守がちだった佳弥の父親が、隣が刑事さんなら安心だと、なにかと頼りにするようになり、親交は深まった。また窪塚家は男所帯で、元就の母は彼が幼いころに病《やまい》に倒れ、亡くなっていたため、まだ小学生の元就を、梨沙は自分の息子同然に世話を焼いていた。

そして佳弥にとっても、元就は兄のような存在だった。互いの父親が不在気味であることも手伝って、佳弥は元就に本当の兄弟でもここまではと言うほどに甘やかされ、甘えてきた。

背が高く、やさしく聡明《そうめい》な彼が、佳弥は本当に大好きだった。

――もと、もとちゃー……？

舌足らずな声で、幼かった佳弥がまっさきに口にしたのは、パパ、やママ、ではなく、元就の名前だったと聞かされているほどだ。

そして少しずつ成長し、小学校に通うころになっても、佳弥の元就びいきは変わらなかった。むしろ長じるにつれて、べったりとまとわりつくようになっていたかもしれない。

幼いころの佳弥は、引っこみ思案でおとなしい子どもだった。

幼少期、ことに男の子は性格を形成する際に、父親がそのモデルとなる場合が多い。しかし佳弥の場合はその対象が不在がちなため、少年らしい遊びや振る舞いを知るのが少しだけ遅くなった。おまけにどこからどう見ても女の子にしか見えないような容姿のせいで、幼稚園のときには少しばかりいじめられた。

――なんで？　ぼく、どうしてやなことされるの？

泣きながら理不尽を訴える佳弥をあやし、なだめたのが当時高校生の元就だった。

――いい？　よっちゃん。いやなこと言われても、気にしちゃだめだ。それから、言い返してもっと悪いことを口にするのも、いけないよ。

転ばされて怪我《けが》をした、小さな膝《ひざ》小僧を手当てしながら教えてくれた元就は、いたいのいたいのとんでけーと笑って言った。

――よっちゃんが哀《かな》しいと思って泣けば、もっと相手はいやなことをしようとするかもしれない。だから、こんなの平気だ、って笑ってやりな。

怖いことが起きるんじゃないかと怯《おび》えれば、頭の中で膨《ふく》らんで、どんどんもっと、怖くなる。だから、どんなことが起きても自分自身がだいじょうぶだと思ってさえいれば、ものごとはなんでも本当にだいじょうぶになるのだと、そんな言葉で彼はいつも教えてくれた。

――それに、俺はよっちゃんの味方だよ。なにがあっても、どんなときでも。

――ぜったい？　もとにい、ぜったい？

――うん、ぜったい。

なにかあったら助けてあげると、繰り返し膝の上で揺らされ、涙を拭《ふ》いてくれた長い指。指切りげんまん、と繰り返すうちに、怪我の痛みも飛んでいった。

――ただし、よっちゃんも強くなんなきゃ。やられっぱなしじゃ、つまんないぞ。

――うん！

正当な反撃なら思うさまやりなさいと、いたずらっぽく笑う元就の教えに従い、佳弥はどんどんやんちゃになった。そうして、小さいから、女みたいだからといじめられることはなくなり、見た目に反して暴れん坊で元気、という印象が周囲に浸透していった。

そうして明るく元気になっても、佳弥のたくさんいる友だちの中でいちばんに優先したのは、十二も年の離れた元就のことだった。

――もとにい、ただいまっ！

――おかえり、よっちゃん。

遊んで家に帰ると、いつでも母より早く、元就が自分を迎えてくれた。

詰め襟の制服を着た彼は、小学生の自分よりも帰宅が遅くて当然だ。わがままだが、自分がぽつんと彼を待っているのは泣きたいほど寂しくなるので、佳弥は先の帰宅がいやだった。

だから、彼からの「おかえり」のひとことを聞くために佳弥は学校帰りに時間を潰《つぶ》した。

そして元就が帰宅した直後を狙《ねら》って、家に飛びこむようにしていたのだ。少しでも遅れすぎても、早くてもいけない。遅ければ元就と過ごす時間が減ってしまうし、早すぎれば彼の「おかえり」を、いちばんに聞けなくなってしまう。

——今日はどこで遊んだ？

やさしく促《うなが》されて、おぼつかない言葉でたくさんの事柄を彼に語った。勉強も遊びも、そのほかたくさんの知識も、まず最初に佳弥が覚えるのは元就の言葉からであり、その所作《しょさ》からであったのだ。

そんなふうに佳弥にとって、元就は世界のすべてで、そして誰よりも大好きなひとだった。憧《あこが》れのお兄ちゃんは憧れのお巡りさんになり、佳弥の生きる上での指針として、幼いころから常に隣にいた。有名進学校から有名大学を経て、三年の交番勤務を終え、彼が警視庁に勤めるようになったときには、ヒーロー像としての元就は完璧なものとなっていた。

本当は「無難高校」などではなく、元就の母校である有名進学校に佳弥は進みたかったのだ。残念ながら偏差値にして一〇ほど学力が追いつかないせいでそれは夢と消えたが。

しかし、いまとなってはそれもよかったさ、と内心の苦みをこらえて佳弥は思う。

ヒーローは虚像だったと思い知らされる出来事は、佳弥が中学生にあがると同時に起きた。

変化のきっかけは、いま思うに元就の父が病気でなくなったことだったろう。壮年の刑事の激務に耐えかねた心臓が突然の発作を起こし、ひどくあっけない最期《さいご》を迎えてしまった。

大学からのキャリアとして警察勤務をした元就と違い、彼は生涯、平の一刑事であり続けた。しかし、人柄を慕う人間は多く、佳弥も参列した葬儀ではたくさんのひとが訪れた。

喪服の代わりに正装の制服に身を包んだ警察官たちが集《つど》い、出棺時には敬礼で見送るなど、通常の葬儀とはかなり違った印象深い光景を、佳弥もいまだに覚えている。

青ざめた顔で喪主を務めた元就は、粛々《しゅくしゅく》と式を執《と》り行い、最後まで立派だったと褒《ほ》め称《たた》えられる父を悼《いた》むひとびとに、礼を尽くしていた。

佳弥も、窪塚氏を尊敬していた。あまり愛想はなかったけれど、なにより大好きな彼の父親であるというだけで、好意を持つ理由には充分だったのだ。

(元にい、きっとおじさんみたいな、刑事さんになるんだろうな)

洟《はな》をすすりつつ喪服に身を包んだ年かさの幼馴染《おさななじ》みを見つめ、佳弥は思った。ひとりになった彼を痛ましく感じつつも、きっとそのつらさも乗り越えてくれるひとだと信じていた。

だが——界隈でも評判の優等生だった品行方正な青年は、晴れて刑事になって一年も経たぬうちに、突然のドロップアウトをぶちかましたのだ。

——警察は、辞めます。

父親の葬儀から半年も経たないうちに、そう宣言した元就に、なんの冗談かと思った。佳弥にとっては青天の霹靂《へきれき》で、冗談だろうと呆然としている間に、本当に彼は職務を捨てた。

また、元就の変容はそれだけには留《とど》まらなかった。退職後、どこぞの企業にでもに就職したのならともかく、彼はいきなり自宅を事務所に改造し、『探偵』などというものに職替えしてしまったのだ。

その行動は佳弥にはまったく理解の範疇《はんちゅう》外で、見知った筈の存在が突然宇宙人にでもなったかのようなショックを覚えてしまった。

窪塚探偵事務所と掲げられた看板を見るたび、違和感を覚えてならなかった。

おまけに、その仕事内容ときたら、とてもまっとうな仕事には見えなかった。依頼人が出入りするのは見かけるものの、その後に佳弥が見かける元就は大抵、くわえ煙草《たばこ》でふらふらしていたり、棒つき網片手に逃げた飼い猫を追いかけていたりと、至って暢気《のんき》な姿が多い。

要するに、実質のところなにをやっているものだかまったくわからず、佳弥にはいい年をしてぶらぶらしているようにしか見えないのだ。

見た目にも、それまでの爽《さわ》やかで清潔なスタイルをかなぐり捨てたように、元就はだらしなく髪を伸ばしはじめた。いちおうスーツとはいえ、ルーズさの目立つ格好をするようになった彼は、表情さえも色を違え、見たこともない皮肉で怠惰《たいだ》な笑みを浮かべるようになった。

しばらくぶりに顔をあわせたとき、これは誰だろう、と呆然《ぼうぜん》としたのを、佳弥はいまでもよく憶《おぼ》えている。

——おう、よっちゃん。久しぶり。

笑う目元にはかつてにない翳《かげ》りが浮かび、そのどこか読めない気配にぞくりとなった。

——なに、その格好……。

——似合わない？　けっこう気にいってんだけどなあ。

長身の割にぴんと伸びた背筋、清潔な短い髪にカジュアルな服装のよく似合う、爽やかないままでの絵に描《か》いたような優等生的ファッションからすれば恐ろしいまでの変化だった。ゆるめたタイもさきの不揃《ふぞろ》いな長い髪も、元就じゃない誰かのようでいやだった。だが不潔感があるわけではなく、見場のいい元就にはそれはそれなりに——いやむしろ野性的な雰囲気に似合っていて、それだけによけい、複雑な反感は募った。

——なんで？　元にい、なんで？

——なんでって、なにが？

唐突な変貌《へんぼう》の理由を、当然ながら佳弥は知りたがった。

元就の父親が病気で亡くなったことと、なにか関係があるのかと勘ぐったこともある。だが、母をはじめとした大人たちはそのことについてなにも取り沙汰しなかったし、佳弥がいくら問いかけても、元就ははぐらかすように笑うばかりだった。

——なんで変わっちゃったの？　なんで教えてくれないの？

中学生になったばかりの佳弥は同じ問いを繰り返し、そのたび曖昧に笑う元就に傷ついた。

——なんなんだよ、教えてよ、どうして!?

——べつに？　理由なんかないよ。

——なんでごまかすんだよ、なんで言ってくれないの⁉

相手にもされないのかと苛立ち、困惑したのも佳弥の勝手とわかっている。

それでも多感な時期、自我の同一視さえしてしまいそうなほどに慕った、年上の幼馴染みに突然に示された距離は、佳弥にはあまりにも寂しかった。

寂しくて哀しくて、相手をなじる以外になんの方法も見つけられなかったのだ。

——もういい、元にいなんか知らないよ……‼

押し問答の末、癇癪《かんしゃく》を起こして叫んだその日から、元就との会話は恐ろしく減った。

憧憬《しょうけい》の強かった分失望も大きく、音を立てて崩れた理想を、佳弥は「見なかったこと」にすることで、折りあいをつけるしかなかった。

なにを言ってもあしらうような笑みを浮かべられるだけだから、素直な言葉を発するのが怖くなった。相手にされてもいないのだと——思い知るのが、つらかったから。

＊　＊　＊

「——佳弥？　お茶、冷めるわよ？」

「あ……はあーい」

伏せたままの写真立てに手をかけ、惑《まど》う瞳を揺らしていた佳弥は、母の呼ぶ声にはっとする。そして少しだけ投げやりな返事をした。

あれから数年。元就の態度は変わらず、佳弥もいまでは憎まれ口を叩く以外にコミュニケーションも取れない。そうでもなければ、もうとうに捨てたはずの思慕を、思い出してしまいそうだったからと――近ごろとみに元就を疎《うと》ましく思う理由がもうひとつ。

「手を洗いなさいね」

「子どもじゃないって……」

「あら。佳弥はママの子どもでしょう?」

やわらかな声でにっこりと微笑む梨沙の顔が、まっすぐに見られない。やましい想像をしてはひとり拗ねている自分が、恥ずかしいからだ。

(なんで最近、いっつもいっしょにいるんだろう……)

近所でも評判の店のタルトタタンを口に運びながら、佳弥はぼんやり考える。フォークで切り分ければ幾重にも層を重ねたパイ生地がしっとりと崩れ、肉厚でさっくりした林檎《りんご》をカスタードでコーティングした中身が口の中でとろけるようだ。

だがその美味な菓子さえ苦々しく思うのは、さきほどこのソファに座っていた男のことがどうしても癇《かん》に障《さわ》るからだ。厳密に言えば、そこで対峙《たいじ》していた母との取り合わせが。

近ごろの佳弥は、母親と元就の親密さが、どうにも気に障ってしかたない。

(……二十九と、三十七って、わりと……ふつうの組みあわせ、だよな)

母と元就のいる光景は、傍目《はため》には充分恋人同士と言っても通じるであろう釣りあいが取れている。正直、そろそろ老いの混じりはじめた父親よりもむしろ絵的に馴染むようだった。両親は佳弥と元就のそれに同じく、十二の年齢差がある。けれども、母、梨沙と元就のそれは八年の開きしかないことも、苦い想像を駆り立てる要素のひとつだ。

ひとまわり違う年齢差の両親が、猛烈な恋愛結婚だったことはいやというほど佳弥は聞かされていた。隣家とは長いつきあいで、まるで親戚の間柄のように親しいことも、ひとり暮らしの元就の生活を案じる母が、純粋に好意から食事などを世話していることも、理性ではわかっている。

だが具体的ではないにせよ、佳弥がどうしてもよからぬ想像をしてしまうのは、梨沙があまりに年齢のわりに若々しいうつくしさを保っているせいでもある。

「なあに？」

「んーん……」

じっと見つめたさき、小首を傾げて笑ってみせる梨沙は、息子のひいき目を抜いてもまだ充分に愛らしい。授業参観などで学校に来る折りには、「お姉さんですか？」などと問われてしまうほどに若々しい彼女は、いつでも佳弥の自慢で、純度の高い愛情の対象であった。

そんな母親に対して、いらぬ想像をしてはもやもやする自分こそがあさましいようで、佳弥はよけいに落ちこんでしまう。けれどどうしても、向かいあうふたりを見た瞬間には、いつもひどく苦いものがこみあげてしまうのだ。

「さっきのタオル、洗っておいたから明日には乾くと思うわ。牧田くんにお礼言いなさいね」

「もー、わかってるよ」

母を信用してはいる。だが元就については正直、わからない。

「それから、あとでお夕飯、元ちゃんに持っていって」

「ええー」

「えーじゃありません。ちゃんと謝っていらっしゃい」

ぴしりと決めつけられ、はい、と佳弥は俯《うつむ》くしかない。しかし、やはりいやだなと尻の座りが悪くなった。

（また……女のひと来てたら、どうすりゃいんだろ）

たまに見かけるが、元就の部屋には水商売ふうのタイプからお堅そうなＯＬ、果ては佳弥と同じ頃合いの少女までがよく出入りしている。それが仕事柄なのかそれともプライベートなのかは判断つかないが、見ていて気分のいいものではないのはたしかだった。

（あいつ、いかにも女好きそうだし……）

どんな女でも、元就には似合うだろう。この清潔な母にしても、女というイキモノであるのは佳弥の存在自体が証明しているようなものだと思い、自分の考えに吐き気がした。

思春期特有の過敏さと潔癖さが、過剰な反応を引き起こしているのだ。そうして自己分析をしてみても、悶々《もんもん》とする感情はいまの佳弥にはうとましい。

(俺も、なんでこんなことばっかり考えちゃうんだろう)

下司《げす》なことを一瞬でも考える自分も、考えさせてしまう元就のことも、不愉快で鬱陶《うっとう》しい。

(……煙草臭い)

さきほどまで元就がいた証《あかし》のように漂う、フレグランスと煙草の匂《にお》い。好物のタルトタタンも、彼の残り香に風味を壊されるようで、少しも美味《おい》しく感じられない。

そうしてますます佳弥は、元就を嫌いになっていくのだ。

＊　＊　＊

夕刻をすぎ、母に言われて夕飯を差し入れたとき、喧嘩腰で別れた男に対して結局、佳弥は謝れなかった。

「お？　よっちゃん、どした？」

「これ、母さんが」

玄関のドアにつかえそうな長身を軽く屈めた元就は、薄く微笑んだ顔で出迎えてくれた。なにもなかったような顔をされるから、喉《のど》に引っかかっていた「言い過ぎてごめん」という単語は飲みこまれてしまい、つっけんどんに鍋《なべ》を突き出すしか佳弥にはできない。

「あ、ロールキャベツ。好きなんだよな俺」

だが元就は、佳弥の態度など意にも介さず、差し出した小さなホーロー鍋の蓋《ふた》を取りあげて嬉《うれ》しげに笑った。

「おい……こんなところで開けるなよ」

「ああ、ごめん。行儀悪いね」

睨むと、また笑いながらあっさり謝られた。昼間の佳弥の暴言など、まるで聞かなかったかのようなその表情に、安堵《あんど》と反感が半々で胸にこみあげて、なんだか苦しい。

「よっちゃんはもう食ったの？」

「済んだ」

「なんだ残念……いっしょに食べればいいのに」

微《かす》かに喉に絡むような、独特の低い声が囁《ささや》くように告げて、なぜだかどきりとした。

感情の読めない甘い笑みは、肉厚のやわらかそうな唇のせいだろうか、やさしいけれど少し淫靡《いんび》な感じがする。

そう感じてしまうのが、なにも元就ばかりが変わったせいではないことくらい、本当は知っていた。かつては気づけなかった元就の醸し出す艶《つや》のようなものを、感じ取れる——意識するようになってしまったのは、佳弥の成長にもよるものだ。

元就の、このむやみやたらに垂れ流されているたちの悪い色香《いろか》も、佳弥が奇妙な苛立ちを覚えてしまう要因のひとつだ。

（なんなんだよ、その意味深な声は）

近所の子ども相手でこれなのだ、妙齢の女性相手にはたまったものではなかろう。そうやって片っ端から女でも連れこんでいるのかと想像すると、むかむかとまた胸が悪くなる。

「なんでアンタといっしょにメシ食わなきゃなんねえの」

だから不機嫌顔でさらにつっけんどんな声を出すのに、元就はこたえた様子もない。

「だってひとりでメシ食うの寂しいよ？　こう、むなしーい感じして」

「勝手にむなしくなってろよ」

「つれないなあ」

にやけやがってと毒づきつつも、どこかでそうやって茶化してくれてほっとしている。さんざん噛みついておいていまさらながら、元就に不快な顔をされるのはやはり怖いのだ。

（ばかじゃん……俺）

幼い佳弥に笑みかけてくれたあのころから、元就のやさしさは変わっていない。つっかかるのもしょせん、それを確認したいからなのだろうかと思えば、自分の幼稚さがいやになる。

「なにがつれないいんだよ。つってどうすんだよ、俺を」

「痛い痛いっ」

感傷を覚えるのが癪《しゃく》で、甘ったれたことを言うなと長い脚を蹴ってやると、痛いよと元就は喉奥で笑った。

「まあいいや、ママにお礼言っておいて」

ありがとうねと言った元就は、片手で鍋を受け取りまたくしゃくしゃと佳弥の頭を撫でた。

「だから、ガキじゃないってっ」

やめろよと首を振りながらも、さきほどまでの強い拒絶を佳弥も浮かべられない。

所作のやさしさに触れて痛感する。結局いつまでも、元就にとっては佳弥は子どものままなのだろう。まじめに相手をする気にもならないくらいに。

「じゃあ、俺帰る」

用事は済んだと背を向ければ、不意にまじめな声で呼び止められた。

「——ああ、佳弥。ちょっと」

「な、に？」

幼いころの呼び名をそのままにする彼には、佳弥、と呼ばれることはあまりない。

めずらしい呼びかけと、その響きの強さにもどきりとして振り返れば、見たことのないような表情の元就がいた。

「タオルだけ？」

「え？」

「いや、なくなったのって。他にもなくなったりしてない？」

そして、奇妙に見透かすようなことを問われ、佳弥は不安感に襲われた。

近ごろ起きている紛失については梨沙にも話していない。校内でも、さすがにこうまで続くのは妙だと訝っているのはとくに親しい牧田くらいのものだ。

（わざわざ、なんでそんなこと……）

元就はなにか知ってでもいるのだろうか。そして些細《ささい》なはずと決めつけていたあの事柄は、もしかすると思う以上に面倒なことだというのだろうか。

「……なんで？　なんか……あんの？」

この元就が、気にするほどに。そう考えることこそが、無意識の部分で彼を信頼している自分に気づかないまま、佳弥は上目《うわめ》に彼を見つめた。

だが、動揺を声にも顔にも隠せないままの佳弥に、ふっと元就は微笑んでみせる。

「いや？　……最近、島田《しまだ》に校内荒しとかの話よく聞くから、ちょい気になっただけ」

元就の飄々とした声に、なんだ、と佳弥は少し肩の力を抜き、小さく笑って見せた。

「なんだよ。島田、まじめに仕事してんの？」

「おまえねえ、いちおう目上なんだから呼び捨てよしなさいよ」

「そっちだって、先輩呼び捨ててんじゃん」

「俺はいいの。同期だったから」

島田というのは高校時代からの元就の友人で、いまは第一線の刑事として活躍している人物だ。島田は元就よりも少し年かさで、さらに食えない性格をしている。

彼らは先輩後輩の間柄ながら、ため口を叩きあう仲である。どうやら島田が大学受験時に浪人したため、就職時には同期になってしまったかららしい。

くせのあるあの刑事は年中佳弥をからかってくるので多少苦手だが、信頼には足る。情報も現職警察官の島田からならば、それは実際の話だろう。

「べつに、なんもねえよ」

明るく笑《え》んでみせたそれは、元就のように上手《うま》く感情をごまかせるものであるかどうかわからなかった。だが、ほんのわずかに目を瞠《みは》った男が探るような視線をやめたところを見ると、追求は無理と思わせるのに充分だったのだろう。

「——なんかあったら」

じゃあ、と今度こそ背を向け、数歩さきの自宅のドアに手をかけた佳弥に、元就の静かな、だが真剣な声が追ってくる。

「なんかあったら、俺でも、島田でもいいから、言えな」

真摯《しんし》な声は胸を打ち、痛みにも似たものが走り抜けたことに佳弥は狼狽《ろうばい》した。

「なんもねえってばっ」

素直には頷けず、まっすぐに顔も見られないまま言い捨てるようにしてドアの向こうに消えたのは、情のこもった声が気恥ずかしく感じられたせいだった。

そして、赤くなった佳弥が荒い所作でドアを閉める瞬間、楽しげに笑った気配がしたのは決して、気のせいなどではなかった。

＊　＊　＊

明けて月曜の朝から、佳弥はその細い眉をひそめることになった。

席に着くなりまたもや教科書が消えていたからだ。本日の被害は数学と物理の二冊。折悪《おりあ》しく一限目から数学で、焦りとともに不快感を覚える。

（また？　っていうか……ついに、か？）

予習の必要な教科などは前日に持ち帰るため、授業に影響があったことはいままでなかった。だが先週末はタオルの件もあり、ばたばたしたせいでうっかり忘れてしまったのだ。

「やっべ……なあ、牧田、A組今日数学あるっけ？」

「ん？　……なんだよまたかよ」

佳弥の問いかけに、さきんじて察した牧田は濃い眉をひそめ、目顔《めがお》で「やばくないか」と問いかけてくる。だがその心配顔にも、佳弥は答えることはできなかった。

（なんなんだろう……これ……）

いままでなくなったものは、こんなふうに授業やなにかに差しつかえるものはなかった。

それだけに気にかけることもなかったが、今回よりによって月曜の朝、二時限続けての授業分の教科書「だけ」がない。

これはあきらかに、なんらかの意図を感じてしまう。佳弥はさすがに薄ら寒いものを覚え、本当にだいじょうぶなのだろうかと不安になった。

(戻って、来るのかな……?)

これまで紛失したものが大抵は二、三日で戻ってきたとはいえ、それも今後の保証のないことでもある。

「おい里中、だいじょぶか?」

「う……ん」

同じ不安を覚えたのだろう牧田の声は硬い。しかし本鈴までの時間がないことに気づくや、借りに行ってこいと顎《あご》をしゃくった。数学は担任、鶴田の授業であるため、ホームルームからそのまま移行する。いまを逃しては借りる時間がないのだ。

「つか、とにかく借りてこいよ。確かA組なら、菅野が教科書持ってんべ……早くしろ」

「う、うん。行ってくる」

牧田の急かす声を背にしたまま、佳弥は慌てて向かいのA組に走りこんだ。

「菅野！　菅野いる？　数学持ってない!?」

「あるよー。サブテキは？　いる？」

「そっちも貸してっ！」

菅野に声をかけると、牧田の予想どおり彼は数学の教科書はおろか、ほぼ全部のテキストを教室に置いたままだった。助かったと胸を撫で下ろしつつも、ふと疑念が湧《わ》く。

「さんきゅ！　でも……おまえそれでなんで成績いいの？」

置き勉のわりには、菅野は学年でも常に上位に入る成績の持ち主だ。見た目もぼんやりおっとりとして見えるし、適当に遊んでいるようにしか見えないのに、入学以来ひと桁《けた》台からその順位を落としたこともない。

「そんなん、ガッコで授業受けてりゃわかんじゃん。つーか予鈴予鈴」

「あ、おう。あとでまた！　……つかそれおまえ、嫌味だから」

なかなか謎《なぞ》な友人に眉をひそめつつも教科書を借り、席に駆けこんだところで鶴田の陰気な顔が教室に入ってくる。

「せっ、席につけっ」

そのまま、おざなりなホームルームで連絡事項を伝達すると、授業が開始になる。

（セーフ……間にあった）

ほっと息をついた佳弥が開いたテキストには、菅野のふにゃけた字で、今日やる予定の問いに対する答えが書きこまれている。

（お、却《かえ》ってラッキーだったかな）

胸を撫で下ろす佳弥は、斜め前の牧田が心配そうに振り返るのに、だいじょうぶ、と目顔で語る。しかしその姿を見咎められたらしく鶴田の引きつった声が、唐突に佳弥を指した。

「じゃっじゃあ、里中この設問、前で解いて」

「――はーい……」

見つかったかな、と首を竦めつつ、今日は秀才菅野の答えも見ているので佳弥はのんびり立ちあがった。もとより数学は得意なので、さほど焦りもしないのも本音だ。

黒板に向かってチョークを滑らせた佳弥に、鶴田はいつでも不機嫌そうな瞳をじっと当てていたが、解答が模範的なのを確認するや「いい」とひとことで佳弥を下がらせた。

(悪い、喋《しゃべ》ってるのばれた)

(いいよ、気にすんな)

席に戻る途中、牧田とすれ違いざまに目顔で会話をする。とりあえずこれで、残る時間は鶴田のわかりにくい説明を聞いていればいいと、椅子に腰掛けつつ佳弥はほっと息をついた。

しかし、広げた友人の教科書を眺めるうちに、じんわりとした不安感がこみあげてくる。なぜこうもたびたびこんなことが起きるのだろう。不安感を伴う懸念《けねん》が自分の中で次第に広がっているのを感じて、佳弥はかすかに肩を竦め、かぶりを振った。

(……気にするのは、よそう)

悪意や負のエネルギーは、本人が意識した瞬間に襲いかかってくるものだ。それに怯《おび》えればなお、不安が恐怖を倍増する。だから少しばかりの不安なら、気にせず笑い飛ばしてしまえばいい——と、身についてしまったポジティブシンキングで不安感を取りはらおうとした佳弥は、ふとあの低い声を思い浮かべた。

——よっちゃんが哀しいと思えば、もっと相手はいやなことをしようとするかもしれない。だから、平気だ、って笑ってやりな。

誰がこういう考え方を自分に教えたのか思い出したとたん、佳弥の表情は静かに曇る。

理知的な黒く澄んだ瞳で、だいじょうぶだと繰り返し、泣きじゃくる佳弥を膝に抱えた長い脚の持ち主は、言うまでもなく元就だ。

(あいつのはポジティブシンキングつーよりタダの考えなしだろうけどなっ)

ふんと鼻先で笑い飛ばそうとして、しかし佳弥の眉はひそめられたままだ。

——なんかあったら、俺でも、島田でもいいから、言えな。

射貫《いぬ》くようだった黒い瞳と、心配を滲ませた声音を思い出せば、また胸が動悸《どうき》を早める。

反射的に理由もなく怖いと思って、しかし、混乱のまま蘇《よみがえ》る記憶の中、同じ声がまたべつの台詞《せりふ》を囁くのだ。

——俺はよっちゃんの味方だよ。なにがあっても、どんなときでも。

やさしい、魔法のような低い声であやされた記憶がひどく苦い。だが同時に、ざわざわとした胸を鎮《しず》めたのは、記憶の中原体験のように残る、元就のあのくぐもった甘い囁きだ。

「……っ」

ふっと遠くなっていた眼の焦点をあわせれば、いまは授業中で、友人の字が端々《はしばし》に書き散らされた教科書に数式の羅列が躍っていた。

(……だいじょうぶだ)

だいじょうぶ。なにも、怖いことなど起きていない。平穏な、退屈なほどあたりまえの日常がいま、佳弥の目の前にちゃんと存在しているのだと、自分に言い聞かせた。

「と、いうわけで、次回はこの範囲の分、し、小テストにするから」

鶴田の声に幾つか瞬《まばた》きをして、昨晩の記憶の中に沈んでいた意識が戻ると同時に授業終了のチャイムが鳴った。

(あ……)

小テストと言う言葉にはっとなり牧田を見やれば、振り返った彼は唇の動きだけで「寝てんじゃねえよ」とからかってくる。

愛想笑いでごまかし、佳弥が終了の号令に席を立った瞬間、首筋を、ちりっとしたものが走った気がした。

「――――?」

顔をあげたが、あたりを見回しても誰も佳弥を見てなどいない。

(気のせい……かなあ?)

ひどく強い視線だったように思うのに。休み時間に入った教室の中は混沌としていて、生徒たちの蠢《うごめ》く教室の中はそんな気配もなかった。

「里中？　菅野にそれ、返さなくていーの？」

「あ、ああ」

ぼんやり立ち竦んだ佳弥に、牧田が声をかけてくる。はっとして手元のテキストをまとめながら、内心で舌打ちをする。

どうにも胸がざわついてしまうのは、元就が不穏なことを言ったりしたせいだろう。

（だいたいあいつが、思わせぶりなこと、言うから……っ）

そう結論づけて、とりあえず借りた教科書を返すべく、佳弥は教室から出ていく。

廊下に出た瞬間またその視線を感じた気がした。しかし周囲を見渡しても、喧噪《けんそう》に包まれた校舎は、皮膚をざわめかせる視線の在処《ありか》も曖昧にしてしまう。

（気のせいだよな……？）

本当に考えすぎなのか、そうでないのかさえもわからず、ただひどく居心地の悪い感触を味わいながら、竦む足で佳弥は廊下を歩き出す。

背中に、粘り着くほどの冷たい汗をかく。ひんやりとした水の気配に窓の外を眺めれば、いまにも泣き出しそうな空の色。

「また、雨かな」

重い鈍色《にびいろ》の曇天《どんてん》は、気分さえも塞《ふさ》がせる。やがて来る秋の長雨は冷たく、激しくはないけれどもいつまでも降り続く。

その雨のように、異変は静かに、けれど確実に佳弥を包みはじめていた。

＊　＊　＊

「……てっ」

混みあった私鉄の中で押しつぶされ、細い首を苦しげによじった佳弥は、あまりの圧迫感に小さな声を漏《も》らした。振動の度にあちらから押されこちらに揉《も》まれ、慣れないラッシュの混雑に辟易《へきえき》のため息をつく。

（うー、すげえ混《こ》み混み……）

このところの雨天に、普段通学に使用しているMTBは使えなかった。佳弥の住んでいる地区は高台にあるやや奥まった住宅街で、自宅のマンションまでは坂道が多い。

雨の日には滑りやすく、事故も多いので危険な区域で、そのために長雨の時期には電車通学にせざるを得ないのだ。

「痛っ」

よろける身体を踏ん張っていると、誰かの手にした傘のさきが思いきりすねを叩いた。

これだから雨は嫌いだと思いつつ、佳弥は痛みに呻《うめ》いてひきつった。なんとか体勢をずらそうとあがいたが、そうなれば今度は、目の前のＯＬにじろりと睨まれ、いたたまれない気分になる。

（べつに痴漢じゃないってば……）

思わず鞄《かばん》を持った手を胸まで両方掲げ、卑猥《ひわい》な意図などないとアピールする、そんな神経の使いようにも疲れてしまう。

それもこれも雨のせいだ。早くやんでくれないだろうかと、内心泣き言を漏らしていれば、ターミナル駅が近づいてきた旨の、独特のイントネーションのアナウンスが聞こえた。

『次は船場、船場に到着します。お降りの際には傘などのお手荷物にお気をつけの上、右側のドアを――』

（うっしゃ、次で移動しよう）

路線乗り換えの多いそこでは、かなりの人数が入れ替えになる。一瞬の隙《すき》を狙ってドア脇《わき》に移動するぞと身構えた佳弥は、ホームに滑りこんだ電車が徐々に失速するのを見計らい、鞄を抱え直した。

『船場――船場です』

アナウンスと同時に軽い音を立ててドアが開くと、どっとひとが流れはじめる。

（うお、ととと……すみっこすみっこ）

華奢な佳弥はそれに押し流されそうになりつつも、どうにかドア脇のコーナーに身を滑らせ、身体をもたれさせることができた。出ていった人数より乗りこんでくる人数の方が少なく、幾分か空《あ》いた空間に安堵した乗客を乗せて、電車は再び走り出す。

（あ、だいぶ空《す》いた……かな？）

少なくとも押し寿司にはならずにすみそうだ。佳弥がほっと息をついて、目の高さの曇ったガラス窓に額を押しつけた瞬間、背後に不穏な気配を感じて身じろいだ。

（――え、っ？）

さきほどから感じるなまぐさいような匂いは、雨の日特有の酸の匂いと、狭い車内でのひといきれのせいかと思っていた。

『ふ――……ふ――……』

だが、浅く切れる息遣いが首筋に吹きつけられたことにより、佳弥はそれがすぐうしろにいる人物の体臭であると気づく。

（なに……これ……）

尻のあたりで、ごそごそと不穏な動きがした。さきほどからなにか棒状のものが当たる気がしていたが、それが傘の柄などではないと思い当たり、最初は笑いがこみあげた。

（痴漢……？　つか、間違えられた？）

佳弥もいちおう一七〇センチは身長がある。そのためか、幼いころのように少女と間違えられることも、変声期を迎えてからはなくなった。

いくら華奢で少女めいた顔立ちとはいえ、佳弥の肉の薄い骨っぽい身体は、十代の女子にしては硬質すぎるラインを描いている。近くに見れば少年であることは明らかだ。

なにより武楠高校のブレザースタイルの制服は、そのデザインのよさでこの界隈では有名なのだ。むろん男女で上着の形が違うことも、広く知られている。

（地元じゃないのかな……）

だが、間抜けなことだと苦笑を浮かべていられたのはものの数秒の話だ。佳弥の薄い尻を摑《つか》み、隙間に指をこじ入れてくる動きはあまりに執拗《しつよう》で、なにかがおかしい、と思った。

隣にはさきほど、佳弥を睨んだＯＬふうの女性がいる。てっきりそれと間違えてでもいるのだろうと失笑を浮かべていたけれど――いちど触《ふ》れればあきらかに、その薄い尻や衣服の感触で、男女差はわかるはずだ。

『ふ――……ふ――……』

だが、肉を捏《こ》ねるような手は去らない。徐々に気持ち悪さはひどくなり、佳弥がさりげなく身じろいだとたん、その手は前へと回ってきた。

（ばっかでぇ……）

最初はこれで、気づいて慌てるだろうと思った。しかし佳弥の予想に反して、卑猥な手つきはそこから去ることも、臆《おく》することもない。そこには確かに、少年の証であるものがしっかりと存在するというのに、驚いている様子もなにもなく、触《さわ》り続けるままなのだ。

（え――……これ、って）

それどころか、前に回って、なおその手は陰湿さを増した。佳弥の性器の形を確かめるように、じっくりと手のひらを押しつけ、摑み、揉むようにして握りしめてきた瞬間、佳弥の背に戦慄《せんりつ》が走った。

つまり――いま佳弥にじわじわと触れてくるこの手は、勘違いしたわけではなく。

（ホモの……痴漢⁉）

ざあっと血の気が引いたあとに、吐き気がこみあげた。恐怖に感覚の鋭くなってしまった佳弥の皮膚には、その興奮を示す息遣いや、その舐《な》めるような吐息の感触がさきほどの数十倍に感じられる。

いや――男の息がさきほどより、あきらかに激しく興奮を表し、荒れているのだ。

『ふう――……ふうう――……ふう、ふうっ』

うわんと耳鳴りがする。急激に五感が狭《せば》まったような気がするのに、佳弥の聴覚は小さくぬめった音を拾いあげ、尻から脚にぶつかる堅いものがなんであるのかを知覚してしまう。

（ひ……）

キモチワルイ。まっさきに頭に浮かんだのはその単語で、もたれた壁にある手すりを佳弥はきつく握りしめた。手のひらは白く関節が浮きあがり、小刻みに震えはじめる。

（なにこれ、気持ち悪い、気持ち悪い気持ち悪い気持ち悪い）

まさかの事態にパニックを起こした佳弥は、情けなくもかたまった。うしろの男を殴ったり咎めるどころか、恐ろしくて振り返ることさえもできない。

『ふっ、ふっ、ふっ、ふっ』

生理的な恐怖に硬直した佳弥の尻に、抵抗がないと悟った男の手は這いずり回る。べたりとしたなにかが、尻に貼りつく感触を覚えたと同時に、痛みを覚えるほどに掴まれる。

「――ひっ……！」

喉の奥で空気が鳴り、目を見開いたままの自分の身体が、だらだらと冷や汗を流しはじめるのを佳弥は知った。

（……たすけて）

執拗な手つきで粟立《あわだ》ち緊張した尻を撫で揉まれ、涙が滲みそうになってくる。

（助けて……誰かっ）

いままでには向けられたことのない、粘着質な欲望、粘《ねば》ついた感触は佳弥にもはや悪意と恐怖しか伝えてはこない。手足が冷たくなり、異様な怖気《おぞけ》に全身が強《こわ》ばる。

そして――がたがたと震えはじめた佳弥の、感覚を失い硬直した手から、握りしめていた傘の柄がふっと離れた。

「――きゃっ！」

小さな音を立てて濡《ぬ》れた傘が床に落ちた瞬間、小さな悲鳴があがり、鋭い響きに佳弥は金縛りのような状態を脱する。同時に、気持ちの悪い手のひらと気配が佳弥から去った。

「ご……めんなさいっ」

まといついていた水気が隣のOLの脚にかかったらしく、じろりと睨まれる。だが、その不快そうな視線にむしろ助かったと佳弥は息をついた。

(なんなんだ……さっきの……)

手は離れたものの不快感は去らず、いまだ腰のあたりには誰とも知れない男の手の感触が残り、そこから身体が穢《けが》されていくような気がした。このいやな感覚は、さきごろから校内で自分に纏《まと》いつく視線を感じたときのものに似ていると佳弥は思う。

(気持ち悪い……!)

誰かが自分を見ていた。けれどそれが誰なのかわからず、また周囲の誰ひとりとしてそれに気づいていないのがおそろしいのだ。

集団の中にいるというのは、普段ではあまり気にかけるようなことでもない。しかしその流れの中にたたずみ、自分以外の者がすべて「他者」であることを意識した瞬間に、どっとその集団そのものが怖くなる場合がある。

このときの佳弥はまさにその、無関心という名の疎外感をはじめて肌に感じていた。

息を呑《の》み、そそけ立った自分の身体を、自分の腕で強く抱く。そうでなければ誰も——誰も、自分を護《まも》ってくれることはないから。

とにかく次の駅で降りようと、震えの止まらない手のひらを佳弥はきつく握りしめる。

『――に到着です。お忘れ物のないよう――……』

アナウンスが流れ、電車のドアが開くなり、佳弥はもう周囲を気遣う余裕もなくまろぶように駆け出した。

「きゃ……っ」

「ばか！　痛ぇだろ、走るな！」

押しのけられた幾人かが罵声《ばせい》を浴びせたが、そんなものは佳弥には聞こえはしなかった。

（早く、早く、はやくはやくはやくはやく――……！）

ただあの場所から離れたい、逃げたい。その一心でホームに転がり出て、壁際に駆け寄り息をつく。通常使う最寄《もよ》り駅よりもふたつ手前の、利用者の少ない駅で佳弥と同じ車両から降りた者はないようだ。

ごうっと音を立て、たったいま佳弥の降りた電車が走り去っていく。周囲を見渡し、誰も追ってくる様子はないようだと確かめて、佳弥は長い息をつく。

わななと膝が震えていて、それでもぞっとするような出来事からこれで解放されたのだと、泣きたいほどの安堵を覚えた。

「あのう……」

「は、はい？」

焦燥《しょうそう》にあがった息を整えていた佳弥は、背後からの声にびくりとしながら振り返る。そこには、柔和《にゅうわ》な顔をした三十代くらいの女性が立っていた。彼女はそっと周囲を見まわしたあとに、ポケットティッシュを差し出しながら小さな声で囁きかけてきた。

「これ使って。汚れてるわよ……？」

「え……」

「ズボン。制服でしょう？」

意味がわからず、しばし佳弥は呆然と彼女を見つめてしまう。そのうつろな目も痛ましそうに、佳弥の手にポケットティッシュを握らせた彼女は、同情を浮かべて去っていった。

いったいなにが、と状況把握のできないまま立ち竦んだ佳弥が、彼女はなんのためにこのティッシュをくれたのか気づいたのは数秒後。

ふと身じろいだ瞬間、尻のあたりにじっとりとした感触を覚えたからだ。

「——……っ」

おそるおそる自分の腰をよじり、尻の上の白濁《はくだく》した染みを確認したとたん、怒りと羞恥《しゅうち》にかあっと頰《ほお》が熱くなった。そして、親切心から声をかけてくれた女性が、佳弥がなにをされてしまったのか悟ったであろうことに対しても、いたたまれなくてたまらなかった。

「う……っ」

泣きそうな顔を歪めた佳弥は、一気にホームを走り抜けた。定期を自動改札機に入れることさえもどかしくて、駅員のいるゲートをすり抜ける。

（もう、やだっ）

強くなった雨足《あまあし》にけぶった街へ飛び出した佳弥に、容赦なく冷たい雨は降り注いだ。普段は自転車で通る道筋も、灰色に濁った視界にはまるで見知らぬ光景かのように映る。

「は……っ、はあ、は……！」

閉じたまま握りしめた傘をさすこともしなかったのは、一部に湿りを——粘った白いそれを——帯びた制服を確認するのがいやだったからだ。

いっそこの激しい雨に、瀆《けが》された場所も流れてしまえと思った。

駆け抜ける足もとで、派手に跳ねあがる水音。膨れあがった鼓動が耳にうるさい。もう電車は降りたのに、この身体に触れる誰もいないのに、おぞましい感触と恐怖が消えない。

（え……）

目に入りこむ雨粒が不快で、濡れそぼった制服の腕で拭《ぬぐ》うその瞬間、佳弥の怯えに研ぎ澄まされた聴覚が、自分以外の足音を拾った。

（ついてきてる……？）

冷えた肌がびりびりと痺《しび》れ、心拍数はいやな痛みを覚えるほどに高まった。

誰かが、うしろから早足《はやあし》に追ってくる気がした。そして——それが気のせいなどではないことを、次第に近づいてくる気配に教えられ、佳弥は全身を総毛立《そうけだ》たせる。

「ひ……っ！」

喉の奥が引きつるような悲鳴をあげ、疲労に弱っていた脚がまたスピードを速める。すると背後のそれも早まってくることが、自分の足音に混じるもうひとつの足音で知れた。

（やだ、いやだ、いやだ）

走って、走って。もつれそうな脚を叱咤《しった》してそれでも、あがりきった息が身体を鈍らせていく。背後の足音は強く、長いストライドを思わせるもので、徐々にその距離を縮めていく。

近づく、――追いつかれる。

いやだ、助けて、たすけて、たすけて！

「――佳弥っ！」

「ひあああっ!!」

力強い声と、それに似つかわしい大きな手のひらに腕を掴まれた瞬間、佳弥は叫ぶ。

「おまえなに、なんて声出すのよ」

「あっ……あ？」

しかし、耳慣れたその飄々とした声音と馴染んだ気配に、強引な力で振り返らされた佳弥は違う意味で目を見開いた。

「ん、どした？」

雨のせいか肩のあたりで毛先の跳ねた、不揃いな長さの黒髪。少し皮肉っぽく唇を歪め、おそらく佳弥を追いかけたせいだろう、スーツを纏った広い肩には雨粒が散らばっている。

青くなった唇からこぼれたのは、いつものような憎まれ口ではなく、幼いころから親しんだ元就の愛称だった。

「元にい……？」

「そうよ？　なんだよ、どうしたびしょ濡れで。傘もささないで」

聞き慣れた、淡々《たんたん》とした低い声に、恐慌《きょうこう》状態がすうっとおさまっていく。

高い鼻梁《びりょう》、ふざけていても聡明さを隠せない澄んだ切れ長の瞳が印象深い、見慣れた顔。静かに佳弥を見つめるやさしい瞳に、どうしようもなくほっとした。

（よかった……）

強ばっていた肩から力が抜け、その場にくずおれそうな安堵を噛みしめた佳弥は、自分が泣き出す寸前の表情を浮かべていることに気づく余裕もない。

「佳弥？」

手に持った傘を開きもせず、びしょ濡れになり真っ青な顔で見あげるばかりの佳弥を、幾度か名を呼びかけたあと、元就は苦笑を浮かべて吐息した。

「よーしや？　どうしたよ？」

そうして軽い口調で問いかけながら、自分の手にしていた傘のなかに佳弥を引き入れて、濡れそぼった雫《しずく》の垂れる前髪を長くしなやかな指で梳《す》きあげる。

「なん、でもね……」

「……そっか？」

あやすような手にも、いつものように歯向かえない。なんでもないと、それだけ言うのが精一杯で、わななく唇を噛みしめる佳弥はじっと元就の端整な顔を見つめ続けた。

縋《すが》る視線に気づいているくせに、元就はそれ以上くどくどと問いつめたりはしなかった。

小刻みに震える青ざめた唇の理由も、最寄り駅からほど遠いこんな場所を逃げるように走っていた理由も訊《き》かず、あたたかい大きな手のひらで薄い肩を包む。

「んじゃ——ま、とにかく帰ろう」

「うん……」

自分が濡れるのにもかまわず、佳弥の肩を引き寄せ、背後から抱えこむようにして元就は帰宅を促した。恐怖から来る緊張に凝《こ》り固まっていた背中が、元就の体温にほどけていく。

（あ、……あったかい……いい匂い）

知らず深い呼吸をすれば、嗅《か》ぎ慣れたそれに気づく。雨に冷え感覚の鈍った鼻さきになおまつわった、なまぐさいいやな匂いも、元就の煙草とフレグランスの香りにすり替えられる。

（元にいの……匂い）

すん、と洟をすすってしまったのは寒いせいなのだと内心で言い訳をしながら、佳弥は甘い香りを深く吸いこむ。

元就がいる。それだけで覚える絶対の安心感に勝《まさ》るものは、結局いまも昔もないのだと思い知らされるようだった。

傘の中というのは、一種独特の空間だ。覆うのは頭上の半円だけだというのに、雨音以外を遮断して、その中にたたずむ人間を周囲から切り取ってしまったかのような錯覚がある。

この狭い空間では、確かに元就と佳弥の間には、入りこむなにものも存在しない。そのことがどうしてこんなに胸をあたたかくするのかと、ゆるむ涙腺《るいせん》をこらえながら佳弥は思った。

肩を包んだ長い腕に護られているのは知っていた。身長に見合った長い脚の持ち主が、その歩幅をゆるめて歩いてくれていることも、そのスーツの裾《すそ》をまるで子どものように、無意識に摑んでしまっていることも。

全部知っていて、それでも知らぬふりでいてくれる元就に甘えた。

ゆっくりと歩く佳弥は無言のまま、大ぶりな傘に当たる雨音の響きを聞く。その単調なリズムに眠気さえ覚えて、甘すぎる陶酔感に冷えきった指の先がじんじんと痛くなった。

彼の膝で眠った、幼いころと変わらない安寧は、毒のように染みて佳弥をおかしくする。けれど、あのころ元就の長い腕に楽々と抱えられていた佳弥も、既に彼の肩に追いつくほどには身長も伸びた。曲げた膝の中で子犬のように丸くなれた、あの時間には戻れないのだと、近づいた目線が物語る。

もはや自分が、元就から無条件の安らぎを与えられる対象でないことが、ただ寂しい。それでも、いま確かに自分の肩には、やさしい大きな手のひらの熱がある。

（もっと、ずうっと……）

本当にいっそこのまま、彼にもたれて眠ってしまえるものなら——と、そんなばかなことを考えるほどには、佳弥は傷つき、疲れていた。

「ただいま……」

自宅に戻った佳弥を出迎えてくれた梨沙は、ずぶ濡れの息子の姿に眉をひそめた。

「佳弥……！　あなた、傘はどうしたの？」

「ん、ちょっと」

ただならぬ気配は感じただろうに、口ごもった佳弥に対し、ひどく心配そうな顔をしたものの、梨沙はくどくどとした追及はしなかった。

「ともかくお風呂に入りなさい。冷たいでしょう、こんなに濡れて」

「……うん」

ただ慈《いつく》しむように告げる母の手が冷えきった頬に触れて、震える息がこぼれてしまう。

母の手、というものは不思議な力があって、細く力なく見えるのに、身体のどこかに触れるだけで痛みを癒《いや》してしまうようだ。向けられる、まっすぐな愛情の賜物《たまもの》かもしれない。

しかし、濡れそぼった佳弥の背後にたたずんだ男に気づいた母が、やはり驚いたように声をあげた瞬間、佳弥はぎくりと顔をこわばらせた。

「――まあ、元ちゃんまで濡れて？」

「ああ、俺はたいしたことないですから。お気遣いなく」

梨沙の案じる声に、元就は気にしないでほしいとやんわり笑う。その声を耳にすれば、胸に小さな冷たい棘《とげ》が刺さるようで、佳弥は唇を嚙みしめる。

「たまたま用事であのへん通ったら、見かけたもので」

「あら……申し訳なかったわね。車じゃなかったのに送ってくれたの？」

佳弥を挟んで交わされる会話になぜか、寒気がした。素直に預けていた背中と元就の広い胸の間に、不意に堅牢《けんろう》な壁ができたような錯覚に、ふるりと身体が震えた。

（なんだ、これ）

元就に包まれていた背中が、梨沙に癒されたはずの頰が、冷たく硬く凍《こご》えていく。ぞっとするような悪寒に包まれ、おののきはさらにひどくなるばかりだ。

「面倒かけてごめんなさい、ありがとうね。お茶でもいかが？　ああ、それともよかったら、佳弥のあとでお風呂でも」

「いえ、俺はだいじょうぶですよ。風呂なら戻ってからで……佳弥？」

梨沙へと向ける、元就のやわらかな声が、どうしてかたまらず耳障《みみざわ》りだった。耐えきれず、佳弥は護るように肩にかけられていた大きな手を振りほどく。

「風呂、入ってくる」

「あ、おい――」

そのまま送ってくれた礼も言わず、泥まみれになった制服の裾をつまみ、浴室へと駆けこんだ。なにごとかを言いかけた元就の声が背後に聞こえたが、知るものかと無視して脱衣所のドアを荒っぽく閉めた。

(頭……痛い。ぐらぐらする)

かぶりを振った佳弥は、湿って重くなった制服を脱ぎ捨てる。さきほど元就の手が触れた前髪を自分の手でぐしゃぐしゃと乱し、冷えきった身体には痛むほどのシャワーを浴びた。

「ふ……」

雨に打たれ、また恐怖にそそけ立った肌は、芯《しん》まで凍えて粟立っていた。それが帰途につく間、元就の体温を感じるうちにすっかりやわらいでいたのに、母が背の高い彼を見あげた瞬間には、また違う寒さがこみあげてきた。

寒い、というよりも、一瞬で跳ねあがった体温のせいで、ひどく空気が冷たく感じたのだ。

「……ばか」

シャワーの水量をいくら増しても、玄関さきで話しこむ母と元就の声が聞こえる気がした。

普段通りの、他愛もない世間話。今日の佳弥の様子をほんの少し案じるそれらは、いつもどおりの佳弥の『保護者たち』の会話でしかない。

彼らの仲を邪推する自分の方がおかしいのだと思う。それでもいやなものはいやなのだ。元就と梨沙が並んでいると、どうしてもつきまとうのは疎外感。その遠さに、ひどく傷つく自分を知っているから。

(やめろよ……見るなよ)

それが本当は、どちらに向けられる嫉妬《しっと》心と独占欲なのか、おぼろに見えはじめているからよけいに自己嫌悪は募り、そうして尖った心を向けるさきは、彼のほかになくて。

「元にいのばーか……」

歯向かって悪態をつく以外もう、元就にどう接していいのかわからない自分がいやだった。子どもじみたこだわりが自身をかたくなにしていることも、わかっているのに抑えられない。

佳弥はもう子どもでもなく、まして女でもない。元就に護られたい欲求を覚えることに、少年らしいプライドも傷つく。情けないと思い、また追いつかずに悔《くや》しいとも感じる。

そして——本心では、おのれの望みがけっして叶《かな》えられない事実に、いたずらにせつなさを覚えているのも、もうわかっているのだ。

本当は、帰り道がずっと続けばいいと思った。

家になどたどり着かず、ずっとこのままふたりきり、世界に取り残されていたいと、泣きたいほど強く思いながらも、佳弥は歩き続けるしかなかった。

（こんなの……忘れなきゃ）

スーツの裾に縋っていた指先を硬く握りしめ、頼るまい、と佳弥は思う。

薄い肩を包んだあの手のひらの感触も、憶えているからつらくなる。

だって、小さなころとはもう違うのだ。佳弥のすべてを預け、そして元就のすべてが自分のものだと思えていた、あの幸福な錯覚はただの幻想だと、哀しいかな知っている。

あの程度の不快な行為で、傷ついている場合じゃない。子どもでも少女でもない以上、元就に護ってもらえるような対象では、佳弥はないのだ。

（もっと自分で……ひとりで、しっかりしなきゃ）

今日起きたことも、このところの不穏な出来事も、そして胸の裡《うち》に秘めてしまおう。

だいじょうぶ。怖くないと思えば怖くない。だからこんなの、なんでもない。

元就の手を離したことなど――たいしたことじゃ、ない。

シャワーの降りそそぐあたたかな浴室の中、おのれに強く言い聞かせる。

爪が食いこむほどに握りしめた佳弥の拳《こぶし》は、かたくなに強ばり、白く冷たく震えていた。

＊　＊　＊

じっとりとした天気が鬱々《うつうつ》とする気分に拍車をかける。もう十日以上晴れ間を見ていないとため息をつけば、こちらも冴《さ》えない顔のまま、窓際の机に半身を預けた佳弥のつむじをシャープペンで牧田がつつく。

「いてえよ、なにすんだよ」

「――やまねえなあ。なーんか、気分暗くなるよなあ」

「んー、なんかたるいよな、雨って」

「頭痛い気がするんだけど……風邪かなあ」

曇天に、灯《あか》りのついた教室の中もなんとなく薄暗い。だが牧田の憂鬱《ゆううつ》顔は、そればかりが理由ではなかった。

先日行われた数学の小テストで、あまりよろしくない成績を取った彼は、昼休みを利用して佳弥にその復習を手伝わせていた。その日の昼食は、当然牧田のおごりだ。

「や、気圧のせいで体調にも影響するって聞いたけどなあ。……で、これでいいの？」

ぺろり、と差し出されたノートを見て、佳弥は呆《あき》れを隠さず嘆息してみせた。

「ちっげ……お前こんなんわかってなくて、よく進級できたな」

牧田のあまりの理解力のなさに呆れ、冷たく言い捨てた佳弥に、牧田は野太《のぶと》い声で言う。

「世の中数式なんかわかんなくても生きていけるんですー」

「生きていけるかもしれないけど、留年したらどうすんだよ。つーか基本だろ、ここ」

的外れの公式を当てはめられた設問は、当然導き出す答えもずれてくる。それは一学期にとうに終えたはずの内容で、なんでこんな初歩で間違うのかといっそ驚く佳弥に、牧田は頭を抱えて大仰に呻いた。

「ああっ、数式見ると頭が痛いっ……気圧のせいか？」

「話ずれてるぞ。だいたいなあ……牧田は頭痛いんじゃなくて、頭悪いんじゃねえの？」

普段よりもつれなく吐き捨て、笑ってみせる。自分の顔にちゃんと明るい色が乗っているのか、少しだけ自信がないけれど、繕《つくろ》う方法を佳弥はほかに知らない。

「いやん、ひどーい。里中クンつめたーい。教えてー？　アタシに教えてー？」

「――ふざけてる場合かよ。ここ見直せ」

顔立ちは整っていても、一九〇近い長身の、しかも筋肉質の牧田が裏声でしなを作れば不気味なだけだ。げんなりとしながら、彼のひっかかった例題を指で示した佳弥は、手にしたノートで短く刈った髪をセットした、牧田の頭を叩いてやった。

「いてっ……やめろよ、もっと頭悪くなるだろ！」

「なんだ、自覚あったのかよ」

「ひでえ……里中、鬼！　鬼だ!!」

「いいから。はいやってー」

濃い眉をひそめた牧田に笑いながら、そう言えば昔元就もこんな髪をしていたと思った。

牧田のそれよりも素直でない髪質のため、寝起きにはいつも跳ね放題だったけれど。

(だから考えるなってっ)

脳裏をよぎった面影《おもかげ》にぶるぶると首を振ると、ちょうど答えを聞いてきた牧田がびくっと広い肩を竦めた。

「ま、間違ってる？　これ」

「あ……や、ごめん。首こったから回しただけ」

不安そうに問いかけてくる友人に、慌ててごまかすように佳弥は笑う。すると大仰に安堵の息をついて、彼はシャープペンを放り投げた。

「びびらすなよ。……あーもーうぜっ」

「悪い。……だからめげるなよって、ほらー」

「ベンキョも雨もうぜえよー」

呻いた牧田は、この連日の雨のせいで、かなりのフラストレーションがたまっている。

本来体育館は主にバレー部とバスケ部のテリトリーだが、普段グラウンドを使用している体育会系部がこの雨に室内練習を余儀なくされ、テリトリーを奪いあっているらしい。

「またサッカー部とテニス部の連中で、ぐっちゃぐっちゃすんだろうしさあ」

「陣取り、昨日はどっち勝ったの」

「サッカー。けどあいつらちゃれーんだもん、遊んでばっかだから男《だん》テニの連中が追い出せとかって、俺に食ってかかってさあ。だったら本人らに言えっつうの」

その陣取りの際、実績もあり本来の使用権を持っているバスケ部が、コートの振り分けをするように取り決められている。だが気性の激しい運動部の面々はぶつかることも多く、中でもひとがよく人望のある牧田が、彼らの折衝をするはめになっているのだ。

「あああ、もーさぼろっかなー……揉めてばっかで練習になりゃしねえんだもん、どうせ」

呻く牧田が哀れだった。見るからに体育会系で性格もシンプルに直情、身体を動かすのが好きな彼としては、他運動部との小競りあいに時間を取られる放課後が、憂鬱なようだ。

「あ、なあ。里中いっしょに帰るか？　こないだゲーセン行くとか言ってたじゃん」

「おいおい……次期スポーツ部部長がそんなでどうする」

「なんだよー、そんなのいいよもう。俺だってサボりてえよ」

自棄《やけ》になって言う牧田に、本気じゃないだろうと苦笑しつつ、佳弥はたしなめる。

「それにこの雨だろ。俺いま電車通学だし、帰り道が違うから、無理」

なんだ、とがっかりした顔をする牧田に、ほんの少しだけ「いっしょに帰ろうか」と言いたくなって、けれど佳弥はそれを口にしなかった。

（なんだかそれじゃ……俺、びびってるみたいじゃん）

いちどでも牧田を頼ってしまえば、あのおそろしい出来事をひとりでは受け止められなくなると、わかっていたからだ。

雨の日、電車の中で起きたことについて、結局佳弥は誰にも言わなかった。

元就はもちろんのこと、母にも牧田はじめ友人たちにもだ。痴漢にあったなどと打ち明けられたものではなかったし、日を置いて冷静になってみれば、あれはやはり、隣に立っていた女性と間違えたのだろうと思えてしかたなかった。

(うん、そうだよな。きっとそうだ)

制服のズボンの上から尻を撫で回されたのについても、パンツスーツのＯＬなどいくらでもいると考えれば、ありうることかもしれない。

かなり強引な結論ではあったが、あの恐怖をそのまま受け入れるより、事実をねじ曲げでもして忘れてしまった方が、おのれのためだと佳弥は思った。

そうでなければ、電車に乗るのが怖くなる。長雨はやまず、当然登下校には電車を使うほかなく、頭を切り換えなければ学校にも行けないのだ。

ただの間違い。間抜けな勘違い。そう思うほか、なにもできない、弱い自分をもう知ってしまっている。だがそれを顔に出すほど、惰弱《だじゃく》な自分ではいたくないのだ。

いつもどおりの会話、日常の光景に、ほんの少しだけずれを感じて、それでも佳弥は笑う。

「ん、でも、まじめに出た方がいいんだろ？　ホントは」

「まあそーだけどさ」

本心からサボる気ではない友人にやんわり諭《さと》せば、口調ほどには残念がらずに引っこめる。

牧田のこういう、素直でさっぱりした性格はわかりやすく好ましかった。

(あいつもこんくらいわかりやすければいいのにな……)

口調も視線もやさしいけれど、意図の読めないあの男よりもよほど近しく思える。そのくせ、沈黙の合間に思い出すのもやはり、背の高い彼のことばかりだ。

(なんでかなあ……)

ふう、と佳弥は友人に気づかれないよう小さく吐息する。

それこそ口にはできないが、気晴らしにつきあえという誘いを断ったのは、電車を使うという理由ばかりではないのだ。

雨に濡れて帰ったあの翌日から、偶然とは言いきれない確率で帰り道、元就に出くわすことが増えていた。

駅前の本屋で立ち読みをしていたり、通りすがりのように肩を叩かれたりとシチュエーションは違えど、元就は明らかに佳弥の帰宅時間を見計らってあの界隈に出没しているのだ。

約束は、なにもしてなどない。けれどこの日も「もしかしたら」と期待している自分のことを、もはや佳弥は否めなかった。

――いま帰り？　いっしょにどう？

頼るまいと決めた端から大きな傘を差し掛けられて、あの低い声で、「入っておいで」と誘われる。

——相合《あいあ》い傘かよ？　俺とあんたで？

——俺の傘、おっきいから濡れないよ。

そういう話じゃない、子ども扱いはやめろと言いながらも、差し伸べられる手を振り払いきれない。肩を抱かれて拗ねた瞳で見あげるだけの自分は、本当に弱いと思う。

たいした会話もないまま、口を開けばつっかかる佳弥に歩調をあわせてくれる。ただ黙って許してくれるような元就の存在があることを、自分は喜んでしまっている。

（こんなんじゃ、結局……小さいころといっしょじゃん）

元就への依存も、いいものではないと思う。だがどうにも不安定ないま、あの広い背中が側《そば》にいてくれることに頼りたいのも本音だ。

離れたいのか、離れたくないのか。なにが自分の望みなのか段々わからなくなってしまいそうで、それが落ち着かない気分に拍車をかける。

「んじゃさ、試験休み入ったら遊ぼうぜ？」

「ん？　……てか勉強しろって」

黙りこんだ佳弥に気を遣ったのか、牧田は話題を変えるようにそう提案した。

雑《ま》ぜ返しつつ、誰にともつかない小さな罪悪感を持て余した佳弥は、笑う自分の表情が奇妙に歪むのを感じていた。

＊　＊　＊

その放課後、結局牧田は部活に向かった。ひとり帰途につくことになった佳弥は、今日の雨足はいちだんとひどそうだと思いながら昇降口で傘を開く。

「寒いっていうより、痛いなこれ」

刺すような冷気が制服の裾から入りこんで、佳弥は身震いした。息を吐けば白くこごり、この雨があがるころにはもう冬だろうかとぼんやり思っていると、背後の足音に気づいた。

（誰……っ？）

このところ過敏になっている自分を知りつつ、かすかに背中を強ばらせて振り返った佳弥は、そこにいた人物の姿にじんわりと苦い気分になった。

「――あ、……失礼します」

振り返ったさきには、担任の鶴田がいた。じっと、なにをするでもなくこちらを見ている教師にいささか怪訝になりつつも、ぺこりと頭を下げた佳弥に彼は､返事もよこさなかった。ただ一瞬眉をひそめ、無言のままそそくさと廊下を消えていく。小太りの背中を眺め、いくらなんでもあれは社会人としてどうだろうか、と呆れてしまった。

「なんであぁ暗いかな……」

愛想がないというより、常識はずれの態度に思わずぼやく。まあ彼は誰にでもそうだからと内心嘆息し、佳弥は水の跳ねる足下を気にしつつ歩き出した。

晴れた日には部活動の生徒たちがいるグラウンドコートは、いまは無人だ。ここから消えた生徒たちは、おそらくまた、牧田あたりと熾烈《しれつ》な場所取りをやっているのだろう。

人気《ひとけ》ない校庭は、いまはけぶる雨に打たれるまま静まり返っている。まるで世界に、自分以外の誰もがいなくなってしまったかのような光景に、佳弥はぶるりと震えた。

「……さみー」

なんとなくひとり呟き、物寂しい光景を視界に入れないようにしながら校門を出て、駅に向かう佳弥は、期待とも不安ともつかないものを抱いて歩いた。

今日も元就に会うだろうか、それともさすがにもう、来ないだろうか。水たまりを避《よ》けるため足下だけを睨んで歩けば、そんなことばかり考えてしまう。

(あの日は……元にいと、ふたりだった)

いやらしいいたずらをされて、逃げ帰ったあの日。ひどくいやな目にあったはずなのに、記憶の中蘇る感情はむしろ、気恥ずかしさを孕《はら》んでいる。

覚えているのは、肩を濡らさないように抱きしめている元就の、大きな手のひらの感触と、煙草とフレグランスの匂い。あたたかい体温と、並び立てばうまく顔を見ることもできないくらいの身長差、そして広い胸の、安心感。

(な、なに思い出してんだ)

思い出せばなぜか胸が騒いで、理由《わけ》もなく恥ずかしくなり、慌てた佳弥はかぶりを振る。

ちょうど駅に辿《たど》りつき、券売機前の人混みを見た瞬間にはようやく安堵がこみあげた。

(天気予報、いつまで雨っつってたっけ……)

普段は通学に使用しないため切符を購入しなければいけないのが面倒で、やはり回数券を買っておくべきかと思いつつ、どうも機会を逸している。

MTBを買ってもらう条件に、年間の定期代を引きあいに出した。高い買いものだが、無駄にしないからとねだった佳弥は、こうしたアクシデントの場合には通学の電車賃も小遣いから出している。過剰に甘やかさない親からの、それが条件でもあったからだ。

「雨あがってくんねえと、小遣いどんどん減っちゃうよ……」

気分が憂鬱なのはこのせいもある。節約に回数券を買おうか、それともまとまった出費は痛いので買うまいかと悩みつつ券売機を睨んでいると、背後で派手にクラクションが鳴った。

「――え?」

反射的に振り向いて見れば、駅前の通りには雨の中にも鮮やかな、赤い小さな車が停《と》まっている。見慣れた色合いとシルエットにどきりとしつつ、まさかと目を凝らせば、手動のウインドウが静かに開き、車体のサイズに見合わない長身の男がひょいと顔を覗かせた。

「……なにやってんの、あんた」

「よ。乗らない?」

驚いた佳弥の問いには答えないままの元就にドアを開かれ、にっこりと笑われた。予想と、そして期待どおりの誘いに落ち着かない気分になりつつ、それでもいまさら素直になれない。どうしようと逡巡《しゅんじゅん》する小さな顔はやはり拗ねたように歪んでしまった。しかし気にした様子もない元就に、なんで毎日いるのかと問うより早く急かされる。

「なあ、早く乗って。シート、濡れちゃうから」

「あ、あ、……うん」

濡れるという言葉に、佳弥はいささか慌てて乗りこむ。赤とクリームのツートンカラーのシートは革張りで、染みにでもなったらおおごとだ。

(この車、ちっちゃいわりに乗り心地悪くないんだよな)

広いとは言い難い空間だったが、シートに背中を預けた瞬間ほっと息が洩《も》れた。外側の色味は派手なのに、本革とウッドパネル装備の車内は落ち着いた雰囲気がある。

「なんでこんなとこ、いんの？」

元就のフレグランスと煙草、そして独特の車の匂いが満ちた車内だからこそ、ひどく安心してしまうのだとはわかっていた。それでも素直になれぬままの佳弥がそっぽを向いて問いかければ、「買い物」と答えた元就はこの界隈にある大型書店の袋を掲《かか》げてみせた。

「この辺佳弥のガッコあったなと思って、ついでに回ってみた。雨ひどいしね」

「ふうん、……暇なこって」

せっかくの好意にもこんな言い方しかできない自分は好きじゃない。自己嫌悪に見舞われつつも意地を張る佳弥を見透かすように、元就は喉奥で笑う。

「なんだよ」

「いいや？」

振り返れば、流した目線で笑われて、ますますむくれてしまう。その膨れた顔を流し見て、静かに車を発進させた彼は広い肩を竦めた。なめらかで、なんの衝撃もない滑り出しに、運転がうまいなとひそかに感心したのは内緒だ。

「しかし、ぼーっとしてたから拾ってやったのに、暇とはご挨拶だなあ」

軒下の券売機の前で、ずいぶん長いこと突っ立っていたと指摘した元就の声はやわらかかったが、心配を滲ませているのは明らかだ。向けられるあたたかい感情がなぜか煩《わずら》わしく、ぶっきらぼうに佳弥は答える。

「小遣い減るからやだなって思ってただけだよ」

「なるほどね」

半分は本当で、半分は嘘だ。正直、電車に乗るのはいまでも怖い部分がある。あの痴漢にまたあってしまったらと思うと、改札の前でぐずぐずとしてしまうのだ。けれど、あの日の出来事を打ち明けていない以上、適当なことを言ってごまかすしかない。

フロントガラスを叩く雨音は激しいが、カーステレオから聞こえるかすれた歌声に佳弥は耳を傾けた。少し物寂しい雰囲気だが、やさしい曲調に心が宥《なだ》められるようだった。

「――これ、誰？」

「トム・ウェイツ。……こういうの好きなら、ダビングしてあげようか？」

レトロなカセット式のステレオを、とん、と長い指で元就がつついた。

「あ、でもMDとかCDには落とせねえけど。俺もテープしかないから」

「いい、いらない」

佳弥が持っているコンポデッキはカセットも聴くことができるが、申し出は辞退した。

嗄《しゃが》れたボーカルの深みのある響きは悪くはないが、こういうしっとりしたブルースをひとりの部屋で聴くには、佳弥はまだ若すぎる。それにこの曲はいま、この車の中で聴くからこそ雰囲気もあるのだろうと、そうも思うからだ。

（あ、でも……つっぱねすぎ、たかな）

けれど、拒絶の言葉が思うよりも強く響いてしまって密《ひそ》かに慌てた。そして佳弥は、自分から会話の水を向けてしまうはめになる。

「その……本って、なに買ったのさ」

不器用なその切り出しも、さきほどの感じの悪い返事も元就は気にした様子はなく、あっさりといつもの調子で答えてくれた。

「ああ、仕事の資料。盗聴関連の書籍とかね」

「……盗聴？」

きな臭い単語をさらりと口にされ、佳弥は思わず目を瞠《みは》ってしまう。振り仰いだ、淡々とした横顔はなんの気負いも見えず、なんともつかない吐息が漏れてしまう。

（なんか……やっぱ、住む世界違う、のかな）

ヘボ探偵、などと罵《ののし》ることもあるが、実のところ本気でそう思っているわけではない。彼がかなり仕事ができるらしいことは会話の端々からも察せられたし、それは隣に住まえばいやでも目につく来客の多さが証明しているとも言える。

元就の経歴にしても、警察を辞めて探偵事務所を開いた折りに、なんら問題があったわけではないのだ。自主的に転職し開業した経緯を鑑《かんが》みれば、信用するに充分足りこそすれ、疑わしい部分やいかがわしさはどこにもない。

だから、本当はわかっているのだ。遊んでばかりだと決めつける自分が、必死になって元就のだめな部分を探して、あげつらっていただけだということくらいは。

「ひとり暮らしのＯＬさんとかね、やっぱり怖いみたいだから。盗聴法も相変わらず問題多いらしいし、そういうのに敏感だしね、女のひとは」

「ふうん……やっぱ、危ない目にあってるひともいる？」

「最近、日本も物騒になったしね。トラブル回避のための依頼もあるかな」

そして、その来客に女性が多いことも、なにもやましい理由によるものではないと元就の言葉に教えられる。むろん中には、元就のルックスの良さに目をつけているものも、少なくはなかろうけれども、決してそればかりではないことになぜか佳弥は安堵を覚えた。

「ストーカーからの身辺警護とか、安全確認のための調査とか、そういうのもだいぶ増えた」

個人の調査依頼や捜し物が以前は主だったが、近ごろはボディガードの真似ごとのような依頼もあるという。

「でも……そういうの、探偵の仕事？　ガードマンとか、警察の仕事じゃないのか？」

「最近はいろいろ手を広げないと食えなくてね。……警察じゃ手が回らないことも多いしね」

警察じゃ、と口にする一瞬の間に、どこか苦いものが混じったのを佳弥は感じ取る。

「でもボディガードってそんな……できるの？　引き受けるのか？」

危なくはないのかと、少し眉が寄ってしまった佳弥に、元就は薄く笑った。

もともとが刑事という、いわばその道のプロだった彼にこれは愚問でもあるだろうかとも思えた。だが、不安感の隠せない佳弥をなだめるように、そう危ないことばかりではないよとやさしい声を出してみせる。

「四六時中依頼主にへばりつくわけじゃないし、定期的に様子見に行くとか、電話することならできるからね」

都会のひとり暮らしは自由と孤独とが共存状態にある。もし万が一なにかが起きて、しかしそれに気づいてくれる誰もいなかったら——そんな不安感を覚える人間も少なくないのだと、元就は少しだけ瞳を陰らせて語った。

単純に精神安定のために、定期連絡を依頼してくる相手もいるそうだ。

「向こうも、気にかけてくれる相手がいるだけで安心するんだろ。たとえば実家が遠い女性なんかだと、『なにかあったときに』ってやつが、難しかったりするから」

「そういう、もん？　んで……たとえば、その、事件とかになったら、どうすんの？」

親元にいる佳弥にはあまりぴんと来ない話だった。首を傾げつつ、ではその『なにか』が起こりえたときにはどうするのかと思ってしまう。

「もし刑事事件にでもなって、俺の手にあまるようなら島田に回すさ。あと、それこそガード専門の機関とか、会社を紹介したりね。そんな感じ」

「ふうん」

仕事のことになると、それは守秘義務もあるのだろう。元就は多くを語る訳ではなかったが、問えば必ず返事をくれる。それがなんだか、ひどく嬉しかった。

（なんだ。普通に話せばよかったんだ）

どうせまともに話などできないと、長いこと無駄に身がまえていた自分が、なんだかばかみたいだと佳弥は思った。

（けど……仕事、ほんとに大変なんだな）

危なくはないなどと言うけれど、元就の口にしたものは一介の高校生には充分すぎるほどきな臭い話に思え、興味を覚えつつもどうも及び腰になってしまう。

(もちょっと訊きたいけど……でも)

それこそあまり突っこんだ話をするわけにもいかないだろうし、と逡巡する佳弥に気づいたのか、元就は声を明るくして話題を変えた。

「ああそうだ、おまえ時間まだある? 腹減ってない?」

「え?」

「いや、このさきに、手作りのデザートが美味《うま》いとこあるって聞いたから。よっちゃん、甘いの好きだろ? とくに、林檎のやつ」

からかうでもなく言われ、「好きだけど」と佳弥は口ごもる。

「でも、よく知ってんね……昨日もなんか、新しくできたカフェ、連れてかれたし」

「まあそりゃ、仕事柄情報は押さえとかないと」

依頼人に女性が多いためかはたまた別の理由からか、元就は妙に女性好みの洒落《しゃれ》た流行りものや食べ物に詳《くわ》しいようだった。この数日、出くわすたびにあちこちの店に連れて行かれ、その都度《つど》どこの女に聞いたものだかと呆れつつ複雑な思いを噛みしめているのだ。

それは、母と元就が親密げに話しているのを眺めるときの感情に似ていて、ぐらぐらと気持ちが揺れてしまうのだ。

「それ、デートスポットのチェックじゃねえの?」

「あはは。そういうの教えてくれって依頼もあるよ」

なんだか胸の中がもやもやして、だから少しだけ探りを入れてみるけれど、あっさり笑った元就には案の定はぐらかされた。

「んじゃ、いいな？　寄ってくよ」

それでも、しっかり自分の好みを把握してくれている元就のことが嬉しかったのは事実だ。連れ回すような真似をするのも、恐らくはどことなく覇気《はき》のない佳弥を気遣ってのことなのだろうと、それくらいは察しがつく。

「……うん」

頷いた佳弥の頭を、大きな手のひらはくしゃりとかき混ぜた。幼いころと変わらないその仕種が、嬉しいのに哀しい。いままで味わったことのない、混沌とした感覚に、どうしてかやるせない吐息が洩れるのを、佳弥は空咳《からせき》でごまかした。

＊　＊　＊

大通りから少し逸《そ》れた、雑多な感じのする住宅街の一角にその店はあった。細い路地に難なく滑りこむクーパーは、こうしたときにこそ適しているらしい。

交通量の少ない通りにそのまま車を停めた元就に促され、佳弥は車を降りた。

「駐車場は？」

「ここ、ないの。いちおう通りが私有地だからだいじょうぶ」

こぢんまりした外装に、通りに面した小さな庭はガーデニングが施され、品のいい庭がある。入り口の脇にかかったホワイトボードに、手書きの文字で数種類のデザートとパスタの品名。店の奥にある黒板には、コーヒーの銘柄が、これも手書きで羅列されている。

佳弥がきれいに磨かれたガラスのドアを開けると、ふわりとコーヒーの香りがする。

「いらっしゃいませ」

シンプルな内装の店はさほど広くはなかった。白髪《しらが》混じりのマスターが立つ壁面にはそれぞれの豆が保管されている缶が並び、その手前に低いカウンター席。テーブル席は三つしかないが、それぞれ空間をゆったりと取っているためだろう、手狭《てぜま》な感じはない。

（なんか、喫茶店ってより、コーヒー専門店？）

デザートがうまいとは言われたが、いかにも女性向けの店のような、少女趣味的華やかさはない。カウンターには常連らしいふたりがいて、なにやら話しこんでいる。それがちょっと大人っぽくていいな、と佳弥は思った。

「おきまりですか？」

「俺はエクアドル。よっちゃん、ボード見た？」

窓際の席に陣取ると、品のいいコースターと水の入ったグラスを運んできたマスターが訊《たず》ねてくる。煙草を取り出しながら訊ねてきた元就に頷けば、好きなのを頼んでと言われた。

「えと……じゃあ林檎のフランベ、と……」

ボードを眺めつつ首を傾げたのは、そこに羅列されたコーヒーの種類がよくわからなかったからだ。銘柄以前に、本式のそれとインスタントとでも、ろくに味の区別がつかない。

眉を寄せた佳弥に、元就はにやっと笑って口を開く。

「コーヒーでいい？　ココアとかもあるけど」

「……コーヒーがいい」

いかにもお子さま向けだろうと言わんばかりの態度に、むっと口を尖らせつつ佳弥は答える。とはいえ結局、味などわかりようもない。

「どれがおいしいの？」

元就に任せるほかないくせに、意地を張ってつんと答えた佳弥の意地を静かな笑みで受け流し、彼は顔見知りらしいマスターに、「それじゃあ、マリアテレジアを」と告げた。

「マリアテレジア？　て、どんなん？」

「コアントローの入ったやつ」

酒が入っているじゃないかと目を瞠れば、「なにをカタイことを」と元就は笑う。

「俺、まじめに学生やってるのに……大人がそれでいいのか？」

「そんなもん、香りづけ程度でしょうが。アルコールとは言わないよ」

佳弥にしても本気でそこまでお子さまなわけでもない。牧田の家に泊まりに行ったときなどはこっそり煙草も酒もやったことはある。しかし、さすがに昼間からアルコール入りの飲み物を、しかも保護者のような相手に勧められてというのは気が咎めた。

佳弥の逡巡をよそに、グリーンパッケージのきつい煙草に火をつける。ふわりと鼻先をかすめたメントールの香りは、店内に漂うコーヒーのそれにすぐに紛《まぎ》れてしまう。

紫煙《しえん》のさきを追うように視線をめぐらせると、カウンターの中で常連と話すマスターがいた。ケトルからポットに移した湯を、フィルターの中の豆に注いでいる所作はひどくなめらかで、一連の動作はいっそ芸術的だと感心する。

（なんか、職人って感じ……）

自動のコーヒーメーカーやサイフォンなどは見あたらず、ひとり分をその都度粉にして、ひとつずつ、手ずから入れるのがマスターのやり方らしい。ものめずらしさにじっとそちらを見つめていると、ふと低い声の呟きが聞こえた。

「若いうちにはめはずしとかないと、あとでしんどいよ」

「それって……？」

含み笑う元就の声に引っかかりを覚え、どういう意味だと瞬きをする佳弥の問いは、きれいな平皿に盛ったデザートを運ぶマスターの姿に、喉奥で留まった。

「お待たせいたしました。こちら林檎のフランベでございます」

「わ、おいしそう」

丸ごとの林檎を櫛《くし》形に切り、ソテーしたバターの香りが芳《かん》ばしい。真ん中にはバニラアイスが盛りつけられ、とろりと蕩《とろ》けて流れている。その上には細く糸のように刻んだ皮と、香りづけのオレンジが、繊細なバランスで飾りつけられていた。

「いただきまーす」

「はい、どうぞ」

にっこり笑う元就に召し上がれと促され、さっそくひと切れを口に運んだ。

ふわりと漂ってくる香ばしい薫《かお》りと、口に含んだ蕩けるほどやわらかい林檎。香りづけされたオレンジが佳弥の気分をやさしくして、問いかける声は幼いまでに素直なものになった。

「ねえ。さっきの、自分のこと？　若いころにって」

「ん？　……ああ、まあ、そうだね」

ほどなく運ばれてきたエクアドルをひとくち含んだ元就は、まっすぐに見つめた佳弥の問いに、ひとつ瞬きをしたあとに肯定した。

「よっちゃんは、なんか俺に、訊きたいことでもある？」

はぐらかす響きはそこにないが、躊躇《ちゅうちょ》を覚えて佳弥は一瞬黙りこむ。だが元就は、沈黙にもその澄んだ瞳をやわらげたままだ。四年前、何度問いかけてもくれなかった答えが目の前にあるような気がして、佳弥は息を呑む。

（いまなら、訊けるのかな……）

甘いホイップクリームの浮かんだ、マリアテレジア。コアントローの甘みと苦みが混じったコーヒーでためらいを飲みくだし、佳弥はままよと口を開いた。

「なんで、……探偵になったのか、訊いてもいい？」

「なんで警察やめたのか、じゃないんだね」

口をついて出た問いかけが、四年前のそれと同じようでいて、まるで違うものであることに佳弥は気づいた。やんわりした声で元就もそれを指摘し、喉の奥で笑う。

クールを深く吸いつけたあと、目の前を靄《もや》いだ煙を払うかのように瞬いた元就の長い睫毛は、そのまま静かに伏せられる。

「そうだなあ。遅すぎた反抗期、みたいなもんかなあ」

ややあって厚めの唇からぽつりとこぼされた言葉は真摯な響きで、佳弥は相づちも打たずに耳を傾ける。ひとことの聞き漏らしもないよう、じっとひたむきな視線を向けた少年のまなざしに面《おも》はゆいものを感じたのか、元就は小さく笑い、指先で煙草をもみ消した。

「なんでって言われても、俺にもよくわかんねえのよ」

「わかんない、の？」

新しい煙草をボックスから取りだし、軽くテーブルの端で叩いてから愛用のオイルライターの蓋をぱちんと弾《はじ》く。煙草に火を点《つ》けるとき、やや俯き、大きな手のひらで炎と口元をかばうようにして瞼《まぶた》を伏せるのが元就のくせだ。二重のくっきりした瞼に長い睫毛が陰影を作り、いつでも笑っている印象のある元就の端整さを際だたせる。

「なあ、……おじさん、死んじゃったの関係ある？」

「まあ、それもきっかけかな」

軽く開いた唇から紫煙をゆるゆると吐き、どこか遠い目をしたまま元就は言った。

「長いこと優等生やって、正しく清くって型にはまってやってきて――それって結局俺にしてみたら、世間に反抗してたつもりだったのね」

「え？　どういう……こと？」

怪訝に見つめた佳弥に、逆説的なんだけどねと笑った表情は少し皮肉なものだった。

「なんていうかさ、オヤジが刑事で留守がちで、父子家庭で、これでグレたらある種、かっこわるいっていうか……あんまりステレオタイプじゃない？　行動が」

シニカルな笑みには、元就の抱えた鬱屈が垣間《かいま》見えた。

年かさの幼馴染みは、どうやら単なる優等生ではなく、佳弥が思う以上にひねくれた精神構造の持ち主であったらしい。だがその発見には失望はなく、むしろこれが彼の本音であったのかと思えば、一連の行動に納得する自分がいる。

「だったらいっそ、わかりやすいように品行方正にしてやれ、と思ったんだよね」

それはたしかに自分の知る『元にい』とは違う像を結んだが、自分自身過渡期にある佳弥にはむしろ、慕《した》わしい近さがあった。

「うん、……わかる気がする」

また、佳弥に対してなぜようやく本音に近いものを吐露する気になったかも、わかる気がした。屈託を抱えた人間にしかわからない、苦さやつらさ、そうしたものが数年前の情緒の幼い佳弥には理解できなかったろうし、むろん元就もそれを察していたのだろう。

「ある意味じゃ世間的にいい子ちゃんしてるのが、俺にとっても楽だったわけ。でもやっぱこう、……歳《とし》食ってくると、なにやってんのかねえと。思っちゃうことなんか多くてね」

「なにやってんのか、って？」

「いい子やって優等生やって、正義の味方のお巡りさんになって。……誰に強制されたわけでもないのに、どうして俺は型どおりの行動ばっかり選んでるのか、わかんなくなった」

成績、素行、履歴、データとして整理されそうな要素だけで自分を判断されること。それがすべて虚像とは言わないけれども、いつしかフラストレーションがたまって、どうにもやるせない、虚無感のようなものを募らせることが増えたのだと元就は語った。

「けどドロップアウトもいまさらできずに、刑事になってみればこれが、社会って汚ねえなあと思うことも多くて。俺はオヤジみたいに芯から正義のひとじゃないし、迷うことばかりで……なんていうのか――」

言葉を切り、元就はぬるくなったカップの中身で喉を湿らせた。目を伏せた彼が「オヤジ」

と口にした瞬間の苦い響きが、やけに佳弥の耳に残った。

元就の父は忙しいひとで、滅多に顔をあわせることはなかった。接触の少ない佳弥はおぼろに背筋の伸びたうしろ姿を覚えているのみだが、それでも印象深く、存在感のある大きなひとだった。

厳しいがやさしい、清廉《せいれん》な人物だったと評していたのはいまはシカゴにいる佳枉だ。

――窪塚さんは立派なひとだったけど、あの厳しさは少し、ひとをつらくするだろうね。

なんの折りであったか忘れたが、ぽつりと漏らした父の言葉に、いまはじめて納得する。

あまりにも大きな存在の父親に対してのコンプレックスというのは、実質母とふたりの和やかな生活が長い佳弥には、いまひとつ実感はなかった。

だが、誰にも認められるような誠実で立派なひとと日々接し、また同じ職についたときのやりにくさというのは、なんとなく想像に難《かた》くはなかった。

正しく、あまりに清潔であることはときに、ひとをいたたまれなくする。強くはない自分を思い知らされるようでせつない、そんな気分は誰にでもあるだろう。

(元にいも……悩んだんだ)

そしてそれを実感として理解できる程度には、佳弥も少しは成長できたのだろうか。だからこそ打ち明けてくれる気になったのかと見つめていれば、しばしの沈黙のあと、元就は顔をあげて佳弥の目を覗きこんだ。

「なんていうのか、皆さんの安全とか平和とか、そういうもの護るより、もっと身近で……俺の手の届く範囲で、ひとを助けたりね。そういうのがしたかったのかもしれない」

「——もと、に……」

深い色をした瞳に、射貫くようにまっすぐ見つめられて息が止まる。忙《せわ》しなく瞬きをした佳弥の動揺を知ったのか、元就はすぐに真剣な表情をほどき、茶化すようなことを言った。

「まああとは単純に、マツダユウサク好きだっただけなんだけどさ」

「……うん、わかった」

だがそのふざけた声にもごまかされず、ふてくされも拗ねもしないまま佳弥は真摯に頷く。その反応が少し意外だったのか元就はわずかに目を瞠った。

語る言葉がすべてとはもちろん思わないが、さまざまな逡巡のあとに元就はいまの自分を選んだのだと、それは理解できた気がした。そして、自分の幼さを佳弥は羞《は》じた。

「——まあそんなところかな。よっちゃんの期待裏切って、悪かったけど」

「ううん」

——だったらいっそ、わかりやすいように品行方正にしてやれ、と思ったんだよね。

吐き捨てるようだった声に含まれた、複雑な苦さにひやりとした。自分がそういう「きれいな」元就を求めることが、彼にとっては苦痛だったのかと思えば胸が痛かった。

「ごめん……」

「なに、なんでよ」

俯いたままそれしか言えなくなった佳弥の髪を、やや乱暴に元就は撫でた。じわりと潤《うる》んだ目元が赤くなるのを知り、照れくさくて振り払えばいつものように笑う元就がいる。

元就は、なにも変わっていない。ただ少しだけ自分が楽になるように、行動のしかたを変えただけのことだ。そんなこともわからずに、駄々を捏《こ》ねていた自分が恥ずかしかった。

「佳弥。……口がへの字」

「……あ」

くすくすと笑った彼の長い指が、うつむいたままの佳弥の唇をつつく。不意の接触にどきりとした佳弥に、声を少しひそめた元就は告げる。

「気にすることはなんにもないよ。わかってくれて嬉しい。……でもね」

見つめられる視線の強さに、なぜかくらりとした。心臓がざわざわと落ち着かず、漆黒《しっこく》の双眸《そうぼう》にふうっと意識のすべてが吸いこまれていくような錯覚を覚える。

「佳弥が、どうしても前の俺の方がいいって言うなら、……もういっかい変わってもいい」

「も、いっかい……って」

囁くような甘い声に、眩暈《めまい》がする。頬が熱くて、くらくらして、佳弥の声はまるで喘《あえ》ぐように細いものになる。

ほんの一瞬、元就の瞳にひどく熱く真剣なものが宿った気がしたけれど、それはすぐにか

き消され、にやりとひとを食ったような表情にすり替えられた。

「——なぁんつったらどうする、よっちゃん？」

「なっ……！」

からかわれた、と気づいた瞬間には盛大に赤くなった顔はもう戻らず、跳ねあがった鼓動はそのまま怒りにすり替えられる。

「ば……ばっかじゃん、どうせできっこねーくせにっ」

「あら？　どうせときますか。ひどいな」

睨みつけると、肩を震わせて笑う元就は組んだ腕の中に顔を伏せてしまう。視線が逸れたことにほっとしつつどこか寂しくて、そんな自分がよくわからないと佳弥は思う。

「なんか繊細ぶったこと言ってたけどどっ、どーせ刑事やってもへまばっかだったから辞めたんだろっ」

笑う元就にムキになり、テーブルの下で思いきり長いすねを蹴りつけ、佳弥は言った。

「あらー、俺って信用ないね……いて、いてて、蹴るな蹴るな」

「アンタなんかヘボ探偵で充分だっ」

もうこれは本心からではない憎まれ口で、わかっているからこそ元就もにやにやと笑ったまま、蹴られたすねが痛いと眉だけしかめる。

じゃれつくような言葉の応酬に、こういうやり取りを楽しんでいる自分を知った。これからもきっと素直にはできないが、これはこれで元就と新しくはじめた関係なのかもしれないと思う。それはとても嬉しくて、同時に少しだけ、奇妙なうろたえを佳弥に植えつけた。

——もっと身近で……俺の手の届く範囲で。

あの言葉にまるで「おまえの隣で」と囁かれたような気がした。ひどく甘ったるい混乱が押し寄せ、そんなふうに意識する自分はばかだと思った。

(俺、なに考えてんだろう)

表に出せない不可思議な感情が増えてしまったことに、気づきたくない。恥ずかしくて、だからよけい、ふて腐れた顔をするしかない。

「もー、今日はヘボ探偵のおごり！」

「いつもおごってやってんだろが」

そうして怒ったふりを続けるうちに、囁く声に身体中の血を騒がせた愚かな自分のことなど忘れてしまえばいいと、願うように佳弥は思っていた。

＊　＊　＊

長雨がようやくあがるとすっかり木々の葉も落ち、秋らしい秋を味わう間もなく空は冬模様に変わっていた。

いよいよ学期末のテストが始まるというので、教室の中は少しばかり落ち着かない空気が漂っている。佳弥らも来年には最高学年で、内部持ちあがり組は推薦枠と内申書に戦々恐々とし、外部進学組はむろん、いずれ来るセンター試験や本試験の厳しさに既に怯えている。

「里中ぁ、進路調査票どうするよー？」

「んん……どうすっかなあ」

昼食後のデザートにと菓子パンを齧《かじ》りながら、書き終えた進路調査票をひらひらさせた牧田に対し、パック牛乳をすすった佳弥はううむと唸《うな》る。

ぴりぴりと誰もが神経を尖らせるその中で相変わらずの暢気《のんき》ぶりを見せるのは牧田だ。彼はとりあえず夏のインターハイでそこそこの成績を収めたため、スポーツ推薦でこのまま持ちあがることがほぼ確定し、他のクラスメイトよりは精神的に余裕があるようだった。

「里中成績いいんだから、迷うことないじゃん」

「そーなんだけど……」

牧田の言うとおり、佳弥には下手《へた》に選択の幅があるのも悩みの種だ。贅沢《ぜいたく》な話だが、付属大はなんとなく物足りないし、さりとて外部を受けるほどの熱意も度胸もない。そもそもまだ十七歳の佳弥は目先のことで手いっぱいで、さきのことなどなにも、考えられないのだ。

「オヤとか、なんて言ってんの？　オヤジさん、まだ海外だっけ」

「うち基本放任だし、好きにしていいって……でもそれがいちばんわかんねえよな」

なにがしたいかなどとはっきりしていない自分を持て余し、なんとなく悩むのがこの年齢のつらさであり、またその時間こそが特権であるとも言える。大抵はその贅沢な悩みに気づくころには既に、引き返せない道に立たされている場合が多いことも、なんとなくわかる。だからこそ佳弥はボールをいじっていれば幸せという友人が少し羨《うらや》ましかった。

羨望《せんぼう》と少しの嫉妬を交えて大きな身体を見あげていると「そういえば」と牧田が口を開く。

「ほら。最近、もう里中のアレ、なくなったなあ」

「ああ、うん。そうみたい。やっぱ、いたずらだったんじゃん？　誰かの」

「それはそれで、むかつくけどな」

謎めいていた紛失事件から、もうずいぶん経った気がすると佳弥は笑った。このところ期末考査前の勉強のため、教科書の類《たぐい》はすべて持ち帰るようにしていたせいもあるだろう。

（晴れてるから、電車も乗らずにすむようになったし）

ＭＴＢに乗ると身を切る風が次第に厳しいと感じる季節だが、これもある種の楽しみだと思えるほどには、佳弥の日常はすっかり平和になった。奇妙な事件よりも、目さきのテストや進路のことに惑わされ、あっという間に時間が過ぎていくばかり。

元就とは相変わらず、からかわれたり悪態をついたりの繰り返しだが、以前に比べて険の取れた佳弥の態度に、なぜか彼は嬉しそうだ。梨沙とも変わらず親密にしているようだが、以前ほどには気にならなくなった。また、来年あたり日本に帰って来られるらしい父の話題で浮かれている彼女を見ていると、自分の妄想じみた懸念《けねん》が恥ずかしいと思えた。

しょせん母にとっては元就も息子のようなものであることはわかりきっている。それを邪推するのもばからしいのもむろんだが、いまはそれどころではないというのが本音だろうか。

（なんか、この間から……妙にかまわれまくってるんだよな）

もともとスキンシップの好きな元就は、佳弥がいやがろうが何だろうが高い位置から頭を押さえつけるようにして頭を撫でたり肩を抱いてきたりする。そのたびに子ども扱いするなとはね除《の》けるのは不快さからではなく単なる習い性で、本気でいやなわけじゃない。

数年間のブランクを埋めるかのようにかまわれるのは嬉しい反面、ひどく苦しくもなる。

少し前に覚えたような、腹のあたりが熱くなるような反感や不快さではなく、もっと複雑で厄介なものが、元就に触れられたあたりからこみあげてくるのだ。

（でも、これ、なんなんだろな……）

無意識に尖らせた唇に、佳弥は骨の細い指を押し当てる。

もやもやとして落ち着かなくて、だからいつでもあの大きな手を振り払うのだけれど、離れてしまえばひどく寂しい。慣れない感情に揺らがされて、ひとりのときだろうとなんだろうと唐突に泣きたくなってみたりもする、ひどい情緒不安定に見舞われるのだ。

そうして、そんなときは大抵、自分の唇を触っている。

――佳弥。……口がへの字。

佳弥の新しいくせになったそれが、いつからはじまったかなど明白だ。元就の長い指が触れた軌跡を辿《たど》り、感触を思い出すそのたびに、胸のもやもやはもっとひどくなる。

意味もなくせつなく、そんな自分に気づきたくなくて、佳弥は混乱しっぱなしだ。ふと目を伏せてため息をつくと、予定表を見ていた牧田が「げえ」と呻いた。

「あーあ、次って移動じゃん。化学のあと体育かー、移動時間考えて組めよなあ」

牧田のぼやきは、外周は二キロ以上に及ぶという、この高校の敷地の無駄な広さによる。生徒数の多い武楠は専用グラウンドの他にテニスコートやバドミントンコート、果ては道場までをもてるほどに広い敷地を誇っていたが、要は立地が田舎なのである。

化学室は三棟ある校舎のもっとも北にある第三校舎、しかも最上階の四階奥という位置にある。体育館はといえば第一校舎からさらに渡り廊下を挟んで、敷地内ではもっとも端の位置にあり、つまりは高校の敷地を見事に横断する距離。あげくいやがらせのように、更衣室はその中間地点である第二校舎の二階と、ものの見事にど真ん中だ。

「――あ、そんじゃ着替え持ってった方がいいかなあ」

それを十分足らずの間に着替えて移動するのはかなりに骨なのだ。せめて教室に服を取りに来る時間だけは短縮するかと佳弥が呟けば、しかし牧田は眉をひそめる。

「無理。今日の実験、火使うから、よけいなもの持ってくるなって言ってたじゃん」

「うげ、そっか……あー、んじゃ教室でこそっと着替えるかあ」

「女子は気の毒だな」

男子生徒であれば、鍵のかからない教室で着替えて見咎められてもどうということもない。時間短縮に教室内で着替えることも黙認されてはいるが、女子の場合はそうもいかない。

だが、少しの気の毒さと優越感にひたりつつ頷いた佳弥の耳に、同じ事情で呻く女子の声が聞こえてきたとたん、その表情は微妙な苦笑いに変わる。

「ねえねえ、もー体育どーする？　トイレ持ってって、下だけでも穿《は》いてく？」

「あっは、アサミ甘いよ。あたし家から半パン穿いてきたもーん」

「マジっすか!?　うわだっせー。めくっちゃえ！」

ぎゃあっという悲鳴のあと、女子同士のスカートめくりがはじまった。逞しくもかしましいそれに牧田は「ちっとは声抑えろ」とげんなりした顔をみせた。

「あれは女子の会話か……？　つうか、あいつらは、女子か？」

「そうなんじゃない？　いちおう生物学的には」

雑《ま》ぜ返す佳弥だったが、内心しみじみ「女子は時間の節約がうまい」と感心しつつ、更衣室に寄るよりは体育館に近い教室で着替えることを決めた。そして昼休みの終わりを告げるチャイムに急かされ、移動のための教科書類を手に持ってふたりは立ちあがる。

（あ、と。そうだ）

ふと気づき、短時間の着替えに慌てないようにと、佳弥はバッグから体操着を取りだした。

「おい、急げって、里中ぁ！」

「わり、待って」

短気な牧田に答えながら、椅子の上に体操着を置き、佳弥は小走りに教室をあとにする。わらわらと、クラスのほぼ全員が同じく教室を出て行って、予鈴のチャイムとともに校舎内は不気味なまでの静けさに包まれていく。

そして——化学室での実験のあとに教室へと戻ってきたときには、畳まれていたその規定服は跡形もなく消え、青ざめた佳弥がいくら探しても、見つかることはなかった。

＊　＊　＊

しばらくぶりでまた起きてしまった紛失事件が、さらに悪辣《あくらつ》な雰囲気を漂わせてきたのはその数日を置いてからのことだった。薄気味の悪さは、しばらくぶりに再発したことでより強まって、佳弥の不安感はかつての比ではなく膨れあがった。

いままでのそれには、誰か生徒で忘れものをした者が勝手に拝借したと思えなくもなかった。だが今回はモノが衣服であり、しかも標準より華奢な佳弥のそれを借り受ける相手というのは、男子生徒ではかなり限定されてしまう。

おまけにこの体操服が曲者《くせもの》で、服装規定で胸のあたりには名字の入った縫い取りをつけることになっている。つまり他人のものを借りた場合にはすぐにばれ、授業の評定に響いてしまうのため、滅多に他人の服を借りるものはない。当日にはしかたなく、体育教師には事情を話して見学するほかなかった佳弥は、走り回るクラスメイトたちを見ては必死に、自分の服を着ているものがいないか探し、該当者のないことによけい、愕然《がくぜん》とした。

「なあ、里中。……もういい加減、まじやばいって」

「うん、……そうは、思ってる」

牧田はさすがにもうこれは届けた方がいいのではないかと言い出し、佳弥も怯えを隠せず頷くしかない。高校生にもなってこんなことを騒ぎにはしたくなかったが、佳弥が体操服を取り出す場面を幾人かの生徒も目撃しており、盗難にあったのは佳弥だけではないのでは、と不安がる者も出てきてしまった。

誰もが面倒をおそれ、表立っては話題にのぼらせないが、不穏な空気はあきらかに校内に漂いはじめ、当事者の佳弥にはひどく気詰まりな感じがした。

（いったい、誰が……なんで）

また、あの体操服がなくなった翌日には下駄箱の上履きが消えるという事件まで起き、佳弥の精神状態も追いこまれている。毎回金品のたぐいに手つかずとあっては、かなりたちの悪いいたずらか、もしくはいやがらせ以外に理由がないからだ。

「でも届けるって……どうやって、誰に、なにを？」

ぶつけられる、正体不明の悪意に怯えるばかりで、手だてもない自分が情けない。実際的な提案をしてくれる友人に縋る目を向けると、牧田も判断をつけあぐねるように首を傾げた。

「んん……鶴田じゃぜってえ頼りになんねえから、まず俺、三隅《みすみ》に話してみるわ」

バスケ部の顧問でもある体育教師の三隅はまだ若く、風紀などの生徒指導の担当も行っている。人望もあり、部活で目をかけられている牧田からは話がしやすいだろうと佳弥も頷く。

「ありがと。……でもあんま、話でかくなんないようにしてくれな」

「わかってるよ。あとおまえ、あれじゃん？　お隣の、ほら。元就さんとか話してみれば？」

牧田の口から不意に出た名前に、気構えのなかった佳弥は激しく動揺した。

「え……な、んで？」

「あのひと、探偵なんだろ、それにもと刑事さんだしさ、こういうの得意分野じゃん」

「う……ん、そうだけど」

真剣な目で言った彼に、曖昧に佳弥は頷く。以前から話の合間に元就に反抗している旨を散々聞かされていた牧田は、佳弥のためらいを自分なりに解釈したらしい。

「そりゃさあ、いままで散々ぶーたれた相手いまさら頼るってのもやりにくいだろうし？　おまえもいやがらせ受けて、みっともねえとか思うかもだけどさ。そこは割りきらないと」

保護者めいたひとに、個人的なことで頼りたくないというのも、少年らしい矜持としてわからなくない。だがぐずってる場合じゃないだろうと、牧田は諌《いさ》めるような顔をした。

（そうじゃないんだ……べつに、みっともないとか、そんなんじゃなくて）

いま、元就にそうしたことを相談しにくいのは、牧田にこぼしたころとは違う心境から来るものではあったが、さりとて佳弥にはそれを上手《うま》く説明できない。というより、口にしたとたんになにか、とんでもない答えが出てくるのではないかと危ぶんでいるせいで、どんどん口は重くなってしまう。

それもこれも、ややこしい事態が起きたからだと、憂鬱なため息がこぼれた。

「なんでこんなこと続くんだろ……俺、誰かに怨《うら》み買うようなことしてないつもりなのに」

「里中……」

黙りこんだ佳弥の頭上から、心配そうな牧田の視線を感じた。重い沈黙が続く中、それを破るようにからりと教室の引き戸が開かれ、向かいのクラスの菅野が顔を出した。

「――あのさあ、里中いる？」

「なに？　菅野」

「ちょっといい？　こっち」

顔をあげた佳弥に、菅野は顎をしゃくって廊下へと呼び出す。あまりよろしくない雰囲気に、牧田と顔を見合わせたあと従うと、背の高い親友も心配そうに渋面を浮かべついてきた。

「で、なんだよ」

廊下の端、クラスの面子に聞かれない場所まで佳弥を連れてきた菅野を促せば、飄々とした彼にしてはめずらしく、言いにくそうに唸る。

「俺、昨日掃除当番で、ゴミ捨てに行ったんだけどさ」

しかめ面の彼が手にした紙袋に気づいた佳弥は、皆まで言う前に「まさか」と目を瞠った。

「菅野、ちょっとそれ、俺に見せて」

青ざめた佳弥の代わりに、牧田が長い腕を伸ばす。菅野はむしろほっとしたように、バスケ部のエースへとそれを渡した。

「焼却炉の中、開けたらそれ……入ってて」

菅野にはめずらしく、なにか言いにくそうに口ごもるところを見ると、もう佳弥の身に起きていることは、他のクラスにまで知れているのだろう。

袋の口を開け、瞬時に顔を強ばらせた牧田に、佳弥はいやな予感が的中したことを知る。

「牧田……それ」

「ん。――ともかく俺、三隅には話すから。もうこれ、やばいだろ」

重く頷いた牧田に、佳弥が知らず縋るような視線を向けると、苦い顔の彼は『失《な》くなっていたもの』がその中にあることを肯定したあと、低く押し殺した声で佳弥に告げる。

「おまえは見るな。もしものために……これは俺が持っておく」

「もしもって……なに？」

問いかけながら、佳弥はこの季節だというのに自分の身体が汗ばむのを感じた。そのくせ、胃の奥に、冷たいいやなものが流れこんでくるような悪寒に身体中が震える。

「マジで、元就さんに相談して、……なんとかしなきゃいけないような事態の、ため」

「どゆ……こと」

「里中、よせって」

見せろと伸ばした腕から逃げる牧田に、知らない方がよほど不安だと佳弥は言った。

「なんで見るなって？　そんなにやばいのかよ……なあ、俺の服、どうなってんの⁉」

「まあ落ち着けよ、里中」

不安から来る興奮に声が大きくなった佳弥に対し牧田は口をつぐんだが、いままで無言だった菅野が、なだめるように肩を叩いてきた。

「どうとかねえよ。ただ……濡らして捨ててあったみたいで。また雨降ったし……夜だけど」

だから焼却炉の中でも、燃え残っていたのだろうと菅野はひどく淡々と事実を口にする。

「濡らし……て？」

あえぐように問い返した瞬間だけ、菅野は目を逸らした。そのことで、それが単に汚水やなにかで湿らせたという意味だけではないことに、佳弥は気づいてしまう。

ざわざわと肌の下で血が冷たく沸騰《ふっとう》するような不快感。それは雨の日の、あの痴漢に触れられたときと同じ匂いのする感覚だった。制服のズボンになすりつけられた、粘った液体。あれと同じものが——汚れた体操服に絡んでいるのではないだろうか。

「おい、菅野っ。なんでばらすんだよ！」

あっさりと暴露した秀才に、牧田はなぜ言うのかと声を荒らげた。そのいきり立った様子こそが、吐き気を催すような予測を裏付ける証拠だった。

「あのな牧田、里中の言うとおりだよ。隠したってコイツ不安になるだけじゃん」

「だからってよけいなことまで教えなくていいだろうが！」

目を吊り上げた牧田が長身で凄《すご》んでも、淡々とした菅野の態度は変わらない。

「やったやつの意図はわかんねえけど、ストーカーみたいなのだとたち悪いじゃんか」

「あのなあっ、おまえの言い方の方がよっぽど不安にさせるだろ！」

「気をつけるためにも知ってた方がいいだろ？　知らなきゃ自衛もできやしない」

意見の嚙みあわない牧田と菅野が言い争うのを、ぼんやりと佳弥は聞いていた。

向けられた、得体の知れない悪意にそそけ立った肌がおさまらず、小刻みに身体が震えはじめる。どうしてこんな粘着質な行為を向けられなければいけないのか、少しもわからない。

（なんで……）

少しばかり顔立ちは整っているものの、性質はむしろ平凡で、突出したところなど佳弥にはない。ごくふつうの、あたりまえのいち高校生でしかない佳弥にとって、今回の事態はあまりにも異常に感じられた。

佳弥とて、そりのあわない相手ももちろんいる。だが、ここまでの行為を受けなければならない心当たりなどないのだ。揉めたにしても友人とも他愛ない喧嘩をする程度で、およそこうまで粘着質な恨みを買うほどに、濃い感情を持たれた記憶などない。

（もう、やだ……）

ひどく怖く、頼りない。汚された服を挟んで意見が対立する友人たちが声を荒らげているのは、自分の身を案じてのことと知ってはいても、いまはささくれた感情を向けられること自体耐えられそうにない。

「……とにい」

無意識に呟いたのは、そして結局、誰よりも縋《すが》りたいあの、背の高い男の名前だった。たすけてと、胸の裡何度も繰り返しながら。

＊　＊　＊

心配性の牧田は部活を休んで送ると申し出てくれたが、それは辞退した。どうせＭＴＢで帰るわけであるし、一年のころから片道四十分の自転車通学で培った脚力には自信がある。

「なあ、ほんとに平気か？」

捨てられていた体操服は結局牧田に預けた。佳弥には正直、それに触れるほどの度胸も、精神的余裕もないままだったからだ。

「だいじょうぶだから、部活出てくれよ。それに、三隅に話すならその方がいいんだろ？」

でも、とためらった牧田の広い背中を軽く叩いて、どうにか微笑んだ佳弥はひとの多いうちにと身支度を終え、急くような動作で愛車に跨《またが》る。

「おまえも、ちゃんと元就さんに話せよ？」

「ん、……そうするから」

自転車置き場までついてきた牧田に苦笑して手を振り、ペダルにかけた脚に力を入れた。

グリーンをベースにカラーリングされた愛車を駆《か》り、普段よりも早いスピードで、うねる坂道を風を切って走る。ジャッ、とこぎ出すたびに回るチェーンの音、リズミカルなそれに乗るように、心音も跳ねあがっていく。

今日の事件のおかげで、いやなふうに早くなった鼓動など、坂道を駆けあがるそれに紛らせてしまいたくて、ことさらに佳弥はスピードをあげた。

急勾配の坂を越えると、今度は同じほどの長さの下り坂になる。速度を調整しながらでなければ危険なそれを、今日の佳弥はあえてブレーキをかけずに一気に降りた。

「うっひゃ、こえええ……っ」

墜落するような浮遊感に、わざとらしく歓声をあげる。疾走するＭＴＢの上で不安定に身体が跳ね、破裂しそうな鼓動に火照《ほて》った頬は北風に煽《あお》られてひりひりと張りつめ、鼻さきにもつんと湿った痛みを感じた。

この痛みと不安はきっと、もう母の手でも癒すことはできないだろう。

(元にい、……もとにい……怖い、痛い、寒い……っ)

もしも佳弥に心からの安堵とやわらぎをくれる手があるとするならば、それは長くしなやかな、あの指しかないのに違いないと思いつめ、佳弥は胸の裡組るように彼の名を呼ぶ。

息も整わないまま駐輪場にMTBを収納し、いつものごとく赤いミニクーパーが鎮座しているのを確認したあと、佳弥はマンションの階段を駆けのぼった。

(元にい、はやく、はやく)

混乱しすぎて真っ白になった頭にはもう、ただとにかく元就の顔を見て安心したいという願いしかなく、自宅に戻るよりさきに隣の部屋のインターフォンを押したが返答がない。

「いな、い?」

はあはあと息を切らせ、額に浮いた汗を手の甲で拭った佳弥は一瞬、失望に襲われる。

車があるからきっと在宅だと思ったのにと考え、はっと気づく。

「そだ、うち……っ」

また母と話でもしているのかもしれないと思い直し、すぐ側《そば》の自宅のドアに鍵を差しこむ。

ひどく気が急《せ》くのは、どうしてだろうと思いながら震える指でドアを開け、玄関からまっすぐに続くリビングへと駆けこみ声をかけた。

「ただいまっ、ねえあの、元に――」

そして佳弥は、そのまま言葉を失った。

（なに……してんの）

廊下のさき、開け放したままのドアの向こうで母の薄い肩を抱くようにした元就を見つけてしまった瞬間、世界が音を立てて凍りついた。

「——佳弥!?」

はっとして振り返った元就は、一瞬だけしまったというように顔をしかめる。同時に、驚き振り返った梨沙の目元は潤んで赤かった。

その光景を目にしたとたん、さきほどまであんなにも火照っていた身体はひと息に冷めた。おさまらないままの鼓動を沈めるように深く息をすれば、刺すような痛みを胸に感じる。

「……なに、してんの？」

奇妙に感情のこもらない声が出た。呆然と立ち竦む佳弥の震える唇から、放たれた言葉にはっとしたのか、元就は梨沙の薄い肩からゆっくりとその指を剝《は》がした。

「おかえり、どうした？　慌てて」

「おかえりなさい、佳弥」

普段どおりの声を出し、薄く笑んだ元就にも、その彼を振り仰ぎ、慌てたように目元を拭った母にも、佳弥はひどく冷めきった一瞥《いちべつ》を投げる。

「あ、は……ひょっとして俺、お邪魔？」

引きつった頬に歪みを感じ、もしかすると自分はいま、ひどく下卑《げび》た笑みを浮かべているのではないかと察したのは、視線のさきにある元就の表情が苦く歪んだからだった。

「変な誤解するなよ、佳弥」

「変な誤解って？」

状況のまずさを自覚しているらしい元就は、ばつの悪そうな声を出したが、梨沙の方はきょとんとしている。というより、どこか母の表情はうつろにも思われたが、佳弥にはそれを慮《おもんぱか》る余裕などなかった。

「佳弥、だからこれは――」

「や、いいです、いいです。ご自由に。俺関係ないし、ごゆっくりどうぞ」

「ちょっと待て！」

言い逃れなど聴きたくなかった。元就の焦った声を遮り、鼻先でせせら笑うように告げた佳弥はそのままきびすを返そうとしたが、長い指に腕を摑まれてしまう。

抗《あらが》い、振り払おうとしてもその力は強く、なんだよ、と佳弥は睨みつける。

「んっだよ、離せよっ！　邪魔して悪かったけど、出てってやるんだからほっとけ！」

毒々しい自分の声には、我ながら吐き気がした。元就はもっと不愉快だっただろうと思えば胸が痛いけれど、いまほかになにを言えばいいのかさえ、佳弥にはわからない。

なにもかもに裏切られた気分だった。摑まれた腕が冷え切って小刻みに震え、じっと見下ろしてくる元就の視線もいまは憎々しいものにしか感じられない。

幾度か、背の高い男はその唇を開閉し、何ごとかを言いかけたあげくのため息をついた。そして、ぼんやりとたたずむままの母に声をかける。

「だめだ、梨沙さん、やっぱり話しておこう」

「元ちゃん！」

「いつまでもコイツだけ蚊帳《かや》の外ってわけにいかないでしょう、当事者なんだから」

その言葉に母ははっとしたように首を振ったが、元就の厳しい声に口をつぐむ。

「……なんの、話」

ひどくいやな予感がする。それがさきほど覚えたような下世話な類の話ではないことを、元就の発する雰囲気から佳弥は知った。

「とにかく座って。……梨沙さんも」

肩に手をかけ促された横顔が、ひどく見慣れない。穏やかではあるが冴《さ》えた空気を纏う元就に、これは彼が「仕事」のときに見せる表情なのだと気づかされ、佳弥は息を呑んだ。

ソファには梨沙と佳弥が隣りあわせに座り、テーブルを挟んだ向かいには元就が腰かける。そこにきてようやく、リビングテーブルの上にテーブルタップと幾つかの機械、そしてなにかを分解したとおぼしきパーツが転がっていることに佳弥は気づいた。

「なに……これ」

センサーのついた物々しい機械を不気味そうに眺めたあと、佳弥はぽつりと呟いた。母に問うように視線を投げても、梨沙は青ざめた顔のまま首を振るばかりだ。

「これ、俺の部屋の……？」

いわゆるたこ足タイプのそれは、よくある市販品だが、小キズの入り具合に見覚えがあった。机と壁の間にあるコンセントに無理につないでいるため、差しこみ口に斜めに歪みが出ているのだ。怪訝な顔をする佳弥に、元就は厳しい口調で問いかける。

「どこで買ったか覚えてるか？」

「なんでそんなん……」

いいから、とやはり静かだが有無を言わせない口調で促され、たしか牧田につきあって秋葉原のジャンク屋に行ったとき、ついでに買った覚えがあると告げると、元就は大きく肩を上下させ、息をついた。

「もう、とにかく電化製品は、店の保証がちゃんとしたところで買え」

「なんでさ、なんだっていいじゃんコンセントくらい——」

やや苛立ったように髪を掻《か》きむしった元就に、こんな程度のものを買うのは、どこだっていいじゃないかと返せば、無言のままひどく強い視線で咎められる。

びくりと息を呑んだ佳弥の肩を、そっと梨沙の手が押さえた。

「あのね、佳弥、お願いだから元ちゃんの言うこと聞いて？」

「母さん？」

聞いたこともないようなか細い声だったが、母の瞳は真剣そのものだった。

帰宅してからの衝撃と、訳の分からない怒りにごまかされていた不安が甦《よみがえ》る。ふっと脳裏をよぎったのは、結局牧田に預けたままの体操服。

（なんで、いま……）

関係のない事柄が不意に浮かぶのかわからず、恐怖感さえ覚えて押し黙った佳弥に、ゆっくりとした口調で元就は言葉をかけた。

「ここのとこ俺がこの家に来てたのは、ただごちそうになってたわけじゃない」

「ど、ゆ……こと？」

「梨沙さんに、相談を受けてた」

相談？　と母を見やれば、真剣な顔でこくりと頷いた。その表情は硬かったが、じっと見つめてくるまなざしには、不安よりこちらへの強い保護と愛情が揺らぎ、それで佳弥は事態をある程度理解した。

「このところ、おまえの洋服とか……下着とか、そればかり狙って盗まれてる」

佳弥の予測を裏付けるように、淡々とした元就の声が続いた。

「梨沙さんとおまえと、ふたりだろう。男物だけ狙っていくのも妙な話なんだけど、――全然気づいてなかったか」

まあ、ママに任せきりじゃそれもありかと、元就は小さく呟く。

「ちょうど、季節変わりで洋服の入れ替えが多かったから、私も気づかなかったのよ」

たしかに言われてみれば、先日から何着かの衣服が見あたらなかったことを思い出す。母に問いかけても、毎度あまりはっきりしない返事ばかりだった。

「最初は、干してるうちに落っことしたのかしらって思ってたわ。でもあんまり何回も続くからおかしいと思って……元ちゃんに話したの」

佳弥たち家族がこのマンションに住んだのは佳弥の生まれる直前、つまり十七年は最低でも経っている。そこそこの高級マンションで、何度か外装工事を行っているためきれいではあるが、建築当時はいまほど世情の危うくない時代で、根本的なセキュリティは甘く、佳弥たちのように階の低い部屋は盗難にも遭いやすい。

マンションというものが上にあがるほどに値段もあがるのは常識だ。それなりの稼ぎもある父は、妻子のためにもっと上の階を選びたかったらしいが、梨沙がやや高所恐怖症の気《け》があるためにこの部屋を選んだのだと聞いたことはあった。なにより隣が元刑事の家であるという安心感は大きかった。母にしてみてもショックだっただろう、声音《こわね》には疲れが滲む。

「いままでこんなことなかったのに……お父さんが言ったように危ないのね、低いところは」

「まあ、一階に比べればぜんぜん危険度は減りますが……今回は、どうもそこの、足場を利用したらしい」

それでも三階となれば、ちょっとやそっとの高さではない。そのため、いままで物騒な事件など起きたことはなかったのに、どうしてと佳弥が混乱していると、『外壁の塗り替えのせいだ』と元就は言った。

「あれで足場が作られてただろう。雨のせいで作業も遅れたし、いまだに撤去も終わりきってない部分もある。……おそらくそれを使ったんだ」

「そん、な……」

しかし、それ以上に佳弥を襲った動揺は激しかった。かたかたと奇妙な音が聞こえはじめ、それは自分の歯の根があわないための軋《きし》みだと佳弥が気づくまで、しばらくかかった。

血の気《け》の引いた、佳弥の手を握りしめてくる母の手のあたたかさがなければ、叫んでいたかもしれない。

「だいたい、普通の窃盗《せっとう》にしちゃおかしすぎる。女性の下着を盗むならともかく、徹底的におまえのものしか狙ってないんだ」

梨沙の服にしても、マニッシュなものもある。母子《おやこ》して細身であるため、ぱっと見てもさほどサイズには違いがないくらいだ。しかしそれらにはいっさい手をつけず、ターゲットはあくまで佳弥のものだという。

つまりはよほど、佳弥を観察していなければ、気づかないということになるのだと、どこか感情を押し殺した声で元就は告げた。

「あとは……電話中に、変な音が入ったりしなかったか」

「電話……？　もともと子機の調子、悪かったから」

低い声で訊ねてきた元就の言葉に、はっと佳弥は目を瞠る。雨の日、車の中で会話したときに彼は、仕事の資料を買いに出たのだと言っていた――それは、たしか。

「それ……それじゃ、……これまさか」

盗聴器か。細かくパーツの分解されたそれは中身を確認したせいなのだろうと佳弥が思い至ったとたん、耳元にざあっという血の下がる音を聞いた。

混乱が極まって、頭の中が白く霞《かす》む。あのとき菅野はなんと言ったろうかと、拒絶したいのに甦ってくる記憶が、遠い世界のことだと思っていたあの単語を耳元に繰り返し響かせる。

「ストーカー……？」

わななき、かすれた声で呟けば、元就は苦く歪めた唇から、ぽつりと返す。

「――おそらくそうだ。おまえに目をつけたのがさきか、盗聴がさきかわからないけど、とにかくターゲットにされてるのは間違いない」

その肯定に、びくん、と佳弥の身体が跳ねあがった。母の手がそっと髪を撫でて、落ち着きなさいと言うようにやさしく触れてくる。

「佳弥、だいじょうぶ。元ちゃんにお願いしたもの、きっと――なんとかしてくれるから」

そうでしょう、と縋る瞳を向けた梨沙に、元就はしかし即答しなかった。

「できる限りのことはするし、島田にも協力してもらうことになってる。あとは、佳弥、自分でも少し気をつけてみてくれないか」

ややあって、元就の低い声が紡《つむ》いだのはそんな台詞だ。渋面を浮かべる彼の見たこともないほど真剣な表情に、この事態がけっして楽観できるものではないと思い知らされる。

「気をつける……って」

「こういうのは向こうの尻尾《しっぽ》を摑まない限りどうにもならないんだ。これも調べたけど、どうやら家に入りこんで取りつけたと言うより、店に並んでる時点で組みこまれていたらしい」

小型の盗聴器を視線で示し、近ごろよく出回ってるのと同じタイプだと元就は言った。

「こいつから割り出すのはだから不可能だと思う。……あとは行動がエスカレートしないことを祈るしかない」

俺もできるだけ気をつけるからと苦い声で元就は言った。隣に座る母は安堵の息をついたが、しかし佳弥は素直には頷けなかった。

「ここんとこ、帰りとか……よく、会ったのも、だから？」

「ん？　ああ……そうだ。周辺に、妙なやつがいないか、確かめてた」

静かに頷いた元就は、もう秋口に入るころから怪しげな気配はあったからと言った。たしかに、そのころからがとくに頻繁に、彼が梨沙と話しこんでいることは多かった気がする。

（なんだ。……それでか。仕事、だったからか）

きり、と佳弥は唇を噛む。事実を知った瞬間に、なぜか身勝手にも、母と元就の親密さに気を揉んでいたときの方がよほどましだったと思われてしかたなかった。

「じゃあ大変だったね」

雨の日、どうりでタイミングよく現れたわけだ。恐らくはもうあの時点で、元就は佳弥の登下校をマークしていたのだろうから。

「さきに言ってくれれば——俺だって、もうちょっと考えて行動したのに」

「佳弥……？」

仕事、だったのだ。気にかけてくれたのも、送るような真似をしてくれたのもあれもすべて、仕事の依頼で、だから。

「ご苦労さまだったよね。でも、もういいよ。これからは自分でなんとかするし」

結局あの思いやりも、護るようにかばってくれた腕も、元就の気遣いなどではなかった。

そう思った瞬間、不思議なことに身体の震えも、恐怖心もすうっと消えていく。あまりの変化を自分でも訝《いぶか》しみつつ、胸の中に硬い壁ができていくのを佳弥は感じた。

（ああ……そうか）

護ってほしいなどと思うから弱くなる。傷つきたくないから怯えもするし、恐れる。その根元が消えてしまえば、なにも怖くなどない。

諦めは、なんて心にやさしいのだろう。護るものがないことは、こんなにも楽なのだ。

それが実際には、なにもかもどうにでもなれという自棄《やけ》からくる気持ちと知りつつ、目を瞠《みは》る佳弥《よしや》の笑みの形に歪《ゆが》んだ唇からは、冷え切ってしらけた声がこぼれていた。

「気をつける、ようにするし——だからもう、あとつけるような真似、しないでくんない」

「なに……？」

毒気の強い言葉にはっとしたように、元就《もとなり》が目顔《めがお》で「どういう意味だ」と訊《たず》ねてくる。それを無視して、佳弥は立ちあがった。

「佳弥、あなたなんて言い方⁉」

声を荒らげ咎《とが》めた母にさえ、流した視線は冷たくこごっていた。表情の失われた——形ばかりは笑《え》んでいるけれども、いっさいを拒絶する息子の顔に、梨沙《りさ》は息を呑む。

「母さんが安心したいなら、窪塚さんに頼むといいよ。俺は、……どうでもいい」

あえて呼び慣れない名字を口にした瞬間、視界の端で元就が微《かす》かに眉《まゆ》を寄せる。それに対してもやはり、冷笑を浮かべ自室へ下がろうとした佳弥の、腕を摑《つか》んだのは梨沙だった。

「佳弥、ちょっと——あなたのことよ⁉」

「どうせいままで黙ってたんだから、同じことじゃん！」

「……同じじゃない」

言い放った言葉は母に対してではなく、元就に向かって投げつけられた。激したそれを受け止めた男は動揺の色さえなく、静かに諭そうとするからいっそう佳弥を傷つけた。

「ここまで来ると、協力して貰《もら》わなければ依頼を遂行《すいこう》できない」

それほどに危険だと、元就は言いたかったのかもしれないが、佳弥にはその事務的な口調がひどく遠く感じられた。理由のわからない、怒りとも悲しみともつかないものがこみあげてくる。元就の冷静な声がさらにその感情を募らせて、息をするのも苦しかった。

「っ、じゃあ、勝手にすればいいだろ！」

「佳弥！」

吐き捨てるように叫んで部屋に駆けこみ、叩きつけるようにうしろ手にドアを閉める。母が慌てたようにドアを叩き、開けなさいと言うのをドアノブを握りしめて拒《こば》む。耳鳴りがするほど鼓動がうるさくて、たった一枚ドアを隔《へだ》てた距離がひどく遠いものにも思えた。

「佳弥！　開けなさい佳弥！」

「いまは無理でしょう、混乱したんだと思う」

きつい母の声に被《かぶ》さるように、元就のそれがドア越しに聞こえた。だけど、と呟《つぶや》いた母の困り果てた気配が伝わってくる。

「俺から、もういちど明日にでも話しておくから」

静かな口調だが、語気はしっかりとして、佳弥に伝えるために発せられた言葉だと知れる。

「……聞くもんか」

とにかく落ち着いてと、やや錯乱気味の母をその場から遠ざけるのが、次第に小さくなる会話で察せられ、背にしたドアに縋《すが》ったままずるずると佳弥はその場にうずくまった。

荒かった息がおさまるとともに激昂《げっこう》も徐々に冷めはじめる。放っておけと言い捨ててしまったけれど、自分の気配しかない部屋にこうして膝《ひざ》を抱えていると、感じたことがないほどの孤独感と寒気が襲ってきた。

「べつに、平気だ……こんなの」

小刻みに震える肩を両手で抱いても、冷えきった身体はあたたまることはない。子どものように身体《からだ》中を縮こまらせて、混乱のひどい頭を膝に擦《こす》りつけた。

「元にいの……ばか」

「――佳弥」

呟いたとたん、コン、と軽いノックの音がして、びくりと佳弥は肩を竦《すく》めた。帰るから、と告げてくる低い声に耳を塞《ふさ》いで、抱えこんだ膝にさらに顔を埋《うず》める。

「とにかくひとりでは行動するなよ、いいか？」

「わかったよ、うるさいなっ！　帰れよ！」

諭す声に語気荒く怒鳴り返したのは、うしろめたいせいだった。荒らげた声を放ち、そのくせにドア越しの元就のため息に気づいてしまえば、ひやりと背中に冷たいものを感じる。

「じゃ、……また。なにかあったら、言えよ」

「……っ」

最後に告げた元就の声に、佳弥はもう言葉を返せなかった。唇を嚙みしめ、なにかとんでもないことを口走りそうな自分をこらえ、遠ざかっていく気配と、ややあって聞こえたドアの閉まる音を聞いた瞬間、どっと脱力感が襲ってくる。

ひどく疲れた、と吐息して、そういえば学校から家まで走り通しMTBを駆ったことをいまさら思い出す。足の筋肉が小刻みに震えて、なんのためにこんなにと佳弥は思った。

「ばっかみてえ」

駆けこんださき、抱えこんだ不安ごと元就に包んで欲しかった、その願いがどこから来るものか、こんなときだというのに自覚してしまって、乾いた笑いが漏れてしまう。

元就の大きく広い手のひらと、それに見合う長い指はしなやかに見えるけれど、強い。あたたかなあの感触を、急《せ》くように求めて走って来たのに、見つけてしまった光景は、それが自分ひとりのものではないと思い知らせるようだった。

しゃくりあげた母の、薄い肩にかけられた元就の大きな手のひら。部屋に飛びこんだ瞬間見つけてしまったそれに、胸が焦げるように熱くなって、暗く目の前が歪むようで——きっとあの瞬間には、ひどく醜《みにく》い表情をさらしてしまっていただろう。

(なんで……っ⁉)

頭に浮かんだのはそれだけで、叫びだしそうな自分を抑えつけるのが精一杯だった。ひどく理不尽な目にあったようなショックを受け、あれが母の姿ではなかったなら、突き飛ばしていたかもしれないほど、あの瞬間覚えた衝動は強かった。

その激情に従っていたとして、やめろと、触るなと突き飛ばしてそして、睨《にら》みつけたのはどちらの方なのだろう。

「ホントにばかだ……」

もうわかっているからこそ佳弥は、伸《の》べられた腕をいらないとはねつけたのだ。

あの手が、誰かに触《ふ》れるだけで腹の中が煮えてしまいそうになる。

こんな感情を、いつから自分が持っていたのかなどわからない。それでも、もうずいぶんと前に根ざしていたことだけは知っている。そうでなければ四年前、届かない問いかけに背を向けられただけのことで、あそこまで傷つきもしなかっただろう。

反抗して憎まれ口を叩いたりするのが、素直になれなくなった佳弥の唯一残された、元就へのアプローチだった。そうすれば、軽く眉を寄せて苦笑しながら、背の高い男が振り向いてくれることを知っていた。

本当はずっと、あの黒く澄んだきれいな瞳に映るものが自分だけであればいいのにと思っていた。だがそれを素直に表すことなどできないまま、嫌わないでと本心では怯《おび》えて。

それでも、佳弥を許し、困ったように笑いながらも機嫌を取るようにかまってくれる元就がいたから、不機嫌な瞳で傲慢《ごうまん》に見あげることができたのだ。

けれど、自分にかまうのが仕事からだったなどと知っては、もう冷静なふりもできない。

「こんなの……」

普通じゃない。

小さく呟いた声はかすれて、弱々しく空気を震わせては消えていく。

佳弥が元就に求めるものは、子どもじみた独占欲に似ている。しかし本当は、それよりももっと切実で熱い、せつないものを伴う感情だと、とうにわかっていたのだ。

雨の日の喫茶店で覗《のぞ》きこむように見つめられて、動揺した胸の奥がひどく甘く痛かった。怯える肩にかけられた手のひらも、背中を包む体温も、あのときだけは佳弥だけのものだったのに――そう思って、自分の身勝手な思いこみに嗤《わら》いがこぼれる。

佳弥が心から望むそれを得ることは、不可能だとわかっている。

誰にでも示されるやさしさが欲しいわけじゃなかった。自分にも他者にも等しく平等に与えられる、そんなぬるい情ならいらなかった。

まして義務や、仕事で護られることなど、望んでなどいなかった。

幼いころから、元就が世界のすべてだった。追いかけてじゃれついて、けれど次第に気づきはじめたその距離の遠さに傷ついて、彼が女性といる姿の自然さに胸を焼いて、自分の母親にさえ――それを覚える資格さえ持たないくせに、分不相応にも佳弥は嫉妬《しっと》したのだ。

「元にい……ごめん」

八つ当たることしかできない子どもを、持て余して早く、いっそ見捨ててほしい。やさしくされればきっと、いつまでも引きずってしまうだろう。

初恋は決して叶《かな》うことのないものだと言うけれど、まったくだよと笑いが止まらない。

乾ききった瞼《まぶた》が熱くて、痛みを覚えた。泣いているときに似ていると思ったけれど、結局笑い続ける佳弥の頬《ほお》には、雫《しずく》がこぼれることはなかった。

もう、どうだっていい。

周囲によぎる不気味な気配も、いやな出来事も佳弥を苛《さいな》むけれど、あれほどに怖かったことがいまでは嘘のように、なにも感じない。

自暴自棄というのはこんな気分のことを言うのだと、佳弥ははじめて実感する。素直にポジティブな健《すこ》やかさをもった少年にとって、その自覚はあまりに重く、苦かった。

誰でもいいからいっそ、こんなみっともない自分を壊してくれたらと——そう思えてしかたなく、引きつった頬で笑いながら、佳弥はその場にうずくまり続けた。

＊　＊　＊

盗聴器の見つかった翌日から、佳弥は元就の姿を見かけてもいっさい口を開かなくなった。

母に対しても必要最小限の言葉しか交わさず、日に日にかたくなになっていく心はそのまま表情に表れて、あれほどに豊かだった喜怒哀楽がこそげ落ちたように佳弥から消えた。

「おまえだいじょうぶ？」

「ん……？　平気だよ」

毎日顔をあわせる牧田《まきた》は、このところの出来事ですっかり佳弥が参っているのだろうと、ことあるごとにだいじょうぶかと訊《き》いてくる。短く答えるときだけ、貼《は》りついたような笑みを浮かべる佳弥に友人は痛ましげな顔をしたが、正直に言えば放っておいて欲しかった。

「だいじょうぶだって、最近変なことも減ったし」

これは嘘で、実際にはまた何度かモノが消えたりもしている。梨沙もあえて言わないようだったが、おそらくまた衣類もなくなっているだろうことは予想がついた。

「でも、おまえさあ、なんか――」

「予鈴だよ」

佳弥は視線をはずしたまま、影の濃くなった細い顎を俯《うつむ》け、牧田の言葉を遮《さえぎ》った。沈黙に漂《ただよ》う、冬支度をはじめた外気のような、温度の低い拒絶の気配。明らかに痩《や》せた佳弥になおもなにごとか言おうとして、牧田も結局は言葉を引っこめるしかなかったようだった。

光の少なくなる冬の空は、晴れていてさえもどことなく鈍い色彩で、佳弥がこのところ無意識にこぼすため息にも似て重く澱《よど》んでいる。

（寒いな……）

いずれ来るはずの春は遠すぎて、本当にそんなものが訪れるのかさえ疑わしいと佳弥は陰鬱に息をついた。

放課後、ＭＴＢに跨《また》がった佳弥は、視界の端にまた赤いクーパーがよぎるのに気づいた。

喧嘩腰によけいなことをするなと怒鳴りつけてからもう大分経《た》つと言うのに、元就は佳弥の登下校時に、必ずあの車に乗って姿を見せる。

「鬱陶《うっとう》しい……」

あんな派手な車に乗って、よくまあ探偵などという、ある意味裏稼業すれすれの仕事ができるものだと思う。吐き捨てつつハンドルを切って、撒《ま》いてしまえとまた、昨日とは違うルートに入りこんでやると、小柄な車が急発進して方向を変えるのが見えた。

「へ、ざまみろ」

この数日、むしろ元就からこそ佳弥は逃げ回っていた。細い路地裏には当然車は入れないし、あえて一方通行の道を選んでみたりと、姑息《こそく》な手を使う。いずれにしろ目的地が同じなわけだから、最終的にはかちあってしまうのだが、もう放っておいて欲しかったのだ。

鬱陶しいのは、この場合元就自身ではなく、自分の感情そのものだ。

顔を見なくても、彼の車を見かけただけでひどく胸が苦しくなる。指先まで血が疼《うず》いて、わけもわからずせつなくなる。息ができなくて、理由もなく叫んでしまいそうなのだ。

かつて猫をじゃらすようにかまってくる元就のことを、よくあれほどまで邪険にすることなどできたものだと思う。以前のように、なんの気なしに髪や腕に触れられでもしたら、いまの佳弥はきっとおかしくなってしまうだろう。

（心臓、壊れそう）

想像しただけで口元には皮肉な笑みが浮かび、走り続けるせいばかりでなく鼓動が跳ねあがる。これで声を聞きでもしたら、その場で泣いてしまいそうだ。

だから会いたくない。遠目《とおめ》にあのしなやかな姿を見つけただけでも眠れなくなるほどに胸が痛いのに、欲深い感情を自覚したいま、あのまなざしを向けられたりしたらきっと耐えられないだろう。だから逃げたくて、しかしどこかで元気がいることに安堵もしながら佳弥はペダルを漕《こ》いだ。

いくら物思いに胸を塞がれ、振りきったつもりでも、実際には姿の見えない相手に恐怖を覚えている。というより、はっきりと身の危険が訪れているこんなときに、たかが恋に振り回される自分がおろかなのだ。ばかばかしいと思うけれど、事実だからしかたない。

そして——考えることもわずらうことも多すぎて、どうすればいいのかわからないというのが、佳弥のいちばんの本音なのかも知れなかった。

＊　＊　＊

鬱々とする気分を持て余していた佳弥に、シカゴにいる父から電話が入った。普段は遠くにいる父に心配をかけまいとしている梨沙が、さすがに今回の件は重すぎると相談でもしたのだろうと佳弥は思った。

『元気にしてるか』

なにが息子の身に起きているのか知っているくせに、父親はあえてくどくどしいことを言わず、それが彼なりの気遣いとわかるだけに佳弥も存外素直に口を開いた。

「うん、なんとかやってるよ」

『佳弥はまた大きくなったのかな？　父さん、早く会いたいなあ』

梨沙よりひと回り上の父は多忙ではあったが、ひとり息子の佳弥をそれこそ目に入れても、といった風情《ふぜい》で可愛がってくれている。外国で暮らすせいか愛情表現もオープンで、気恥ずかしい部分もあるが、いまはそのストレートさが嬉《うれ》しかった。

「もうそんなに身長伸びないよ……。ところで、今年は帰って来るの？」

外資系の会社に勤める父は、クリスマスから年明けにかけて比較的長い休みを取る。出向してからはその長期休みを利用して、日本に帰国するのが例年のことになっていた。

『帰省のことだけどな。父さんもしかすると来年あたり、正式に辞令が出たら日本に戻るかもしれない。まだ決定じゃないけど』

「え、そうなの？　じゃあ、日本に住む？」

『なんだ、佳弥。年頃のくせに夜遊びして怒られるとか、そういう心配はないのか？』

「俺はまじめな子なんですー」

素直に喜色を表した佳弥に、電話口の父が、普通は鬱陶しがるんじゃないのかと笑った。滅多に会えない分、普通の父と子よりもむしろ情の通い方は濃いのは自覚している。佳弥がどこか年齢のわりに子どもっぽいのも、猫かわいがりするこの父親のせいだと母は言う。

だが、小さなころからなにを言っても動じない父を、佳弥は本当に好きなのだ。

『ああ。……なあ、ところで佳弥』

「なに？」

『もうマンションも大分古くなっただろう？　いい機会だから、引っ越そうかとね、さっきお母さんと話したんだけれど』

だからこそ深みのある声で父が告げた言葉に、佳弥はふと頬が強《こわ》ばるのを感じた。

『高校もあるけど、どうせあと一年したら卒業だろう。少しくらい離れても通えるよな？』

老後のことも考えると、もう少し環境のいい、緑の多いところに住みたいしと父は続けたが、いまこの半端な時期にそんなことを言いだしたのはなぜなのか、訊かなくてもわかる。

（そこまで心配しなくても……）

俺は平気だよと言おうとして、しかし佳弥は唇を噛んだ。そんなおためごかしを、いまの佳弥が唯一と言っていい、心を許せる父には言いたくなかった。

「うん、……それも、いいかもね」

頷《うなず》いてみせながら、胸が引き裂かれそうに痛くなったと同時に、安堵を覚えた。

このマンションを離れるということは、すなわち隣にいるあの、胸を痛ませる存在とも離れるということだ。ストーカーからも元就からも、もうとにかくすべてから逃げて、新しい場所で新しい生活をはじめるのも、これもひとつの方法かもしれない。

ふと、決めかねていた進路のことが頭をよぎり、「ところで」と佳弥は父に問いかけた。

「相談なんだけど。大学……外部に行ってもいいかなあ？」

『そりゃかまわないよ。好きになさい』

「へ……返事早いね、父さん」

判断が速いのは知っていたが、あまりにあっさりと肯定され、佳弥はいっそ呆れる気分になる。せっかくエスカレーターに放りこんだのにいいのかと問えば、父は静かな声で言った。

『しつけも教育も、ある程度の指針にはなるだろう。私たちは、おまえよりも年齢の分だけ経験を積んでいるから、どうやれば楽な生き方になるのか知っているからね。それこそ大学に行かないという選択肢も、佳弥の人生にはあるんだよ』

品のいい喋《しゃべ》りをする父は、歩んできた人生を覗かせるような言葉を息子に与えた。

『けれどね、大学というシステムは、そこに行かなければ得られない専門的な知識を、比較的スムーズに学べる場所なのだと思う。おまえがたとえば進学しなかったとして、働きながら同じ量の知識が欲しいと思っても、なかなかそれは難しいだろうね』

だから、行かないよりは行った方がいいと父さんは思う、と静かな声は語る。

日本の受験システムは入学がゴールだと思われているが、実際にはそのさきが本質なのだと父はいう。たかだか十八やそこらで燃え尽きるために勉強するのでは、意味がないとも。

『どこの大学を選ぶか、そこでなにを得ようと思うのかは佳弥が選べばいいんじゃないか』

「……うん、もうちょっと考えてみる」

頷いた佳弥に小さく笑った父は、不意打ちのように胸を騒がせる人物の名を口にした。

『そうだね、よく考えなさい。――それこそ、元就くんじゃないんだし』

「な、に？」

ぎくりと声をひずませた息子には気づかないのか、どこかおかしそうに父は言葉を綴《つづ》る。

『心配になるくらい生まじめでね。システムだのレールにきっちり乗り過ぎて、つらいだろうにと思ってたら、案の定だったからね、彼は。でもまあ苦労しても、むしろいまの方が素直に生きられるんだろうね』

父の声はほのかに笑いを含んでいた。いい年をしてドロップアウトを決めこんだ元就を嘲《あざけ》るのでなく、むしろ好ましいと語るようだった。

「元にいとそんな話、したことあんの？」

『いいや。ただ……見ていてそう思っただけだよ』

佳弥にはまるで見えなかった元就の鬱屈を、正しく理解していた父に驚いた。だが、この父が元就と出会った当時、まだ元就はいまの佳弥よりもずっと幼かった筈だ。父にしてみれば、近くで成長を見守った隣家の青年も、もう自分の息子や甥《おい》のようなものなのだろう。

『ああいう生き方もある。楽ではないとは思うけれど、それも力さえあればやれることだよ』

ただ、それを選ぶための材料も知識もないまま迷うのならば、まずは学びなさいとそうして父は話をしめくくった。

「うん、わかった。……ありがと、おやすみなさい」

『おやすみ。風邪をひかないようにな』

案外長かった電話を切ったあとに、こんなにひとと話したのは久しぶりの気がすると佳弥は息をついた。そして時計を見あげ、はっとする。時差を考えればまだ父はオフィスにいるはずで、こんな電話をするのに適当でない時間だったのではなかろうかといまさら気づく。

そんなあたりまえのことさえ気づけないほど、佳弥は自分のことばかりだ。矮小《わいしょう》で幼い自分が恥ずかしいと思い立ち竦んでいると、頰のあたりに視線を感じた。

振り返れば、心配そうな顔をした梨沙がいて、なんだか申し訳ない気分になった。

「あ、……代わった方が良かったかな」

「いいのよ」

ごめんね、切っちゃったと少しだけ笑って言うと、ようやくまともに口を聞いた佳弥に、母の薄い肩がほっと力を抜くのがわかった。

「それより、まだ勉強するならお夜食食べない？」

「うん、……うどんとかあったら」

食欲がないとろくに夕飯にも手をつけなかった佳弥の、急に痩せてしまった腕をそっとさする手には、濁りない情だけがあった。

気丈ではあるが、梨沙もさすがにここ数日の心労で、ひどく疲れた顔を見せている。この母に対し、ばかな嫉妬を覚えた自分が恥ずかしくなった。

「その前に、風呂、入っていいかな」

目を逸《そ》らしたのは、母の瞳にうっすらと滲んだものを見たくなかったせいだ。あがるころを見計らって作っておくという母に頷き、佳弥は浴室へ向かった。

「引っ越し、かあ」

服を脱ぎながら、ぽつりと呟く。父の言ったことがどこまで具体化しているのか佳弥にはわかりかねたが、おいそれと冗談で口にすることでもないだろう。

穏やかな父の声に乗せられるように、どこかへ移るのもいい機会かもしれないとは思った。けれど、こうしてひとりで考えてみると、どうしようもない寂寞《せきばく》が襲ってくる。

（もう……会えなくなるな、それだと）

どんなに親しく接しても、元就はしょせんただの隣人で、年の離れた幼馴染《おさななじ》みでしかない。佳弥が遠く離れれば、しばしの交流はあってもいずれ、忘れ去られていく程度の存在だろう。

元就にもう会えないことを想像するだけで、胸が潰《つぶ》れそうになる。ずきりと疼《うず》く胸を押さえた佳弥は、あたりまえだがそこになんの膨らみもないことに自嘲《じちょう》を浮かべてしまった。

佳弥の肉の薄い身体はそれなりの均整は取れていても筋肉質ではなく、少女めいた細いものではある。それでも、二次性徴の兆しはそれらを青年の形に作りあげていくだろうし、どれほど待ったところであの腕に指に見合いのまろやかさを持つこともないだろう。

「あたりまえじゃん、ね」

発想のばかばかしさに苦笑が漏れて、勢いよく服を脱ぎ捨て浴室に飛びこむ。

冷えた肌に降りしきるシャワーのぬくもりは、肌を痛ませるほどのせつなさを紛《まぎ》らせるにはちょうどいいのかもしれなかった。

＊　＊　＊

元就からちょろちょろと逃げ回る日々は相変わらずだったが、冷えこみが次第に厳しくなるに連れ、退路を塞がれるようになっていた。

もとより、路地裏の走り方やこのあたりの地理に関して佳弥に教えたのは元就の方であるから、彼が本気を出せば佳弥を捕らえることなど造作もない。だからその日、裏道を抜けたさきに赤い車が待ちかまえていたのも当然だった。

予測できなかった自分がばかなのか、わかっていてあえて、可能性を無視していたのか、もはや佳弥にはわからない。

「待て、佳弥」

「なんだよ……なんか用ですかー？　急いでるんだけどー」

かわいげもなく言い放ち、引き返そうとした佳弥を、普段ならば諦め顔で見送る元就は、わざわざ車から降りてきた。決して大きくはないが有無を言わせない声を投げかけてきたのは、いい加減彼も焦《じ》れていたのだろうと思う。

声を聞くのはいったいどれくらいぶりだろう。顔を背《そむ》けてみせても、本当はもう身動きも取れず、MTBに跨ったまま硬直する佳弥に、長い脚でゆっくりと元就が歩み寄ってくる。

（どうしよう）

近づいてくる彼をまともに見られない。うるさく耳を打つ心音は、彼に聞こえはしないだろうか。耳のうしろがひりつくような緊張感に耐えきれなくなった佳弥が走り出そうとすれば、ハンドルごと手を摑《つか》まれて止められる。

「もういい加減、意地張るのはよせ」

「意地とか、べつに……」

「じゃあ話くらい聞けよ」

「べつに話すこととかないじゃんっ」

そのまま二の腕を摑まれ、びくりとした。長い指が回りきるほどの細さに元就は眉をひそめ、ぽつりと呟く。

「……痩せたな。なんで、こんなになるまで」

貧弱な身体を知られたことがひどく恥ずかしかった。それ以上に、心配そうに曇った表情がつらくやるせないと、佳弥は声を荒げ、再び腕を振り払う。

「っ……離せってば！」

「佳弥、暴れるな。危ない」

「ほ、ほっといてくれって、言ったじゃ、……俺、言ったじゃん！」

「そんなわけにいくかっ」

瞬間跳ねあがった体温を気づかれまいと手をうち払っても、怖いような表情の元就は諦めなかった。追ってくる腕をさらに払いのけようとして、佳弥はずるりと足を滑らせる。

「……うわっ！」

「おいっ！」

サドルに跨ったバランスの悪い体勢でいた佳弥は、勢いＭＴＢごと転倒しそうになった。咄嗟《とっさ》に支えてくれたものに縋《すが》ると、頭上からは大きなため息がこぼれてはっとする。

「びびらすな！　まったく、危ないって言っただろう、なんでそう粗忽《そこつ》なんだっ」

吐息混じりの声は焦《あせ》ったように早口ではあったが、佳弥はそれどころではない。

（なに……これ）

長い腕は佳弥の身体に回るようにしてハンドルを摑み、もうひとつの手はふらついた小さな頭を広い胸に抱えこむようにして抱き留めている。思考がすべて停止した状態で、鼻さきに当たるネクタイの感触に、現状をぼんやりと悟った。

元就に――抱きしめられている。

「は……離せっ！」

ふわりと、元就のあの、フレグランスと煙草《たばこ》の入り混じった香りが鼻腔《びこう》をかすめ、見開いたままだった瞳をさらに強ばらせた佳弥はその胸を突き飛ばす。

「佳弥っ？」

「――あん、あんたなんかに触られたく、ないっ！」

肩で喘いで言い放った言葉は本音と嘘が半々に入り混じり、泣き出しそうな表情は元就にはどう映ったのか佳弥にはわからない。

「自分でなんとかするって、俺ゆったじゃん！　もうほっとけよ！」

その直後、怒鳴りつけられたことに身体中を竦ませ、瞳さえもう瞑《つむ》ってしまったから。

「……っ、そんなわけに行くか、ばか！」

「ひっ……！」

両肩を強引に摑まれ揺さぶられて、竦む首筋が粟立《あわだ》った。凄《すさ》まじい怒気《どき》をたたえた瞳に

真っ向から睨みつけられ、声帯の奥ですべての言葉がわだかまる。

「おまえ、本気でいい加減にしろっ！　なにいつまでも駄々こねてるんだ⁉」

「もと、に……」

はじめて聞く元就の怒声に、すうっと血の気が引いていく。弱った神経には険のある声音《こわね》はひどく恐ろしく感じられて、身体中ががたがたと震えだしたけれど、腕を摑んで揺さぶる元就は気づいた様子もない。

「周りの心配もわからないで、意固地になってなにかあったって自業自得なんだぞ。いったいなにが不満だ、なんだってそんなにばかな真似しようとする⁉」

「そ、ん……な、の」

喉の奥で、ひくりと喘《あえ》ぐような音がした。からからに唇が乾いて、どこもかしこも痛い。

真剣な声が、本当にこちらの身を案じているものなのか、仕事の邪魔をするような佳弥に苛立《いらだ》っているのかなど、もうわからない。

触らないで、と思う心の奥に、裏腹な気持ちがある分だけ、元就の指の強さがただ苦しい。

そんなに怒らないで。嫌わないで——怖くなるから。

「だっ……から、いって、も……っ」

「よし、や？」

佳弥の、かすれてあまりに弱々しい声に、はっとしたように元就が目を瞠《みは》る。しかしもうそのときには、涙の膜が視界をぼかして、佳弥にはなにも見えなくなった。

「ほっといっ……て、い……！」

情けなくくぐもった声は涙を孕《はら》んで、みっともなくていやだと思いながら、ぐっと唇を嚙みしめてさらにきつく瞼を閉じる。涙をこらえるせいで呼気が荒くなり、薄い肩が上下した。

「そ、なに……っ、おこ、怒ることっ、ないじゃん……っなんだよ、む、むかつく……っ」

精一杯の意地でそれでも、怖いとは言わなかった。だが佳弥を摑んだ手のひらは、薄い肩の震えに気づいたかのようにそっと、離れていく。元就には不似合いなほどのぎこちない仕種、ためらう色を乗せて腕を滑った感触に、佳弥はひくりと息を吞んだ。

「そんなに……俺が、嫌なら、……」

ぽつりと言いかけ、途中で元就は言葉を切った。拒絶に全身を逆立てる猫《ねこ》のような、佳弥のひどく傷ついた気配に、彼もどうしていいのかわからないようだった。

「俺じゃなければ、いいな？」

高い位置から落とされる声。聞き慣れたやわらかなトーンだけれど、もう佳弥にはそれが他人行儀な丁寧《ていねい》さにしか感じられなかった。

「他のやつ、回すから。……頼むから、ちゃんと……気をつけて」

吐息混じりの声が、諦めを孕んで佳弥の耳に届く。

閉じたままの視界が、さらに暗くなった気がして、佳弥は返事をすることもできなかった。

いま口を開けば、大声で泣いて縋って、とても見苦しい自分をさらすことがわかっていたからだ。

「じゃあ、な。ここからならもう家も近いだろう、見てるから……いまのうち、帰れ」

ひとことも発しないままの佳弥は、ぽん、と頭の上に乗せられた手のひらを、もう振り払う気力もなかった。肩を叩かれて、あたたかく力強い気配は離れていく。

（もう、いない）

長く、きつく瞑っていた目をようやく開けても、もうそこに元就の影はなかった。大きく息をつき、のろのろとMTBに跨りなおすと、背後に決して不快ではない――だからこそせつない視線を感じながら、佳弥は走り出した。

ペダルを漕《こ》ぐひと足ごとに元就から遠ざかり、目の前が霞《かす》んで流れていく。

「これで……いいや」

乾いた声で呟きながら、手足がもがれたように痛いと思う。

あの手を振り払ってしまったいま、後悔ばかりが押し寄せてくる。それでももう、耐えられなかった。

ただ子どものようにかまわれることも、やさしくされるのもつらかった。肩を掴まれただけで、どれほど浅ましくその体温を欲しているのか、佳弥は知ってしまったからだ。

（手、……痛かった）

自分と同じほどの熱量を、決してこちらに向けることはないだろう元就に接することは、ただむなしく苦しい。そしていずれ、誰かのものになってしまう元就を見るくらいなら、いまのうちに彼の存在ごと、振り捨ててしまいたかった。

他のやつを回すと元就が言った瞬間、逃げ回っていたくせに、とうとう見捨てられたかと思えばもう、哀《かな》しくて寂しかった。

だからといって、同じ気持ちが欲しいと喚《わめ》くことの身勝手さも、それが叶《かな》うことのない願いということも、誰に言われなくても知っている。

わがままな心が痛むのは自業自得で、しかたない。困らせるばかりでごめんと言いたかったけれど、そんなに潔《いさぎよ》くもなれなくて、だから。

「元にい、ばいばい……」

ぽつりと口にした瞬間もう、痛み続ける瞳から溢《あふ》れるものがこらえきれなくなった。

泣く資格もないくせにと思えばおかしくて、奇妙に顔が歪んでいく。身勝手な涙が頬を濡らしていく。溢れる端から冬の風に体温は奪われ、凍りつくような痛みを覚えた。

厳しく、冷たいこの痛みはまるで、わがままで勝手な佳弥への罰のようだった。

＊　＊　＊

翌日から、いっそ不思議なくらいにふつりと元就はその姿を見せなくなった。

とことん身勝手なことに思わずその姿を目で探してしまう佳弥の前に現れたのは、元就と同じくらいの背丈の、さらに体格のいい、しかし人相の悪い男だ。

「うおーっす、よっしー。相変わらずちっちぇえな」

帰途につこうと校門を出るなり、大げさに手を振ってみせた島田《しまだ》に、佳弥は眉をひそめる。

「げっ……島田！」

「あっらー。目上を呼び捨てってのは感心しねえな」

元就の同僚だった島田栄一郎《えいいちろう》は現在、捜査一課の刑事のはずだ。しかし短く刈ったスタイリッシュな髪も、彫りが深くいちいち濃い顔のパーツも妙に派手なスーツやそのにやけた雰囲気も、およそ刑事らしからぬものだった。

「島田『さん』だろ、ほれ言ってみろ、島田さ・ん！」

「うぎゃあっ」

体格にものを言わせて佳弥の頭を抱えこみ、こめかみに拳《こぶし》をぐりぐりと押しつけてくる島田に対し、毎度佳弥は元就以上に反抗的になってしまうのだが、それには少しわけがある。

年齢は元就よりもふたつみっつ上の島田は、元就の高校時代の先輩だ。一時期には、島田のこの飄々《ひょうひょう》として食えない雰囲気にどこかしら影響を受けたせいで、元就が無茶な転職を行い、性格まで変わったのではないかと佳弥は思っていた。

そのせいもあって敵対視していたのと、もうひとつには、元就と島田の間に流れる対等で親密な空気が羨《うらや》ましく、悔しかったせいなのだ。

「な……っにしやがんだよてめー！　このばか力……っ、なにしに来たんだよ！」

「なんだ、元気じゃん」

喚いて腕を振り回した佳弥に、濃い眉を外国人のように跳ねあげた島田は笑って手を離す。二〇センチはある身長差をものともせず、じんじんする頭を押さえて睨みつければ、島田はまたからからと笑った。

「窪塚《くぼづか》が、よっちゃんへたれてるってぇから、わざわざ陣中見舞いに来たのに」

「……いらねえ、よっ。大きな、お世話だっ」

元就の名を出された瞬間、びくりと反射的に肩が竦んで、MTBのハンドルを握る手に力がこもった。笑《え》みをほどけばやけに鋭い島田の目は、その変化を見つけたようだったが、ちらりと流し見ただけでなにも言わないまま「とにかく帰ろう」と言った。

「ま、そう言うなって。俺も頼まれて来た以上、ガキをおっぽって帰るわけにゃいかんのよ」

笑って彼が顎《あご》をしゃくったさきに、中古のセダンが停《と》まっている。佳弥に見覚えのないそれはどうやら公用車のようで、一見は自家用車だが運転席付近の無線機などが妙に物々しい。

「というわけで送ってくから、ＭＴＢおいてこい」

「なんで！」

「俺は窪塚みたいにまだるっこしいのやなの。時間短縮、ほれ」

元就のそれとは明らかに違う、抑えつけるような命令口調にかっと佳弥は目を剝《む》いた。それに対し島田は、じろりと上から一瞥《いちべつ》をくれただけだった。

睨むでもないのに見下ろされれば、身が竦む。島田はどこか軽薄に装いつつ、実際にはひとを逆らわせない、威圧的な雰囲気を持っている。おそらく元就も本来、そうした怖さを持っているのだろうけれど、あの年上の幼馴染みは所詮《しょせん》佳弥に甘かった。

まして父に至っては佳弥を叱《しか》ったことがないほど甘い。こんなふうに大人の男性にぴしゃりと決めつけられることに、佳弥はとことん不慣れなせいで、よけい島田が苦手だ。

「最近の刑事は、そんなに暇なのか」

「うっわ、かっわいくないねえー相変わらず。わざわざ来てやってんのに」

正論を押し出して逃げ道を塞ぐ相手というのは苦々しい。かなりの不愉快さを覚えていたが、いまは言うことに従うしかなかった。

「頼んでねえよっ」

「おまえには頼まれてねえの。梨沙ママと窪塚に頼まれたの。だからこの場合おまえの意志なんざ俺には関係ねえの」

憎まれ口を叩いてもこたえないから、悔しくてしかたない、なのに敵《かな》わない。島田のこういう、本当の意味で有無を言わさぬ空気がどうにも反抗心をもたげさせる一因だ。

（むかつく……）

ＭＴＢを駐輪場に戻しつつ、内心でぼやく。よほど信用ならないのか、島田は駐輪場までついてきて、ぐずぐずする佳弥の首根っこを摑むようにして車まで連れていった。ご心配はありがたいけれど、なにをそこまで大仰《おおぎょう》に、と佳弥はため息をつく。

「ケーサツって被害が出てからしか、動かないんじゃないの？」

「よく知ってるねえ。まったくそう、こりゃ俺の親切とボランティアよ」

助手席に放りこまれ、いやいやながらシートベルトをつける佳弥の当てこすりに対し、島田はけろりと言った。日差しよけなのかファッションなのか判然としない、派手な印象のサングラスをかけた島田は、くわえ煙草の口元を笑みともつかないものに歪める。

「俺が仕事で関わることになる、なんつったら、もうそりゃおまえが強姦されたか殺されたかしてからさ」

さらりと告げられた物騒な言葉にぎょっとして、佳弥は思いだした不安に胸が波打った。

「……脅すなよ」

「脅しじゃねえよ、事実。ニッポンの警察は優秀なわけでもなんでもないのよ。検挙率が高いのは、結局ムラ社会の名残《なごり》で、世間さまの目が厳しいから、情報量が多いのさ」

まあ最近はもうそれも怪しいけどなと、笑みさえ交えて島田は言った。どこまで本気かわからない口振りに、佳弥は相づちも打てずにその、男臭い横顔を眺めるほかない。

「だから窪塚とか、やつの周りにいる連中もお仕事が増えるのね。俺らも頑張ってやっちゃあいるけど、組織がでかいと機動力は落ちるからしかたない」

「でも、いくらなんでもゴーカンはねえじゃん？」

「なんでないのよ」

「だって、俺、男で……」

「ばかか、おまえ？」

それでもなにかひとつくらい反論したくて、否定を口にすると、言葉途中で切って捨てた島田は濃い色のレンズ越しに呆れたような視線を投げてきた。

「それでも現役高校生か？　若いくせに頭硬いねえ」

語尾が弱くなったのは、不意にあの電車の中で起きたことを思い出したせいだった。甦《よみがえ》った記憶はそのいやらしい感触までも伴い、暖房の効いた車の中で佳弥は小さく身震いする。

「いまどき、性犯罪の対象が女だけなんて思うなよ。とくに——」

言葉を切り、ハンドルを持つのと違う手で、島田は佳弥の細い顎を摑んだ。

「いてっ、……んだよ！」

「おまえみたいのなんざ、押さえこまれて突っこまれて直腸裂かれて死ぬのがオチ、だな」

ぞっとしない台詞《せりふ》に青ざめ、顔を引きつらせた佳弥の頰に島田はぐっと指を食いこませる。軽く捕らえているように見えるのに、もがいても少しもその手は離れない。

「窪塚のアホは、ちっと甘やかし過ぎだ」

「痛い……っ」

淡々《たんたん》とした声、圧倒的な力がひどく怖くて、佳弥はうわずった声を出す。その半泣きになった表情に、冷たかった横顔がふと笑いを含み、ようやくその手は離れていく。

「なん、だよ……ばか力……っ」

痕《あと》がつくかと思った。硬い指が食いこんだ頬を撫で、恨《うら》みがましい目で睨む佳弥におかしそうに笑いながら島田はなおも言う。

「子どもは痛い目みりゃわかるんだから、とっととケツ叩きゃいいもんを——」

言いさして、「ああでも、そりゃ無理か」と島田は皮肉に口元を歪めた。

「なにが」

「あいつにゃ、かわいい佳弥のちっちゃいお尻、叩くなんざできねえだろうさ」

流し見る島田の声に妙な含みを感じたが、佳弥にはそれがなんなのかはわからなかった。

ただ、元就が自分にそうまで弱いなどという驕《おご》った考えは、できないと思うばかりだ。

「べつに……かわいくなんかねえもん」

突然弱くなった声に、怪訝《けげん》そうに島田は眉を寄せる。

「なんだあ？　マジで暗いなよっしー」

「いい年こいてよっしー言うな」

ふざけた言葉と同時に、頭を小突かれた。その遠慮のない態度にいっそ救われて、佳弥の口からは言うつもりもなかった言葉がこぼれていく。

「しょうがねえから、……仕事だからかまってんだろ、あっちも」

「なんだからって、そんなふうに思うよ？」

らしくもなくネガティブな発言をする少年に、ありゃりゃ、と島田は苦笑した。睨む目線もやはり揺れてしまう。島田は信号待ちで停まった車の中、サングラス越しにもわかる強い瞳で佳弥をまっすぐに見つめ、ひどくあたたかい笑みを浮かべた。

「ほれ、言ってみろよっしー」

よしよし、と言うように頭を撫でられ、うるさいと払うのもできなかった。どこかしら、元就を思わせるその仕種なのに、島田に触れられてもなんとも思わない。

「元にいは、俺なんか……相手にしてねえもん」

「逃げ回ってんのはおまえだって聞いたけど？」

「それは……」

そういう意味じゃないと言いそうになり、佳弥は奥歯を噛んで言葉を殺した。

島田には独特の空気があって、変に勘がいい上に、下世話なことには鼻が利《き》くのだ。からかいながらふざけながら、饒舌《じょうぜつ》で軽妙な語り口に巻きこまれ、ペースに乗せられ、気づけば内心を吐露させられてしまいそうになることもしばしばだ。

（乗せられんなよ、俺）

うかうかと誘導尋問に乗れば、押し殺している感情まで口をついてしまうかもしれない。これも刑事の手管《てくだ》というやつかと思いつつ、言わぬが花と佳弥はだんまりを決めこんだ。

「ちょっと揉《も》めたからって、そんなに落ちこむこたねえだろ」

あいつはおまえには甘いよと、島田は子どもをあやすような声で言った。実際、母ともさほど年齢の変わらない彼からすれば、佳弥などほんの子どもなのには違いない。

「参るねえ、どっちもこっちも落ちこんで。湿っぽいのやなのよ、俺」

「どっちもこっちもってなに」

乱暴に佳弥の髪をかき回して、青信号を確認した島田は車を走り出させた。妙に引っかかる物言いに、乱された髪を直しながら佳弥は問うが、戻ってきたのはあまりに意外な台詞だ。

「窪塚のアホもすっかりブルーよ、佳弥に嫌われたーつってって」

「……はい？」

それはどこの窪塚さんだと聞き返すと、ひとりしかいないだろうと島田は笑った。

「まったくあいつも、本当にね。昔っから、おまえに弱いから」

「なんだよ、それ……」

「いやだって、あれが学ラン着て、幼稚園児あやしてるの思い出したらこう——ふ、くく」

島田は言葉を切り、喉奥《のど》で笑って肩を震わせた。佳弥が感じ悪いなと口を尖らせれば、す

げえ絵面《づら》だったんだと、なおも笑いながら島田は言う
「あのすかした優等生がよ？　おまえが笑ったつっちゃ喜んで、泣いたつっちゃ慌てて、梨沙ママにもパパさんにも笑われて。もう、はじめて見たときにゃ、俺はあいつがおかしくなったのかと思ったね」

「……元にいが？」

「ガキに振り回されてアホかっつったら、ほっといてくれだと。ひとんちのガキがそんなにかわいいもんかったら、『もちろん』だの恥ずかしげもなくぬかしたよ」

整った顔立ちに乗せられたその肯定の笑みがあまりに甘ったるくて、島田は心底呆《あき》れたのだそうだ。そんなことあるわけが、と言いかけた佳弥も、断片で覚えている元就の表情を、それこそ誰より知っているのが自分なだけに否定もできない。

（そうだ、俺が……いちばん、知ってる）

黒い制服を着たまま、自分の家に帰るよりさきにまず里中《さとなか》家を訪れるのが、学生のころの元就の習慣だった。佳弥が彼の帰宅を見計らい、わくわくと待っていたそれを無駄にしないように、いつも元就はまっすぐに、佳弥のもとへ来てくれた。

儀式のように大事な、毎日いちばんはじめの「ただいま」と「おかえり」を、佳弥はほかの誰にも譲《ゆず》りたくはなかったのだ。

長い脚にじゃれついた佳弥は、いちどとして邪険に扱われたことがない。あやして貰って

いるうちに、膝の間でうずくまるように眠ってしまったことなど数えきれるものではなかったと、そんな懐《なつ》かしい記憶が次々に溢れてくる。

疑うべくもない彼の愛情を、あのころのように素直に受け止められたなら、どれほど心穏やかでいられただろう。

（――でも、俺はもう、子どもじゃない）

どれほど子ども扱いされても、もはや佳弥は無邪気に抱っこをねだる年齢ではない。それでもまだあの腕を求める理由には、どうしてもうしろめたさがつきまとう。

当時と変わらずやさしい元就の示すそれと、成長し、変質してしまった佳弥の求める熱の高い情が、嚙みあうことなどあるわけもないからだ。

「ありゃちょと、あぶねえんじゃねえのって思ったくらいだよ。窪塚の入れこみようは」

「あぶ……って、なんだよ」

何度思ってもむなしいその結論に、俯《うつむ》いたまま沈黙を続けていた佳弥は、いかにもからかうような島田の言葉にぎょっとさせられた。あげく佳弥の気も知らず、前を向いたままの島田はにやにやと、いやな笑みを浮かべたまま、とんでもないことを言ってくれた。

「案外、刑事が淫行罪じゃまずいからって警察やめたんじゃねえかって俺は思ったね」

「はあ……!?」

彼らしいまったく悪趣味なジョークだったのだろう、ハンドルを切りながらの島田は、目を剃いたまま硬直し、やがてじわじわと赤くなっていく佳弥の顔色には気づかない。

「そのうち窪塚が、おまえをとって食っちまうんじゃないかと俺はもう、心配でねえ？」

「なに……ばかな」

「いやいや。だってほんと、そういう勢いだったよ？　……っと、ここ長えんだよなあ」

いやなタイミングで引っかかった信号に舌打ちし、笑いながら佳弥を振り返った彼は、恐らくは呆れ返った少年をまたからかって、発憤《はっぷん》させようとでも思っていたのだろう。

「ま、そんなわけで、あんまり拗《す》ねることも……よっちゃん？」

泣き出しそうなその顔を見つけた島田は、サングラス越しの瞳を瞠る。ややあってなにか苦い、失敗したとでも言うような表情になった。

「言う……なよ、そんな、こと」

「佳弥……」

後悔を滲ませる。真摯《しんし》な瞳の前で、ごまかすことさえもできないまま、佳弥は呻《うめ》いた。

胸が破れたように痛くて、つらい。首筋まで赤くなり、唇を震わせながらなにもできない。

「とって食う、なんて……んなことあるわけないじゃん、……なこと……っ」

島田の言葉を全身で否定しながら、それが本当ならどれほど幸せだろうと考えてしまう。

元就が、いっそこの身体ごと求めてくれるなら全部、なにもかも投げ出してもかまわないとさえ思う。そんなおのれが浅ましいと佳弥は羞《は》じる。

「ばかなこと……言うなよ……！」

「そっか……悪かった」

洒落にならない発言をしてしまったことを、そしてそのことでひどく佳弥を傷つけたことを、彼は穏やかで誠実な声で詫《わ》びた。胸の奥に秘めた大事な気持ちを、ほんの軽口《かるくち》で抉《えぐ》った島田をいっそ、憎いとさえ思えたけれど、責めながら佳弥は激しくかぶりを振る。

（違う……悪いの、島田じゃ、ないんだ）

いちばん疎《うと》ましいのは、叶うことのない想《おも》いに気づいてしまった自分自身だ。だからこそ、なじる言葉はすべて身の内に跳ね返り、佳弥の心はずたずたになる。

「悪かった、ごめんな、佳弥。ごめん」

片頬に苦い笑みを浮かべた島田は、佳弥を見ないように前を向く。大きな手のひらでまたくしゃくしゃと、やわらかい栗色の髪を撫でた。

「いつものジョークだ、気に、するな、よっちゃん。……なあ？　だいじょうぶだ」

あたたかい口調で言う島田も、結局はこの幼いころから見守ってきた存在には弱いらしい。

「そんな……じゃね……もん」

「うんうん、わかったから……泣きなさんな、俺がママに怒られる」

車が走り出しても結局島田の手は佳弥の頭から離れない。意図せずに露呈してしまった、幼いけれど真摯な恋心にうしろめたくある必要などないと、その手が語るのを佳弥は知る。

「うー……っ」

かつて元就が宥《なだ》めてくれたものによく似たその仕種に、溜めこんでいた感情が爆発した。嗚咽《おえつ》が止まらず、ついにはしゃくりあげてしまった佳弥に、島田は言った。

「ほれ、もうぶっちゃけろ。ここには誰もいないし、俺も聞かないし……口にしてすっきりすることもあるんだろ」

「言わな……っい……？」

「守秘義務は刑事の基本です」

嗚咽を通り越してえずきそうな佳弥に対し、静かに頷《うなず》く島田に、もう意地もなにもあったものじゃない。

「お……っ、俺っ……な、で……こんな、なっちゃった……か、わかんな……っ」

「うん？」

「なんか、変なこといっぱい、あって……っ元にい、怒るっ、し、こ、こわっ……」

「うんうん。……そっか、怖かったな」

沢山《たくさん》の、いままで思いも寄らなかった怖いものに、そうしてやはり怯《おび》えきっていたのだと佳弥は知る。正体の摑めないいやな視線や出来事、そして。

「も、わかんなっ、だって、もとに……っ、なんで、俺……!!」

誰よりも側《そば》にいて欲しくて、けれどそれを願うことさえも自分に許せなくなってしまった、そんな相手の名を口にするだけで、息が止まるかと思った。

マンションに辿《たど》り着くまでの道のりで、島田が実はずいぶんな回り道をしてくれていることに、佳弥も気づいていながら甘えた。まともな言葉にならないような、涙混じりの声を、そして島田は静かな相づちを交えて全部聞いてくれた。

それでも結局、彼を好きだという言葉だけは口にすることができなかった佳弥を、彼はただ許し続けたのだった。

＊　＊　＊

泣きはらした目を制服の袖《そで》で拭《ぬぐ》った佳弥は、部屋までついていこうかという島田の言葉をやんわりと笑って辞退した。

「もう階段あがるだけだもん、暗いし、誰も見てないし、いいよ」

腫《は》れた瞼も痛々しい佳弥は洟《はな》をすすって、それでも偽りなく笑った表情にほっとしたように、島田は軽く息をつく。

「そっか……じゃあまあ、とにかく明日も迎えにくっから。勝手に行くなよ」

「うん、ありがとう」

散々泣いてしまったせいか、もう張る意地もなく頭を下げた佳弥に、島田は目を瞠る。

「おお？　よっしー素直だとなんか気持ち悪いな」

「んだよ、せっかく言ったのに！」

むっと口を尖らせると、島田はからからと笑う。おまえはそれでいいんだと、サングラス越しの視線が語るようで少し照れくさく、それじゃあと佳弥は階段を駆けあがる。

ひと目で泣いたとわかるこの顔を、母にどう言い訳しようかと思いつつ佳弥が鍵を差しこむと、部屋にはひとの気配がないことに気がついた。

「あれ？」

玄関には灯《あか》りもなく、真っ暗な部屋はしんと静まり返っている。出かけるとは聞いていなかったのにと思いつつ周囲を見渡すと、台所のテーブルに書き置きがあるのに気がついた。

『佳弥へ』と書かれたそれは母のきれいな文字で、一万円札が二枚横に置いてある。

「……なんだ？」

ココアでも作ろうと用意をしつつ流し読めば、母方の親戚が急に倒れ、急いで出なければいけなくなったと書いてあった。

『危篤《きとく》とのことで、今日中に帰れるかどうかわかりません。遅くなるようなら電話するけど、もし数日帰れないようなら、悪いけどこれでご飯食べて下さい』

「ちぇー……外食かあ」

料理上手の母に育てられた佳弥は、外で食べるものの濃い味つけがあまり好きではない。

ジャンクフードもしかりだが、多めにおいていったのであろう臨時収入には頬がゆるむ。

「まいっか、しかたない」

泣き顔を見られなかったことにはほっとしつつ、見回したリビングはやけに広く見えた。専業主婦の母は滅多に留守にすることがなく、大抵このリビングのソファか、台所にいてくれた。小柄な母の、あたたかな存在感の大きさにいまさら気づき、寂しさを覚える。

不意に肌寒さを覚え、ぶるりと身体が震えた。慌ててエアコンを作動させながら、こんなことさえろくにやったことのない自分に、佳弥は呆れるような気分になった。

（こんなんだから、だめなんだよな……）

普段から年上の相手にかまい倒されているせいか、佳弥はひとりが苦手だ。いつまでも情緒が成長しない自分の甘ったれぶりに、失笑さえ浮かんでしまう。

だが、子どもじみた感傷を覚えた自分を羞じ笑みを浮かべたのもつかの間。着替えるために自室に戻ると、盗聴器が仕掛けられていたことを不意に思い出し背筋が震える。

「テレビ……つけようかな」

静けさがさらに不安感をあおり、思わずひとりごとを呟く。ぞくぞくするのはまだ部屋があたたまっていないせいだとおのれに言い聞かせつつ、慌てて着替えたのちにリビングに戻るが、使っていない部屋まで灯りをつけたのは、どう強がっても怖いせいだった。

クッションを抱えこんでソファに腰掛け、早く、なんでもいいから音が欲しいと佳弥がテレビのスイッチを入れたとたん、サイドボードの上で電話が鳴った。

(あ……母さんかな?)

無意識にほっと息をつきながら子機を摑むと、佳弥は急《せ》いた動作で通話をオンにする。

「はい、もしもし、……もしもし?」

『――……』

受話器からはてっきり母の「ごめんね」という言葉が聞こえてくると思っていた。だが耳を当てたそれからの薄気味の悪い沈黙に、安堵にゆるみかけていた頬がそそけ立つ。

「……誰、ですか?」

呼びかけると、荒い息使いが聞こえてくる。ぞっと全身が粟立ち、子機を握る手が震えた。まずい、切らなければと思うのに、微動だにできない。

『……ポストを見ろ』

硬直してしまった佳弥の耳に、奇妙な押し殺した声が囁《ささや》き、その抑揚のない声に、神経のどこかを引っかかれる気がした。

「え……」

『ポストだ』

同じ言葉を二度繰り返して切れた電話は、単調な電子音を聞かせるだけだった。呆然《ぼうぜん》と切れた電話を見つめていた佳弥は、ややあって大きく身体を震わせ、無意識のまま呟く。

「なに、なん……なんだこれ」

ふと佳弥が眺めたのはリビングから引き戸を隔てた位置にある客間だ。灯りをつけたそこは、慌てていたせいか遮光性のカーテンを引いていなかったことに気がついた。

「電気……ついたの、……見てた……？」

口にした瞬間、ざあっと全身に悪寒《おかん》が走る。高台にあるこのマンションは三棟連なっていて、そのいちばん南に佳弥の住まう部屋はある。

肉眼で見える位置に向かいあう建物はないけれど、通りを隔てたさきにはビルやマンションもむろんある。ずらりと並ぶ、まばらな灯りを眺めて佳弥は慄然《りつぜん》となった。

どこからか、誰かが、見ている。

佳弥を見ている。

「——……っ」

かたかたと鳴る歯を食いしばる佳弥の耳の中、こだまするのはさきの電話の命令だった。

——ポストだ。

見てはいけない、そう思いながらもなぜか、歩き出してしまう。ふらふらと靴を履き外に出て、一瞬隣の部屋に向けられた自分の視線が縋《すが》るようなものになったことに気づくが、佳弥は激しく首を振って、それだけはだめだと唇を噛んだ。

恐ろしく動揺しているいま、ここで元就の腕を摑んでしまえば、もう自分はひとりでは立ち上がれない気がする。言わなくてもいい、言ってはいけない言葉まですべて、──島田が聞き流してくれた感情をすべて、元就にぶつけてしまうだろう。

「だいじょうぶ、だいじょうぶ……」

まさか爆弾を仕掛けたと言うこともないだろう、きっとまた、汚された服かなにかを返して来ただけだ。それだけのことだ。

恐ろしく早くなる胸の鼓動を、セーターをわし掴むようにして佳弥は押さえ、じわりと冷たい汗の滲《にじ》んだ額を拳で拭う。竦《すく》んだように動かない脚を意識して動かしながら、ただ歩くだけのことがどうしてこんなに難しいのだろうと、笑い続ける膝にいっそ、不思議になった。

エレベーターで降りる間もひどく長く感じられ、防犯用にガラス窓のついたドアから次の階が覗くたび、びくりびくりと鼓動ごと、身体が跳ねあがる。

一階のエントランスについたときにはもうすっかり息があがっていて、まともに瞬《まばた》きもできないままだった。郵便受けが番号順に並ぶ、がらんとした空間がさらなる恐怖を誘う。

既に管理人室もカーテンを閉めたあとで、まるで人気《ひとけ》がない。

誰もいない。いない。

──怖い。

(だいじょうぶ……)

──怖い、いやだ、見たくない。

(でも、ちゃんと見なくちゃ)

相反する声が自分の内側から聞こえる。いま自分が取っている行動が、自分の意志なのかそれとも、あの電話の声に動かされているだけなのかすら、佳弥はもうわからない。

耳の側で、膨《ふく》れあがった心音がうるさい。寒気はひどく、そのくせだらだらと流れる生汗に不快感を覚えるのに、拭うことすら思いつかない。

(これを、……開けないと)

何度も生唾《なまつば》を飲み、佳弥はなにかに操られるように自宅のポストに近寄り、わななく指を伸ばした。そして、不用心にも鍵をつけていない上蓋《うわぶた》をそっと、持ちあげる。

「……う……っ」

蓋を開けた瞬間、ずるり、となにかが滑り出してくる。重みのあるかさばった包みは床へ落ちたとたん、湿った音を立てた。

「うっ、う、うあ、あ……っ」

閉じることを忘れた瞳で呆然と、落下するそれを見やった佳弥は、奇妙な呻き声をあげる自分にしばらく気づくことができなかった。

(なんだこれ、なんだこれ、なんだこれ)

ポストに入っていたのは、透明なビニール袋に包まれた衣類だった。見覚えのある色合いは、失われた佳弥のフリースと下着で――しかし、ところどころ妙な変色を起こしている。

（白い、ねばねばしてる……汚い、穢い、きたない……）

そこに付着する、白く粘《ねば》ついた液体がなんなのか、いっそわからなければよかったと佳弥は思った。けれど、定期的に体内で作られるそれには、自身でもいやというほどに見覚えがあり、だからこそよけいに不快感は嘔吐《おうと》を伴うほどに強かった。

――精液が、その袋の中で水音を立てるほどに絡められて、佳弥の衣服を汚していた。

「ひ……あああああっ！　い、ぎ、あ――うわあああっ！」

視覚で捕らえたそれを認識した瞬間、悲鳴をあげて佳弥は走り出していた。

エントランスを抜け、突き破るような勢いでドアを開け、わき目もふらず闇雲《やみくも》に走り抜ける佳弥は、うわずったように意味のない言葉を叫んでいた。叫び続けていなければ、混乱しきった頭の中が恐怖に溢れて壊れそうだった。

（いやだ――いやだ、いやだ）

頭の中はただそれだけで、もうとにかくあのおぞましいものから離れたかった。このいま、外に出ることの危険さも、佳弥には考えることができなかったのだが――しかし。

「う、……ひっ……ひう……ひいっ……！」

駐車場脇で、目の前でなにかが動いた。常夜灯の灯りに逆光になり、ぬらりと伸びた黒い影が現れ、それはたしかに佳弥に向けて近づいてくる。

「いや……」

弱くかぶりを振って、がちがちと歯を鳴らしながら立ち竦んだ。その人影は、あきらかに佳弥に向けて走ってきたことに気づき、さらに喉が破れそうな絶叫を迸《ほとばし》らせた。

「いやーっ、やだっ、やーっやあああ！」

どこかが壊れたような、そんな悲鳴をあげる佳弥に、ぬうっと、闇から腕が伸びる。

とにかく闇雲に手足を振り回し、佳弥は暴れた。離して、助けてと叫んだつもりだった。舌の根は凍りつき、意味不明な言葉となり、歪んだ悲鳴しか出てこない自分の弱さを呪う。

「うあああっ、あーっあっ……ひ、ひいいっ」

捕まえられる——その恐怖に、怒鳴りつける男の声さえまともに聞こえない。

（いやだ、こわい、いやだ、さわらないで、なにもしないで）

泣き叫んでも届かない、訴えることさえもできないことが、たまらなく恐ろしかった。殺されるかもしれないという恐怖に、佳弥は瞬きさえできなくなる。

「おい……っ、暴れるなっ」

「や……め、やだ……やだ……っひ、ひい……んっ」

ついに抵抗もむなしく腕を捕らえられた瞬間、心臓が止まるかという恐怖に襲われた。

歯の根がかちがちと鳴り、ひきつった呼気を漏らすだけの佳弥に、しかし強い腕の持ち主は困惑気味の声をかけてくる。

「佳弥っ……、佳弥、しっかりしろ、どうした⁉」

がくがくと震えながら、軽く頬をはたかれて涙と恐怖に霞んだ目を凝らす。そこには見間違えようのない背の高い男の顔があった。

「あ、あ……っあ？　……もと……っ」

元就だ。元就がいる。そうと認識した瞬間、冷や汗の流れる身体が、どっと脱力する。

「もとに……い？」

確かめるように名を呼べば、元就は真剣な表情のまま頷いてくれた。しっかりしろ、と両肩を摑まれ、まっすぐに立てなくなった身体を広い胸にもたれかからされる。

「俺だよ。……どうしたんだ。しっかりしなさい」

そのまま、もういちど軽く頬を叩かれ、両手に濡れそぼったままの頬を包まれた。そそけだった頬を撫でる手のひらに瞬きをすれば、ぼろぼろと涙がこぼれていく。

「元にい……もと……っ、う……っ」

「うん、どした？」

あたたかい、たしかな力を持つ、けれどやさしい手。自分を決して傷つけないそれに、竦みあがった身体が心ごと縋りつくのをもう、止められない。

「も、やだよお……こわ、怖い、よお……っ」

震えの止まらない両手が元就のジャケットを強く摑む。あれほどにダメだと、頼ってはいけないと戒《いまし》めてきたはずの佳弥の指が、縋るように誰よりも安心できる胸にしがみついた。

「たすけて……っ」

「佳弥……？」

意地もなにも、おぞましい恐怖の前には弾《はじ》け飛んで消えて、壊れてしまいそうな身体を強く、支えてほしいとそればかりになる。

「元にい、助けてっ！　……もう、やだっ……よぉ……っ！」

「ああ。わかった」

えずくほどにしゃくりあげ、要領を得ない佳弥の言葉になにを思ったのか、頷いた元就の気配が険《けわ》しくなる。それでもその鋭い空気にいっそ頼もしさを覚えて、震え続ける背中に回る手のひらの温度に、凍えていた身体が溶けていく。

「佳弥、だいじょうぶ。――絶対、助けてやるから」

みっともなく泣きじゃくる顔を、元就の手のひらは何度も拭って、幼いころと寸分変わらないような仕種でそっと、身体を包まれた。

「うー……うーっ……うっ」

「おまえのこと、絶対……誰にもなにも、させないから」

震え続ける佳弥の髪に顔を埋《うず》めるようにして、何度も力強い声で元就は囁いた。

「だいじょうぶ、怖くない。……俺がいるだろう？」

「うんっ……うんっ」

あたたかな呼気の触れるようなその声に少しずつ少しずつ宥められ、瘧《おこり》のように震えていた身体の興奮と、闇雲な恐慌《きょうこう》状態がおさまってくる。

小さくしゃくりあげるだけになった背中を叩いて促《うなが》されるころには、元就のシャツは佳弥の涙や鼻水で濡れそぼち、もう絞れるほどになっていた。

「さて。……なにがあった？」

「いっ、いまっでん、電話っ……う、ふいっ、いっ」

しゃくりあげて言葉にならず、咳《せ》きこんでしまった佳弥に元就は息をつく。

「ああ、……ごめんな、まだ喋るの無理だな。とにかく、戻ろう」

胸もとにしがみつき離れない佳弥を抱えこんで、彼は長い脚で歩き出そうとした。だが足を踏ん張った佳弥は、子どものようにいやいやをしてエントランスに近づくことを拒む。

「おい、佳弥？」

「やっやっだ、やだ……っあ、あそこ、『あれ』、やだっ」

平気だといくら元就が言ってくれても、身体が言うことを聞いてくれない。『あれ』がある場所に近寄ることさえ恐ろしくて、足が竦んで動けない。

「あー……しゃあねえな」

その様子を見て取り、無理もないと察したのだろう。ふむ、と息をついた元就はひとこと呟くなり、佳弥へと腕を伸ばした。

「ひわっ……⁉」

腰の下に腕を入れ、子どもを抱っこするように抱えあげられ、佳弥は目を瞠った。

「なっなっ……なにっ⁉　なに⁉」

身体の浮きあがる感覚に驚き、元就の広い肩にしがみつくしかないけれど、息のかかりそうな距離に、しかめられた端整な顔立ちがあって動揺した。

「なにじゃないの、歩けないならだっこしてくしかないだろう」

「お、おろし、おろして……重いよ……！」

「動けないくせになに言ってんだ。つうかおまえ軽すぎるぞ。もうちょっと肉つけろ」

あわあわともがいても、暴れると落とすと言われて、おとなしく抱きついているしかない。からかうような声は甘い吐息となって佳弥の頬を滑るから、さきほどとは違う意味で鼓動が跳ねる。いくら細いとはいえ、佳弥もいちおう思春期の少年だ。それなりの体重はある自分を平然と抱えたまま歩く腕力に舌を巻きつつも、どうしても早くなる心音がばれないかと佳弥は焦った。

（な、なんでこんなことに……っ）

だが、いま下ろされてもちゃんと歩く自信などない。結局おとなしく腕におさまっているほかないけれど、顔が火照《ほて》ってしまいそうでひどく困った。

どうしたってこの腕の居心地はいいから、なおさらのこと。

普段より二〇センチほど高くなった視界の目新しさに、佳弥はぼんやりと思う。

(こんなふうに見えるのか……)

ものごとを彼が広い視野で見られるのは、この視点の高さにも影響するのだろうか。

近づいた両開きのガラス扉を抜けるとまず管理人室があり、そこを曲がると両サイドに設置されたポスト、そしてその奥にエレベーターという造りになっている。

「頭ちょっと下げてろ」

このエントランスの入り口はあまり高くなく、かなり長身の元就は軽く頭を下げなければならなかった。抱きかかえられた佳弥も同様だが、声と同時に頭頂部を手のひらで包んで元就はドアを開ける。まるで幼児扱いだが、大泣きのあとではもう、抗《あらが》う気力も残っていない。

「これ、か」

佳弥を抱いたまま上体を屈めた元就が苦い声で呟き、歩みを不意に止めたことで、佳弥はびくりと身をすくませた。放り投げたままの問題のものを彼が見つけたのだと、元就の肩に走った緊張で知る。

「や……っ」

見たくない。きつく目を瞑り元就の首にしがみつけば、きゅっと抱きしめる腕が強くなる。

「佳弥、ちょっと待てるか？　下ろして、立ってられる？」

島田に電話する、と告げる声が低く硬い。触れた頬の強ばりに、やはりこれが尋常ならざる事態だと教えられたようで、佳弥はまた血の気が引くのを感じた。

「やだ……無理……」

手を離されればきっと泣いてしまう。立つこともまだ、ひとりではできない。ふるふると弱く首を振れば、わかったと元就は抱きしめなおしてくれた。

「うん、……じゃ、家に戻ろう。な？」

「あ……」

そのまま歩き出した元就に頷きかけ、しかし部屋に灯りをつけるなりかかってきた電話を思い出せばまた身が竦む。

（また、部屋に戻れば——電話がかかってくるかもしれない）

誰かが、じっと。佳弥の行動を隠れたどこかから、見つめているかもしれない。そんな部屋にいまさら戻れるわけがないと、佳弥はまた首を振り、細い声でむずかるように言った。

「や……っ、へ、部屋、やだ……！」

「そっか。じゃあ、俺の部屋ならいい？」

怯えきった態度に、元就はなにを察したのか、かすかに眉を寄せてなだめるような笑みを浮かべる。そしてただ、「ここは寒いから」と冷えきった佳弥の身体を抱え直す。

「あったかいもの飲んで、少しゆっくりしよう。な？」

その声のやさしさに、うん、と佳弥は幼く頷く。部屋につくまでの間、洟をすってしがみついた佳弥の背中を、大きな元就の手がずっとさすってくれて、嬉しかった。

(元にいだ……)

そしてこの腕のほかに信じられるなにもないのだと、どんなときよりも強く、感じた。

＊　＊　＊

久しぶりにあがった元就の部屋は、佳弥の記憶にあるものとさほど変わってはいなかった。

モノトーンの、必要最小限の家具で統一された部屋は、黒いブラインドの下がる窓のせいでいっそ無機質にも見えた。

覚えている空間とひとつだけ違うのが、佳弥には見覚えのない黒いソファとテーブルの置かれたリビングだ。そこは明らかに元就が「客」と接するための空間になっている。

「佳弥?」

「……やだっ」

結局この部屋まで佳弥を抱きかかえてきた元就は、絡みついたまま離れない細い腕に困惑の声をあげる。大ぶりなソファに身体を下ろされそうになり、佳弥がむずかったのだ。

「ちょっと電話するだけだから、……な?」

何度も背中をさすられつつ涙の引ききらない瞳で絽ると、元就は一瞬、ひどく困ったように顔をしかめる。その反応に、迷惑をようやく悟った佳弥は腕をゆるめる。

「……ごめんなさい」

ぐすぐすしながらうつむいて呟き、自分からソファに腰を落とそうとした佳弥は、しかし腰に回した腕で逆に引き寄せられて面食らう。

(え……)

「——ああ、島田？　俺」

低い声に気づけば、胸ポケットから携帯を取りだした元就の膝の上に座らされていた。

「うん、……悪いけどすぐ。……ああ、それで来ればわかると思うけど、エントランスにろくでもねえもん落ちてるから」

大きな手のひらは佳弥の頭を自分の胸に押し当てるように触れている。広い胸板に触れる耳からは、元就の鼓動と、独特の少しくぐもる低い声音が伝わってきた。

一定のリズムを刻む鼓動、それはひどく佳弥を安堵させると同時に落ち着かなくもさせる。

「うん、なんならそのまま鑑定回した方が……うん、よろしく」

手短に会話を切り、元就は佳弥の小さな頭を子どもにするように軽く叩いてくる。

「さて、いいよ。お茶飲む？　なんか、ほかのがいい？」

訊ねる声は、こうしてしがみついているのなら、いっしょに行動するほかないのだと言っている。そして、それでもかまわないとも。

「おちゃ、でいい。……飲む」

涙声で頷いた佳弥は、苦笑して立ちあがる彼にさらにしがみつく。そして強ばったように離れない指を元就のシャツに縋らせ、大きな身体にひな鳥のようについていった。

そして、数十分後。少し険しい表情で元就のマンションを訪れた島田は、ソファの上の奇妙な光景を見るなり、一瞬顎をはずしたような顔になった。

「……なにやってんだおまえら」

「まあ、ちょっとね」

元就の膝の上に『だっこ』された佳弥は、気恥ずかしさに目を背ける。じっさい、状況からいって島田のその反応はいたしかたないものであったろう。

「まあ、なんでそうなったかは説明いらねえけどさ……コレだな？」

だが、別れ際よりもなおひどくなった佳弥の泣きはらした顔と、エントランスで拾って来たいやな物体に交互に視線を当てるなり、聡《さと》い彼はすぐに状況を察したようだった。

直視できずにこっそりとうかがえば、島田はそれを白手袋を塡《は》めた手で持っていて、すぐに元就の用意した紙袋に移す。

「ったくまあぞっとするね……何回頑張ったんだか」

「……っ」

たぷりと音までするそれにいやそうに島田は眉をひそめ、佳弥は怯えきって耳を塞ぐ。

「島田っ」

大きな手で佳弥の頭を抱えこんだ元就は、短く鋭い声で悪趣味な発言を咎《とが》めた。

「おっとっと。悪い悪い……ともかくこうなったら、いちから状況話してくれ」

ふざけつつも真剣な声を出し、島田は向かいのソファに座る。しかし元就の膝の上で湊をすする佳弥に、どことなく苦笑めいたものを浮かべるのは止められないようだった。

(……恥ずかしい、なあ)

困惑気味のその笑みに、島田に自分の心情を吐露してから半日も経っていないことを思いだした。そこに揶揄《やゆ》の色はなくともいたたまれず、佳弥は俯いて島田の視界から逃れる。

けれど、どんなに恥ずかしくても、この膝から降りることはできそうにない。いま身体を支える元就の腕や体温がなくなったらと思えば、それだけでもう足下から身体がバラバラになりそうで、どうにもならないのだ。

「さて、まずは……タオルなくなったことあったろう、あれが最初か?」

「ううん。もっと前からいろいろ……」

肩や髪を撫でながら促してくる元就の声に、佳弥は素直に答え、順を追って話した。

「最初は、教科書とかなくなって……しばらくしたら戻るから、誰か黙って借りてったのかと思ってたんだけど」

ここしばらくの紛失事件と、そして先日菅野《かんの》が見つけた体操服の——あれも、そういえばろくでもないもので汚されていたようだ——件も、ぽつりぽつりと佳弥は口にする。

「俺ばっかりので、……そんで変だと思ってたら、その……この間の盗聴器の話、だった」

「そうか……」

混乱もあり、あまり要領を得ない佳弥の話を聞きながら、島田も元就も次第に瞳を厳しくする。見慣れない顔に、佳弥は少し戸惑った。表情は平静なのに、なんとも言えない緊張感があり、研ぎ澄まされた感覚で些細《ささい》なことでも見逃すまいとするのがわかった。

これが彼らの仕事の顔だろうかとぼんやり思う佳弥に、静かな声が問いかける。

「じゃあ……あの、雨の日はなにがあった？」

「う、あれ、は」

あまり触れられたくはない話題をやはり元就は持ち出してきた。状況のわからない島田もじっと顔を覗きこんでくる。

「あの日は、なんか電車の中で、変なことされて……降りてもつけられてる気がして」

「変なことって？」

さすがに言いにくくて、佳弥は口ごもった。だが、これはもう恥ずかしいとかそういう事態ではないのだろうと覚悟して、ごくりと息を呑んだあとに佳弥は言葉を続ける。

「あの、……痴漢、ていうか……なんていうか、……変なのこう、くっつけられ……て」

「……あ？」

思い出した瞬間、ぐっと喉が鳴る。不愉快なものを付着させられた制服のズボンは、あのあと母に「破いた」と嘘をついて捨ててしまったが、感触はまだ佳弥の肌に残っている。

「その間中、電車の中で尻揉まれて、前も……こう、なんか……握、るっていうか」

「――……っ」

言いたくもないおぞましい事実を口にしたとたん、身を預けていた元就が低く呻いた。なにかびりびりとした殺気のようなものが発せられた気がして、佳弥は身を竦める。

「元にい……？」

「――いや。続けて」

思わず振り仰いだ表情は、しかし奇妙に色がなく、平静なままだった。怪訝に眉をひそめた佳弥に、なんでもないと元就は呟いたが、あきらかに様子が変だ。

「な、なに？　どして……」

どうしたのかと問いかけようとした佳弥へ、笑いをこらえた表情で島田は問いかけてきた。

「あー、よっちゃん。話ずれてるから。……まあそんで、そんとき顔見たか？」

「あ、ううん。ラッシュで身動きが取れなかったし、……怖くて、うしろ見られなかった」

さきを続けろと言われ、佳弥は頷いて状況を説明する。情けない事実を打ち明ければ、まあそれもそうかと島田は短い髪を掻《か》いた。

「パニクっちまうとそんなもんだわな……女の子の方が慣れてる分、度胸あったりするよ」

「そう……？」

男のくせにとばかにされるかと思っていた佳弥は、その言葉にきょとんとしてしまった。

「逆に、変に刺激しない方がいいときもあるんだ。最近は逆恨《さかうら》みもすげえからな」

「そっか、……うん。じゃあ、よかった」

逃げたのは正解だったぞと、腕を伸ばした島田が夕刻のように頭をぽんぽんと叩く。素直に佳弥は頷いたが、背後にぐいっと引き寄せられてひっくり返りそうになる。

「も、もとにい……？」

「よくないだろう。そんな目にあってるのに」

「そ、そりゃそうだけど」

なぜか憮然《ぶぜん》とした顔の元就に、そのまま頭を抱えこまれてしまう。どうもさきほどから元就はずっと不機嫌そうで、しかしそれが自分に向けられたものではないらしいから混乱する。

「あんたも……なんで笑うの？」

「ん、んん？　……いやいやいや」

そしてそのたびにやはり島田が笑みをこらえるように顔を引きつらせるのだ。それらの現象の因果関係がわからずに、佳弥はふたりの男を交互に見てはひたすら困惑していた。

「ええと話戻して。その、牧田くん？　が、問題の体操着は持ってるんだな？」

「うん、預かってくれるって」

「んー……そうか。彼にも事情聞いてもいいか？」

「うん、あと、見つけたの菅野だから、そいつとか……ケーバンでいい？」

いちおう連絡先をと言われ、携帯を開いた佳弥は彼らの連絡先を告げる。島田は黒い手帳にメモを取って明日にでも電話させてもらうかもしれないと言った。

「できれば学校の方にも話、聞きたいけど……許可取ってると手間だな」

島田は呟きつつ、苦い息をつく。組織は機動力が落ちる、と言ったときと同じ匂いのする苛立ちを見せた彼に、元就は静かな声で言った。

「それは俺がどうにか」

「あ、そ？　んじゃ、頼む」

ごく簡潔な言葉ながら、それだけでお互いには通じたようだった。交わす鋭い視線に、会話の中に入れずぼんやりとしていた佳弥は、それじゃあと立ちあがった島田を見あげる。

「さて、ともかくこのブツ鑑定に回す。結果は二、三日経たないと出ないだろうが」

「これは勘だけど……マエはないような気がするが、いちおう洗い出しもよろしく頼む」

「ＯＫよーん」

マエってなに？　と瞳で問いかけた佳弥に、苦い笑みを浮かべた元就は「前科のことだ」と教えてくれた。

「まあ、大体糸口は見えたから、こっちはこっちでやってみるし。……ああ、そうそう」

証拠品となった紙袋を抱えた島田は玄関まで行きかけ、くるりときびすを返す。なんだろう、と目を丸くしていた佳弥の頭が、いきなりぐいと引き寄せられた。

「だいじょうぶか？」

「……うん、へーき」

耳元でひっそりと告げられたそれは、佳弥の複雑な思いを案じたものだった。小さく笑って頷いた佳弥の頭を、島田は乱暴にぐしゃぐしゃと撫でて頭を離す。

「そっか。……んじゃ、明日また朝迎えにくっからな？」

それに対して頷こうとした瞬間、しかし佳弥よりも早く答えたのは、元就だった。

「俺がやるからいい」

「え……？」

そしてまた、島田の手を引き剝《は》がすようにして佳弥は背後に引っ張られて目を丸くする。

ぶふっと噴きだした島田は、こらえきれない笑みを口元でかみ殺しながら言った。

「はは。ほんじゃ、まあ、かぁいいよっちゃんの送り迎えは、元にいにまかせますか」

「え？　……あ、あの」

なんで急にと戸惑う佳弥に頓着せず、しっかりと背後から身体を抱きしめた元就は、ぼそりとしたひとことで島田に帰るように促した。

「鑑定よろしく」

「うあ、なんかやなかんじー。用事済んだら帰れってー？」

どういう扱いだとぶつぶつ言うけれど、島田は苦笑を浮かべてきびすを返す。

「あの、島田……さんっ。ありがとっ」

拘束され立ち上がれない佳弥が告げると、島田は振り返らずに手を振り部屋をあとにした。

残されたのは、不可思議な沈黙を落とす元就と佳弥のふたりきり。

しんと静かになった部屋は、奇妙な緊張を孕んでいる。元就はなにを思うのか、佳弥の腰に長い両腕を巻きつけたまま、じっと動かない。

（なんか、気まずい……）

ややあって深く長い吐息をした元就は、ぎゅっとその腕に力をこめ、肩口に顔を埋めてきた。長い髪がさらりと首筋に触れて、佳弥は思わず身を強ばらせる。

「あの……どうした、の」

がっちりと抱きしめられた状態では振り返りたくても不可能だ。とりあえず口を開いた佳弥に、元就は小さな声で「ごめん」と告げた。

「ごめんて……なんで？」

「いちばん怖いとき、いっしょにいてやれなかった」

意外な言葉にどうにか首をよじれば、元就は額を佳弥の肩に押しつけ、顔を隠している。

「あんなに怯えて泣くような目に、結局あわせた。だから、ごめん」

「そんな……そんなことないのに」

弱い声の響きに、佳弥は目を瞠る。いまこうして大分、落ち着いていられるのも元就がいるからだ。そうでなければさきほどの恐怖に、自分の心は壊れてしまったかもしれない。

いまになって思うが、闇雲に飛び出し、遭遇したのが元就でなかったなら自分はどうなっていたのか——そう考えるだけで、ぶるりと身体が震えてしまう。

「ああ、寒いか……？　そういえば暖房もつけてなかったな。ちょっと待ってて」

いまごろになって気づいたというように元就は呟き、ようやく佳弥を解放した。

離れていった部分がひどく寒くて、そういえば元就のシャツは自分の涙やなにかでびしょ濡れだったのではないかと気づく。

「あの、着替えなくていいの」

「うん？　……ああ、そうだな」

生乾きになりごわついたシャツを指で摘《つま》んだ元就は、身動きの取れない自分に気づいて苦笑する。着替えを促したくせに、佳弥はスーツの裾を子どものように摑んでいるままなのだ。

「よっちゃん、これじゃ着替えらんないんだけど？」

「う……」

くすりと笑われ恥ずかしかったが、触れていないと不安で、どうしようもない。

潤んだ目でじっと見つめた佳弥に「ちょっと待っててな」と軽く頭を撫でてジャケットを

脱いだ元就は、裾に皺《しわ》の寄ったそれを佳弥の膝に落とした。

「寒かったら、ちょっとかけてなさい」

「うん……」

長い脚で元就が向かった、間続きの寝室。ドアを閉めないのは佳弥を不安にさせないためだろう。まじまじと着替えを見る気はなかったが、一瞬目に入った光景に佳弥はうつむく。

ほのかなあたたかさが残るジャケットからは元就の匂いがした。口元まで隠すようにそれをかぶったのは、元就のシャツの背中に浮きあがる肩胛骨《けんこうこつ》が妙に艶《なま》めかしい気がしたからだ。

(俺、なんなんだ……)

シャツのボタンを外し、ネクタイを抜き取る仕種《しぐさ》にも妙に心拍数を乱された。男臭いとしか言いようのないそれらの所作に、どうしてこんなに苦しくなるのだろうと煩悶《はんもん》していれば、ふと思い出したかのように元就が問いかけてくる。

「ああ、そうだ。今日、ママさんいないんだろう？　夕飯どうするよ」

「え。なんで知ってるの、……っ!?」

元就の言葉に反射で顔をあげた佳弥は、目にした光景に絶句して赤面する。

(き……着替えてんだから、あたりまえなのに……！)

がんと頭を殴られたような気がした。元就の裸の背中は、衣服の上から知るそれより逞《たく》しく、広かった。あらためて知ってしまったそれに、胸が騒いで息が苦しい。

「慌てて出かけるときばったりそこで、病院行くって。だから佳弥、まだメシ食ってないんだろう？　どっか食べに行く？」

元就の声にも答えられず、佳弥はぱくぱくと口を開閉させるまま、硬直する。

「……佳弥？」

「なん、……なんでもない」

怪訝そうに問われ、はっとする。元就の縒《よ》りあわせたような筋肉が動き、セーターを纏《まと》う一連の動作を、瞬きも忘れて見つめていた自分に気づき、くらくらとする頭を振って、目を逸《そ》らしたけれど、動揺はその程度では治まってくれなかった。

（俺、なにあんな……見て）

女の子のやわらかい胸や、きれいな脚にどぎまぎするのならともかく、同性の、しかも自分よりひと回り以上逞しい肩や背中に顔が火照るなんて、普通じゃない。

こんなときにどうして、欲情じみた興奮を覚えているのかと佳弥は自嘲する。

（俺……やっぱりそうなのか……？）

元就に対して覚えたものが、あきらかに恋愛に属するものだろうという自覚はあった。けれど佳弥はあまり、そういう意味で具体的には考えたことはなかったのだ。

それは申し訳なさや、いままで佳弥が培ってきたモラルの面が邪魔をしていたせいもあるけれど、元就への感情を自覚すると同時にややこしくなった事態に、それどころではなかったのが本音だろう。また、あまりにも長いこと側《そば》にいすぎたせいで、そういう――性的な対象にすること自体、考えもつかなかったというのも事実だ。

けれどいま、どきどきとうるさい心臓が、ひとりでに熱くなる頬が、ひどくわずらわしい。

（こんなの気持ち悪い……よね）

さきほど島田が持ち帰ったものや、電車の中で起きた出来事を思い出し、ぞっとすると同時に気持ちが塞いでいく。

むろん佳弥は変態じみた行動などするつもりはないけれど、一方的な欲情を向けられるのがどれほど不快でおぞましいものか、身をもって知ってしまった。そして――もしや佳弥が自覚する以前から、元就への欲望めいたものは滲み出てしまっていて、正体不明の犯人は同じ匂いのする自分に目をつけてきたのではないかと、そんなばかな考えさえ浮かんだ。

（隠さなきゃ……内緒に、しなきゃ）

いやらしいこんな自分を、元就にだけは知られたくない。無意識に握った拳で佳弥は誓う。

「――よな、どうする？」

「えっ？　ご、ごめっ、なに？」

いつの間にか着替えを終えた元就が、まるで覗きこむように屈みこみ、なにかを問いかけていた。聞いてなかったか、と小さく笑われ、ラフなセーターを素肌の上に纏った元就の、Vネックから覗く肌にまた顔が赤らみそうになる。

「腹減ってるならなんか食べに行くかって言ったの。……それと、梨沙さんいないんだろう、その間はうちにいるといいから」

さらりと言った元就は、車の鍵を手にしてついてこいと促すが、佳弥はためらうように眉を寄せ、「それは」と口ごもる。

「ひとりで平気なんて言うなよ？」

「で、も」

申し出を辞退しようとする佳弥を制し、元就は心配げな顔で見下ろしてくる。そうして、涙の痕《あと》の残る頬をそっと親指で撫でた。

「頼むから、そうしてくれ。ちゃんと、目の届くところにいてくれよ」

触《ふ》れられた場所も声も、ひどく佳弥を痛ませた。ずきずきと身体中が脈打つ。抑えつけるせいでなお渦を巻く想いが溢れそうで、離してほしいと言いたくてもできない。

「……っ、うん。あの、じゃあ、……お世話になる、から」

「ん、よし」

慌てて取り繕《つくろ》うようにそれだけを告げると小さく頷いて彼は手を引っこめた。安堵と落胆を同時に覚え、本当にだいじょうぶだろうかと思う。元就の指に触れられ、意識するだけで溶けてしまいそうになるのに、こんな状態で普通に接することなどできるのだろうか。

（どきどき、するよ）

ジーンズにセーターというラフな格好をした元就は見慣れなくて、長めの髪をしなやかな指で軽くかきあげる仕種だけでも胸が騒いだ。

「あ、あの、……俺、隣、電気つけたままだったから」

「ひとりで平気か？」

消してくる、と言った佳弥に、かすかに元就は眉をひそめた。問われれば、たしかにあの部屋にひとりで入る勇気もない佳弥は、逡巡《しゅんじゅん》のあげくに小さく首を振る。

「じゃあ、着替えとか、しばらくの間の荷物とかもついでにこっちに運ぼう」

「うん」

鍵をかけることも忘れていた自宅に戻ると、つけっぱなしのテレビがむなしい笑い声をあげていた。元就は勝手知ったるとばかりにあがりこみ、すべての部屋の窓やベランダサッシに異状がないか確認すると、カーテンを手早く引いてしまう。

着替えや学校の用意などを適当な袋に詰めたあと、所在なくたたずんでいた佳弥は、電話に赤く点滅する留守電のサインに気づき、頬を強ばらせる。

「あ……」

「どうした？　……ああ」

電話に気づいた元就が目線で問うのに頷くと、彼の長い指は再生のボタンを押す。

メッセージは一件です、と言う合成音のあとに流れてきたのは、慌てたような母の声だ。

『よっちゃん？　……いないの？　ご飯かしら。ええと、やっぱり帰れなくなったの、ごめんね。また電話します。ここの連絡先は――』

「母さんか」

日常的なそれに、知らずつめていた息がこぼれる。気づけば元就の手が肩を支えてくれて、留守電に吹きこまれた電話番号をメモした彼は「俺から連絡入れておく」と佳弥に告げた。

「あの……でも、あんまり」

親戚の入院でいろいろあるのだろう、電話越しでもわかるほど疲れた声の母に心配かけたくない、と見あげれば、わかっているからと微笑《ほほえ》んでくれる。

「うん、詳しいことは帰ってきてからにしよう。……さて、じゃあメシ行くか？」

「ん……」

きゅう、と胸の奥が苦しくなるような甘い表情に、佳弥は咄嗟に俯いてしまった。こんなになにもかも頼ってしまっては、ますます元就から離れられなくなる、それが怖い。

「……佳弥？」

「っ！」

まだ不安がっていると思ったのだろう、元就のやさしい腕がそっと肩に回されて、佳弥は反射的に身を引いた。びくりと竦んだ細い身体になにを思ったのか、元就の気配もためらいがちになる。覗きこんでくる瞳はただあたたかい情に溢れて、それだけにつらかった。

「どうか……したか?」

「なん、……なんでも、な……っ」

(そういうの、勘弁してよ……!)

どこまでも甘くやさしい、そんな声を出さないで。身勝手に喚いてしまいそうになる唇を、佳弥は必死に噛みしめた。

「まだなにか、気がかりがある?」

「なんでも、ない……は、早く……行こう」

このままでは変に思われると、大きく息をついて顔をあげた佳弥に、しかし元就は深い息をつく。なんでもないわけがないだろうと、年かさの幼馴染みは見え見えの嘘を指摘した。

「隠しごとするなよ、佳弥」

「し……して、ない」

「佳弥?」

名を呼ぶ声は穏やかだったが、どうしても泳ぐ視線やうわずる声を咎めていた。

ため息混じりのそれに、ぴくりと佳弥は薄い肩を揺らす。長い沈黙のあと、梨沙の留守電のあとに様子がおかしくなった佳弥を、まだ邪推しているのかと元就はたしなめた。

「もしかして、……まだ変な誤解してる?」

「ちが……違う、よ」

結局鋭い彼には、佳弥の子どもじみたそれなどお見通しだったのだろう。なにもかもを見抜かれているようで情けないが、それでももう誤解は解けたと言おうとして、佳弥は顔を歪めてしまう。

このリビングで母の肩を支えていた元就の手を思い出すと、それはやはり胸に痛いのだ。

「ごめん、わかってるから、ごめん。……仕事、だもんね」

「よし……」

「違うホント、変な誤解して……俺」

言いながら、そうだよ、と佳弥は自分にも言い聞かせる。元就のこのやさしさも、恐らく母からの依頼がもとで、だから目の届くところにいろと言っただけなのだ。

(勘違いすんな、俺……しっかり、しろ。元にいは、仕事なんだから)

それだけ、それだけだからと何度も自分を諫《いさ》めていなければ、耐えられない。

「だいじょうぶ、もう、……もうちゃんと、仕事邪魔しない、し」

だからせめて、気づかないで。こんなみっともない自分を、嫌いにはならないでほしい。

いまの佳弥にできる精一杯で震える声を綴れば、しかし元就の気配はまた険しくなる。

「ちゃんと目の届くところで、おとなしくしてるから——」

「や、それはいいけど……あのな、ちょっといいか」

「え……?」

それはさきほど、島田の帰り際に感じた不機嫌なそれとよく似ていて、なにか怒らせてしまっただろうかと怯えながら、佳弥はおずおず顔をあげる。

「こないだっからなんか、妙な思いこみしてるみたいだけど、あー……」

見あげたさきの元就は、怒っているというよりもどこか複雑な表情をしていた。おまけにうまく言葉が見つからないように唸《うな》ったり、頭を掻いたりしているのがめずらしい。

「俺は、仕事でたしかにこの件には関わったけど……もしそうじゃなくても、ちゃんと――」

珍しく言いよどみながら、戸惑う佳弥の小さな顔に元就は手を伸ばしてくる。

「――俺のできる限りのことは、おまえにはしてやるって、そう思ってるから」

「元にい……？」

「義務なんかじゃないんだから、佳弥」

あどけなく目を瞠った佳弥の頬を、どこかためらいを含んだ所作で元就は撫でた。その指はゆっくりと首筋から後頭部を包むように移動し、広い胸へと引き寄せられる。

「送り迎えも、おまえがしてほしければ絶対するし。心配してるのも、護《まも》りたいのも全部、俺の気持ちなんだから、疑うな。心配も、させろ」

俺がしたいんだから、と頭上から落ちてくる声は少しだけ照れを含んで胸を震わせる。小刻みな波動は身体中を震わせて、嬉しいのにただせつなくむなしいと佳弥は思った。

「ど、……して？」

「……え」

兄のように保護者のように、いつでも見守ってくれた元就にとって、どこまで自分は幼いままなのだろう。助けてと縋り泣いた自分がいる以上、もうそれが覆《くつがえ》されることなどあるわけもなく、向けられる情がやさしいほどに苦しさは増す。

「どして……そゆ、こと、言うかなあ……？」

広い胸を押し返すと、元就は戸惑うように瞳を揺らした。もう顔も見られないまま、佳弥は自嘲に涙を交えて低く呟いた。

「そういうって、佳弥……なに？」

「なんで、そ……そういう……気持ちとか言うの？」

あたたかい広い胸に顔を埋めた瞬間、本当に子どものままいればよかったと佳弥は思った。そうすればこの、胸が張り裂けそうな思いも、この手に抱きしめられることに違和感を覚えることも、知らずにただ微睡《まどろ》んでいられたのに。

そう思うと同時に、そんなやさしいだけの気持ちでは物足りない自分も、痛いほど思い知り、矛盾に、佳弥は片頰で笑った。

「子どもじゃないんだからもう、こういうの変だよ」

駄々を捏ねて泣いたあのころから、結局少しも成長してなどいないのに、気持ちと身体ばかり容赦なく、大人になって、元就を佳弥から離してしまう。

「佳弥……？」

怪訝そうな声で名を呼んだ元就は、うつむいた顔を両手に包み、顔をあげるよう促した。抗う気力もなく顎をあげれば、その端整な――大好きな顔が、ゆらりと歪んで見えなくなる。

困惑を乗せたまま、それでも伸べられる腕から逃げ、来ないでくれと佳弥は言った。

もう頭なんか撫でられたくない。元就のちいさな子どもでいたくはない――いられない。

「そーやってすぐ触んのやめろってばっ！」

「あ、ああ、……ごめん」

「りっ……理由わかってないのに、謝るのも、やめろってのっ！」

自分でも支離滅裂なことを言っている自覚はあった。ひたすら困惑する元就に内心ではごめんなさいと言いたかった。それでも、溢れてしまった感情も涙も止まらなくて、もうどうしていいのかわからなくなる。

「なんでそんな、やさしくすんの？　俺のこと、甘やかすんだよっ？　わかんないよ！」

癇癪《かんしゃく》を起こした赤ん坊じゃあるまいし、もうなにを言っているのやらと自分で呆れた。ひくひくと喉が震え、息苦しさに喘ぎながらも、ゆるみきった涙腺も止められなかった。

「元にいがそんなんだから、俺……俺おかしくなるんじゃん……！」

「なに、佳弥……おまえ」

吐き出した声はあきらかに、通常より高い熱がある。こんなふうにわめいていてはもう、なにも隠せなくなる。やめろと内側から叫ぶ声がするのに、発してしまった言葉は戻らない。

「なに……言ってる？　ちょっと、なんだか……よく、わからない」

佳弥の涙声に動揺したのか、元就の声がどこかうわずったものになった。けれどそれがなぜなのかなど、佳弥はまともに判断することなどできない。

痛み続ける胸の上、セーターを強くぎゅっと握りしめて、嗚咽を嚙んだ声は揺れる。

「わかっ……わかっ、てるよ、わかってる、もん」

「佳弥、だからなにが？　落ち着いて」

困惑を含んだ問いかけにもざっくりと傷ついて、涙に霞む目で元就を睨んだ。受け入れてもらえないことも――それどころか理解さえされないことも、もうとっくに知っている。

「おか、おかしいの俺だって、わかってる……もん。でもっ……イヤだも……っ」

「……なあ、頼む。俺にわかるように言ってくれ。なにが、いやなんだ？」

それは決して元就のせいではないのだけれど、ひどいと思ってしまう。だってこんなにめちゃくちゃなのに、ばかじゃないかと突き放してくれればいいのに、元就はやっぱり佳弥のぎゅうぎゅうに握った手をそっと包んで、言ってごらんと静かに声をかけるのだ。

「ちゃんと言って？　俺が悪いなら謝るし、いやなことは、どうにかするから」

「ば……ばかぁ……っ、そう、そ……やって」

元就がこんなだからいけないんだと思う。

「元にいが、そ……そやって、俺のこと、甘やかすからいけないんじゃん……っ」

不安で怖くて、誰だっていいから縋りたい。そんなときに、いちばん大好きなひとがだいじょうぶだからと腕を差し伸べてきたりしては、もうだめじゃないかと佳弥は泣き笑う。

まるで自分だけを大事にしてくれているのかと、錯覚してしまいそうになる。その手も声も、心も——身体ごと全部、自分のものになってくれるのかと、期待しそうになる。

気持ちばかり募ってしまうのに——いつまでもきっと、この距離は変わらない。

あるはずもない夢に勝手に破れて失望する、そんな自分が嫌いになりそうだ。

「ひど、いよ……そんなの……っ」

「佳弥、おまえ、なに言って……？」

一生懸命我慢したのに、離れようと思った端から手を差し伸べて、やさしくするからつけあがるんじゃないかと、逆恨みのひとつもしてしまいたくなる。

「お、おんなじにされるんじゃややなんだもん……っ」

「ん？　なにが、おんなじ？」

もう止まらない拙《つたな》い言葉を、しゃくりあげつつ佳弥は綴った。まったくなんてみっともない告白だろうと思う。それでも、スマートに心を打ち明けるような真似は子どもの自分にできるわけがないのも知っていた。

「もっ、もとに……が、俺と、ほかのひと、いっ……いっしょにやさしいの、やだっ」

「……佳弥？」

「そういうの、俺だけじゃないとやだっ、……っだって」

気持ちだけで精一杯で、なりふりなんか構えないまま、ぶつかることしかできない。

せっかく島田が聞き流してくれたというのに、彼にも結局はっきりした言葉で打ち明けられなかったそれが、ぽろりと口から溢れてしまう。

「好きなんだもん……お、俺、元にいが好きなんだも……っ」

唇からこぼれたとたん、どれだけ自分が苦しかったのか知ってしまった。

本当の気持ちを、どうか知って。ちゃんと知ってそうして、いけないのならそれを叱って。

「だから、ほかのひとといっしょじゃやなんだよぉ……！」

受け止められなくてもいいからせめて——ちゃんと、理解だけはしていてほしい。わがままも、無理も無茶もわかっているからせめて、それだけは。

(言っちゃった……)

俯いたまま佳弥がしゃくりあげていると、沈黙したままだった元就は震える息をこぼす。

「佳弥、おまえ。それ……それは」

そして、彼は佳弥がもっとも聞きたくなかった言葉を口にした。

「いったい……どういう意味、だ？」

訊《なず》ねられ、音を立てて血の気が引く。びくり、と肩を揺らした佳弥は、無言で息を呑んだ。

（伝わんなかっ、た。……わかって、もらえなかった？）

必死、だったのだけれど。佳弥なりの、本気で必死の言葉だったのだけれど、それは元就に届く前に死んでいくようなものだったのだろうか。衝動に駆られて言ってしまった言葉が沈黙の合間に乾いてひび割れ、破片になって身体中に突き刺さる。

痛くて、もうそれをこらえる方法もわからず呆然と見開いた瞳からは、壊れたように涙ばかり流れていく。そして、がくがくと足下が震えたあと、恥ずかしい、と思った。

「――ごめ……っ」

はっとして、佳弥は滂沱《ぼうだ》と流れる涙を焦ったように拭う。止まらない涙を拭うのに、あとからあとから溢れるから、どうしていいのかわからない。

「佳弥……？」

「違う、いまの違うから、なんでもないから……っ」

なにもない、なにもない、なんにもなかった。忘れる、全部。

せめて持っていてほしかった気持ちを、わからないと拒まれたから、あれはもう、ないことなのだ。

（泣くな、もう、泣くな……っ）

自分に言い聞かせながら、熱い頬を必死に擦《こす》った。羞恥で死ねるならこの瞬間もういっそ、消えてしまいたい。そう思って反射的に駆け出そうとした佳弥の腕を元就が摑む。

「——待てって！」

「やっ！」

顔を見るなと抗って、離せともがいたのに、強い腕は少しもその力をゆるめない。

「イヤだ、も、やだ……っ！　ほっといて、お願い、ほっといて……いやだ!!」

「や、まっ……待て、ちょっと佳弥」

ひどいことにそのまま、元就の長い腕は抱きすくめるようにして捕らえてくるから、どこまで残酷なんだろうと佳弥は思う。

「もういい、なんにも俺言ってないし、泣いてないし、ほっといていいから！」

「ちが……佳弥、佳弥、そうじゃないって、落ち着け」

ちゃんとふってもくれないくせに、わからないふりで流したくせに。そうなじって睨んださき、どうしてかひどく焦った顔の元就がいる。

歯を食いしばって、身体中使って暴れても、元就はびくともしなかった。結局包みこむように抱きしめられて、もうどうしていいのかわからない。

（だからやめろってのに……！）

結局また、泣くしかなくて「うええっ」としゃくりあげれば元就は目を丸くした。

「うわ、泣くなってっ……！　ああもう、どうしろってんだっ？　落ち着け、佳弥！」

「だっ……はな、はなせってい……っ!?」

「離せるか、ここで！」

焦っている声に、だったら離せと言いかけて、しかし佳弥はできなかった。

抗議に開きかけた唇に、やわらかくあたたかいものが触れて、なにが起きたのかと目を見開けば、視界いっぱいにぼやけた肌色。

（なにこれ）

元就の顔だと認識した瞬間、びくりと跳ねた腰を強く抱かれて、さらに深く唇が重なった。

「んん――……‼」

痛いくらいに強く吸われて、なにが起きているのかやはり理解できないままの佳弥から、ゆっくりと元就の唇は離れる。

「……少し落ち着いたか」

「ひ、ど……」

驚いて、たしかに激昂《げっこう》はおさまった。けれども、こんなやり方はあんまりだと思う。

手慣れた一連の仕種にも、そういう方法で気を逸らそうとした元就にも傷ついて、一瞬引っこんだ涙がまたじわりと滲んだ。きつく摑まれたままの手首を振りほどこうと佳弥は身体を引くのに、元就の手はそれを許さない。

「こう……こういうことすん、……なんで……ひどいよ……っ」

「おまえが言ったって聞きゃしないからだろう！」

「……ひっ」

険しい声に佳弥は青ざめ、びくんと身体を硬直させる。普段滅多に声を荒らげない元就の甘くくぐもっていてとおりがよい声。それが、ひとたび激した感情を乗せると、抗いがたい迫力があることは先日知ったばかりだった。

「ごめ……なさい……ごめんなさい、ごめっ……」

佳弥が小刻みに唇を震わせて、ようやくそれだけを口にすれば、怯えきった表情に元就ははっと目を瞠る。

「……あ、違う、佳弥……怒ってるんじゃない」

「いい、も……ごめ、なさ……っ」

慌てたように彼が言っても、もうどこもかしこもつらいばかりの佳弥にはなんの慰めにもならなかった。ただ早く、とにかく早く手を離してほしいと願うだけで、断罪を待つようにじっと、壊れそうな目で見あげているしかできない。

「そうじゃないよ、謝らなくていい、……参ったな」

惑う瞳を揺らした元就は、きつく握りしめていた佳弥の手首を解放する。ゆっくりと離れる感触に、安堵ともうこれで終わってしまったという後悔を嚙みしめた。

佳弥は、静かに瞼を閉じ、呼吸を整えた。諦めきった小さな顔は、しかし予想に反して、また広い胸に引き寄せられ、さきほどよりなおきつく抱きすくめられる。

「違うんだ、ごめん、違う……佳弥」

今度こそわけがわからなくなる。容赦ない腕の力は、不思議と怖くなかった。

聞けと言うように、耳を押し当てられた元就の胸からは、早い心音が伝わってくる。彼の鼓動が自分と同じく高鳴っていると気づけば、長い腕がさらに強く、身体を抱きしめてくる。

それがほんのわずかに震えていることに気づき、なぜ、と佳弥は思った。

「俺も余裕ないよ……参ったな」

「え、……なに……？」

しばらく元就は無言のままで、佳弥もなにも言えず、元就の心音だけを耳にする。

「本気か、さっきの」

「……うん」

ようやく元就が言葉を発したころには、もう佳弥の顔は赤く染まりきっていた。問われたそれに頷いて、ゆるんだ腕の中でそっと見あげる元就の顔には、侮蔑《ぶべつ》も拒絶の色もない。

ただ真剣に、怖いほどの瞳で見つめられているのを知って、かすかに唇が震えた佳弥へ額をあわせ、元就は視線の強さに見合わない、ゆっくりとやさしい声で告げる。

「おまえと、誰かを同じに扱ったことなんかいちどもないよ」

「ほ、んと……？」

「さっきのも、黙らせようと思っただけじゃない」

長い指は、雫《しずく》の残った目元をそっと拭うように撫で、さきほど強引に塞がれた唇に触れてくる。やんわりとした接触なのにそれは痛くて、そしてじわりと体温があがってしまう。

「佳弥、ここ……誰かとしたことあった？」

唇を艶めかしい仕種で撫でる元就は、否定を求めている気がした。実際、奥手だった佳弥はいままで誰ともつきあったことがなく、遊びでもそこに触れたものはない。

元就の指を唇に置いたまま首を振ると、ひどく嬉しそうに彼が笑った。

そんな顔で微笑まれては、ばかな期待を持ってしまいそうだ。既に期待している自分を知りつつ、臆病になった佳弥は震える声で問いかけてみる。

「ない……けど。でも……ど、して？」

「どうしてか言っていいの……？」

その、精一杯の気持ちを知ってか知らずか、元就は首を曲げ、瞳を覗きこんだまま額をあわせてくる。

「それってずるい……と、思う」

質問に質問で答えるなと眉を寄せた佳弥に、これは卑怯《ひきょう》かと元就は苦笑した。

「うん。ずるなしな。……俺もちゃんと、言うから」

そして、なにか覚悟を決めたような面《おも》持ちできれいな目を伏せる。長い睫毛《まつげ》が触れそうな距離で、そのささやかな動きにも佳弥は心が乱れた。

「もうずっと、おまえだけかわいいんだよ俺は」

「え……？」

少しだけ苦いものを含んだ声は、佳弥の心臓を止めるかのような囁きで、そっと腰に当てられていた手のひらがその瞬間、色を違えたのを知る。

「元気に、いつも笑っててほしくて……そのくせさっきみたいなことも、ずっと……したくてしょうがなかった」

距離が近づいて、鼻先が触れて、呼気が頬に触れて苦しい。なのに、離れないでほしいと佳弥の指は元就の腕を摑んでしまう。

「ず、っと？　って、どんくらい」

「覚えてないよもう。いろいろやばかったよ、俺は俺で……なんでこんなにかわいいかな」

いっそごつく育ってくれりゃよかったのにと、冗談めかして笑ったあとに、かすめるようにまた唇が触れ、きわどい内容にもその感触にも佳弥は赤くなる。

「か、かわいく、なんか、な……っ」

「かわいいよ。ほんとに……困るくらいに。俺はこれでもいろいろ、大変だった」

くすりと笑って覗きこんでくる瞳の熱っぽい危険さにくらくらする。

「なのにあんな、必死になって泣きながら好きだなんて言われて、俺はどうすりゃいい？」

「ど……って、なに……」

おまけに元就は真っ赤に染めた佳弥の耳朶《みみたぶ》をやんわりといじる。その手つきにふと、島田の言葉を思い出した。

——そのうち窪塚が、おまえをとって食っちまうんじゃないかと俺はもう、心配でねえ？

（あれって、あれって、まじだったのか？）

そんなことがあるかと、悲愴《ひそう》な思いで否定したあの言葉は、実際島田がどれだけ元就を理解していたのか知らしめるものだ。

さきほど、不意に不機嫌になったあれも、もしや知らない誰かにこの身体を触られたことや、島田の手を拒まなかったことに腹を立てたりしたのだろうか。だから島田はあんな、妙な笑みを浮かべていたのだろうか？

「そ、そんなの……うそ」

「嘘なんかじゃないよ」

思わず洩《も》れた言葉を掬《すく》い取るように、元就の舌が唇を舐める。なまなましい感触に怯《ひる》んで逃げかけた腰は長い腕にしっかり捕らわれ、逃げられない。

「んっ……ん、ふ」

震える息を吐いた隙《すき》に今度はゆっくりと、まるで味わうように唇を吸われた。

「これでもまだ、ひどいって言う……？」

軽い音を立てて離れたそれから、聞いたことのないような元就の声がして、なにか言おうとすればまた声を塞がれる。

「言わないなら、俺、調子に乗るよ？」

「だっ……う、ンむ……っ」

喋らせるつもりなど、実際元就にはないのだろう。そして、佳弥がこの行為をいやがっていないのも、もうわかりきっているに違いない。抗わずに腕の中に収まり、あまつさえ、腕を摑んでいた指は背中に回され、しがみつくように口づけに応《こた》えているのがいい証拠だ。

「んー……っん、ん、は……っ」

力が抜けて、なにがなんだかわからなくなって、息苦しいと口を開けば舌を入れられる。はじめてだとわざわざ確認までして知っているくせに元就の舌は容赦なく佳弥のそれを絡《から》め取って、音がするくらいに混ぜあわせた。

（すごい、やらしい……っ）

ん、ん、と喉声がどうしても出てしまって、身長差の分だけずっと上を向かされている喉も痛くて、もうちょっと手加減してほしいのに、やめてほしいと思えない。

（舌、こんな熱い……ぬるぬる、する）

ぼんやりと霞んだ頭で、気づけば元就のそれを真似て自分の舌が動いていて、うずうずとしたものが足下から這《は》いあがってくるのを佳弥は感じた。

「どうする、佳弥」

「はふ、ん、ふ、う……？」

酸欠になるんじゃないかと思うころにようやく解放される。胸を喘《あえ》がせた佳弥の、濡れそぼった唇を長い指で拭って、元就は少し意地悪く笑って問いかけてきた。

「メシ、食いに行く？」

混乱のひどい佳弥は、いったいこの状態で食事など取れるものかとぼんやり考えこんでしまったが、そのあと耳元に落とされた言葉にさらに思考を停止する。

「それとも、俺に食われちゃう？」

「く、食う……って、そ、そんっ」

見あげた男は茶化すような表情で笑っていた。けれど、もうすっかり骨を抜かれた佳弥はただ茹《ゆ》であがったような顔をさらすしかできない。

「はは。真っ赤だ、佳弥」

そのうぶな反応に、しょうがねえなと元就は笑う。どうやら冗談だったそれを撤回しようと口を開いたらしかったのだけれど、佳弥の言葉の方がほんの少し早かった。

「あの、あの……訊《き》いていい……？」

おずおずと口を開けば元就は「なんでも」と笑ってくれたから、勇気を出して問いかけた。

「元にい、あの……俺のこと、スキ……なの？」

しかし、その問いに一瞬彼は目を瞠って、頭が痛いと言わんばかりに首を振る。

「この子はもう……なに聞いてたかなー……」

「だ、だって、だってさっ」

肩を落として苦笑した元就に、佳弥はまだ拭えない不安のままにじっと見つめた。

「だってじゃないだろ。……さっきしたのなに」

長い口づけに赤らんだ唇をつつかれて、ぴくんと震えた佳弥の瞳が潤む。困った表情をする元就を、はぐらかさないでほしいとじっと見つめたのに、彼は目を逸らしてしまった。

「こっち、見てよ」

ごまかされるのかと、また瞳が潤んでいく。しかし、広い肩を上下させた男は相変わらず顔を逸らしたまま、長い指で顔を覆い、呻くように言った。

「あんまそういう顔されるとさあ、俺も……引っこみつかなくなるんだけど」

「なに……？」

わずかに赤くなった元就の声になにかが滲んで、ざわざわと背中が落ち着かなくなるのを佳弥は感じた。なんでもないよと笑うけれど、そこまで子どもじゃないと言いたくなる。

「……まあメシはもう、ありあわせでいっか。とにかく戻ろう」

佳弥の視線を振り切るように彼は佳弥の荷物を持って背を向け、歩き出す。

広い背中に、さっき着替える瞬間見てしまった裸のそれが重なって、さんざん元就に濡らされた口の中が干あがるのを佳弥は知る。

（もう、わかるよ……知ってるよ。覚えたよ）

まだ舌の上に、元就の感触が残っている。しつこいくらい口の中を舐《な》めた、少し煙草の味がする舌に、食べられていると思って怖かった。けれどその怖さは、たとえば電車の中で痴漢に覚えた恐怖とか、そんなものとはまるで意味が違う。

自分が、変わってしまう。その未知の体験と感覚への、期待を孕んだ怯えなのだ。

「――ん？」

「好き……」

抱きついてしまったのはもう、なにを考えてのことでもなかった。精一杯の力で腕を回し、震えきった声で紡《つむ》ぐそれが、誘いになるかどうかなどわからない。

「俺、元にいが好き。……俺のこと好きじゃ、なくても……それでもいい」

「よし……や？」

「ぜんぶ食べられたいくらい、好き」

ただ言いたくて、離してほしくなくて。

熱のこもった吐息ごと元就に全部貰って欲しかった。欲しがられたかった。それが同じほどの熱さを持ってくれているなら、本当に食べられてしまいたい。

「だから、……嘘でいいから、好きって、言って……」

慕《した》って、駄々《だだ》を捏ねて反抗して、それでも追いかけ続けた背中に振り向いてもらえるならなんでもする。そんな気持ちで発したそれは、元就にどう受け止められたのだろうか。

「ったく、もう、あああ、もう！」

「わ……っ」

「もう遠慮、やめた。手加減もなし、罪悪感はこの際、忘れる！」

舌打ちしてわめいた元就は、腰に回る細い腕を摑んで、やや強引に引き寄せて。

「そんなわけで、もう観念して食われちまえ、佳弥」

負けたよと笑う瞳はどこかしら不敵に輝き、嚙みつくように口づけながら、言ったのだ。

＊　＊　＊

もう食事もなにも知ったことかとそのまま腕を引っ張られ、連れて行かれたのは元就の寝室だった。その間、唇が触れていなかったのはドアからドアへ移動する一瞬のことで、ずいぶんと性急な元就に面食らいつつ、佳弥ももうあがった息がごまかせない。

「あの……あのさ、もと、元にい？」

「んー？」

長身の元就が使うものらしく、ベッドはかなり大きい。そこにころりと転がされのし掛かられ、セーターも中に着たTシャツも捲《まく》りあげられ、そんな急にと思いながら目を回していると、ジーンズ越しに脚を撫でられた。

「お、お風呂とか入りたいんだけどっ」

なにを言っても生返事しかしない元就に、少し怖くなってどうにか、時間稼ぎをと思った言葉は頰に口づけながらの「あとでね」という短いいらえに叩き落とされる。

「あ、あとって、だって……ひゃう……っ」

耳を嚙まれながら、たくしあげた服の中に入りこむ指は少し冷たい。ひくりと竦んだ肩に顔を埋めた元就は、色気のない声に小さく苦笑した。

「あのな、悪いけど。俺間違いなくやめてやれないから、覚悟決めた方が楽よ？」

口調は軽いけれども見下ろす瞳は少しもふざけてなどいなくて、佳弥はくらりとなる。

「だっ……だって……こんなの」

「考えてなかった……？」

問われて佳弥は押し黙る。さきほど、一瞬だけ見た元就の張りつめた肌に、たしかに情動を揺さぶられ、身体が熱くなったのは事実なのだ。そしてその一瞬の隙をつくようにあの、ひどく淫らな口づけがまた落とされて、また頭がぼうっとなってしまう。

「……っ、ふう……んっ」

痺《しび》れてじんじんする唇を、少し煙草の味のする舌で舐められて、背中が跳ねあがったついでのようにそのまま尻を摑まれる。

「あ、ひやっ!?」

「こういうのは頭で考えなくてもいい。……ホントにやだったら、こんなんならないって」

そうでしょ、と両手に掴んだそれを引き寄せられ、ぴたりと身体を重ねられる。

「う……うわ、わっ」

もどかしいような熱のたまっていた下肢の間を元就の長い脚に擦られて、自分のそこがどうなってしまったのか知った佳弥は、かあっと身体中を熱くする。

「わかっただろ?」

得たり、とばかりににっこり笑われて、顔から火を噴きそうになりつつ佳弥は頷いた。

(勃《た》っちゃった……でも、でも、元にいも)

硬くなってる、と感じてさらに恥ずかしくなる。

元就を好きだと言うことは、彼に好かれると言うことはこの、少しばかりうしろめたく恥ずかしい行為をも含んで受け入れることなのだ。素肌を撫でる手のひらにぞくぞくするけれど、それが嫌悪ではないことなど、触れられるたび忙《せわ》しなくなる呼吸や、汗ばむほどに熱くなった肌が証明している。

「う、んっ……あ、あふっ」

薄い腹をゆっくり撫でていた手のひらが這いあがり、肌を押しあげるほどの鼓動を刻む心臓と、その上にある小さな突起に触れた。そっと撫でられ、乳首が尖っているのに気づいて、佳弥はさらに赤くなる。

（なんか、……やらしい、触り方、してる）

　元就の肩を握りしめてきつく目を瞑り、こりこりと押しつぶされる不思議な感触に耐えると、不意打ち、つまむように擦りあげられて息を呑んだ。

「ふあ、ああ……っ」

電気が走ったような小さな痛みのあと、甘い熱を伴ったなんとも言えない感覚がふわりと身体に広がった。一瞬だけ硬直した肌がふっと力を抜いた瞬間、佳弥は自分でも知らないような甘ったるい声をあげてしまう。

「……かわいい声」

「んふ……ふあ、あ……っ」

小さく笑った元就に、忙しない息をつく唇を何度も宥めるように啄《ついば》まれ、また頭がぼうっと霞んでくる。腰がうねり、元就の身体に擦りつけるように動いていることに気づくころには、頭からセーターを脱がされ、シャツも剝ぎ取られたあとだった。

首筋も肩も、元就の肉厚《にくあつ》でやわらかい唇に食《は》まれた。肌を舐められる、そのはじめての感触に身体中が震える。胸の先もちりちりと尖り、敏感になったその上を、元就のセーターが擦っていくから痛くてたまらない。

「もと、に……ねえ、……ねえ」

「ん？　なに……？」

「ちくちく、する」

しゃくりあげるような呼気を交えて、脱いでとねだってしまった以上、もうなにをされても文句など言えない。それをわかっていて、佳弥はせがんだのだ。

（あったかい……）

望みどおり裸の胸が重なって、強く抱きしめられただけで背筋を震わせた佳弥に、苦いものを含んだ元就の声が聞こえる。

「ストーカーだの痴漢より……俺の方が、よっぽど変態かもな」

「な……っ、に、あっ、あっ！」

どういうこと、と霞む目を凝らして見あげれば、元就の甘い顔立ちが飛びこんでくる。電気も消していなかったせいで、覆い被《かぶ》さり影になっても、彼の浮かべた自嘲の表情がはっきりとわかる。

「黙って見てるってんなら俺だっていっしょだし……こんなとこ、生で触ってるし？」

「ひあっ、やっ！」

いつの間にかジーンズのボタンもファスナーも下ろされていた。こんなとこ、と言う元就の手に、脱がせるついでのように肉の薄い尻をつるりと撫でられ、佳弥は声をうわずらせる。

「俺のがよっぽどたち悪いんじゃねえの？　……なあ、佳弥」

「そんな、の……」

悪びれず言いながら、それでも佳弥にはなんとなく、元就の抱えた躊躇《ちゅうちょ》や罪悪感が理解できた。自分でさえもこれだけ悩んで苦しかったのだから、大人で、分別もあって、責任も大きな彼が生半《なまなか》な気持ちでこんなことをするわけがない。

「ちがっ……全然、違う……っ」

反抗期を迎えたころ、もしかするともう、元就は自身の気持ちの意味するところに気づいていたのだろうか。だからあえて離れようとする佳弥に、弁明も言い訳もしなかったのではないかと、その苦い笑みに気づかされる。

「俺が……俺がしたいんだから、……そんなの全然違うよ……っ」

必死になって首に縋りつき、そんなことを思わないでほしいと佳弥は思った。

「佳弥……？」

「俺が元にいに触りたいんだから全然、違う……！」

叫ぶように言ったそれは、正しく元就に受け止められたようだった。わずかに瞳をやわらげ、微笑んでくれた彼は、それでもなにかを確かめるように額《ひたい》をあわせて問いかけてくる。

「いやじゃない？　触っても？」

「ない。あの、……あの、元にい、触ると……」

だが佳弥が「気持ちいいから」と小さな声で呟いた瞬間、甘いやさしさは一変する。腰を摑んだ腕は強くなり、ぐっと上体を倒して見つめてくる瞳に危険な色が混じった。

「知らないよ……そんなこと、言って」

元就がそう囁いた瞬間、彼は保護者のそれとはまるで違う笑みで佳弥を見つめた。欲情を孕んだ熱のある表情、それを知ったとき佳弥が覚えたのは、わずかな恐怖と、それをはるかに凌駕《りょうが》する——未知のなにかへの、期待だった。

「ふあ……！　ん、んう」

塞がれた唇から、半端な喘ぎが漏れた。奇妙にひずみうわずったそれはあっという間に元就の器用な舌に巻き取られた。水音、感触、どちらも恥ずかしい。

（わ、わ……舌、舌吸われてる）

さきほど繰り返し与えたそれよりもっと容赦のない口づけに、佳弥は羞《は》じらいと歓喜を同時に覚える。きついほどの抱擁、熱っぽい視線、やさしいけれども欲を孕む手つき。

指先からぐずぐずと溶けていきそうな感覚に、くらくらと酔わされる。

「ひゃっ、わ、や、そこ……っ」

「んん？」

ごく小さな乳首をふいに摘まれて、ぎくりと身体が跳ねた。普段では意識することさえない場所が異様なほど敏感になっていて、佳弥は戸惑う。

「な、なんで触るの……お、おっぱいとか、ない……よ？」

「ないと触っちゃだめ？」

だから、質問に質問で返すのはずるいと思う。それもにっこりと笑んでの問いかけに赤くなったきり、佳弥がなにも言えなくなっていれば、沈黙を勝手に解釈した元就の愛撫《あいぶ》はどんどん大胆になっていく。

「あ、うわっ、なん……なんで、舐めるのっ⁉」

「したいから」

指の腹でさんざん硬くした小さな突起を、やわらかい唇が撫でる。やんわりときれいな歯に噛まれてしゃぶられると、恥ずかしい声が溢れて止まらない。

「あ、ん……あふっ」

「感じる……？」

恥ずかしいことを訊かないでくれとかぶりを振るのは、問われずともわかるはずの場所を元就の手がゆっくりさすっているからだ。すっかり裸に剝《む》かれた肢体が、もっと触ってと浮きあがるのが止められない。

「……濡れてきた。硬い」

「やだ……‼」

なんでそんなに恥ずかしいことばっかり言うのかと、涙目で佳弥は睨みつける。すると、困ったように笑って「いやかな」と訊く、それもずるいと思う。

（なんで、いちいち訊くんだよ……）

いやらしいことして、けっこう強引なくせに、許してと情けなく眉を下げて、そんなのは佳弥の理想の「元にい」じゃないと思う。けれどその、少し繊細そうに目元を歪めた顔にまで、くらくらするほど胸が騒いでおさまらないのだ。

「する、の……やじゃ、ない、けど」

「けど？」

「や……やらしいこと、あんま言わないで……っ」

脳がオーバーヒートしてしまうと、洟をすすって頼みこむ。わかったと頷いた元就は、よけいなことばかり紡ぐ唇を佳弥のそれで塞ぎ、静かにやさしく触れることに専念した。

「ふやっ……うっ、んんっ」

それでも、胸の先を噛まれながら脚を開くようにされれば、どうしても気になることが。

「あ……あ……ね、ね……っ」

「ん……なに？」

なんだか元就の反応は、やや鈍かった。胸のあちこちに残る痕もその感触に、まるで夢中になって吸いついているようだと思う。

ぺろりと唇を舐めながら顔をあげた彼の危険で艶《なま》めかしい表情にも茹であがりながら、佳弥は息も絶え絶えに告げる。

「で、んき……消して……っ」

「なんで？」

不服そうに返され、なんでって、と口ごもる。全部を元就の目にさらすことが恥ずかしいのももちろんだったが、ベランダから対角線上にあるこのベッドは、場合によれば窓からすべて見通せてしまうだろう。おまけにさっき気づいたけれど、黒いブラインドは夕刻から下ろしておらず、これでは部屋の中のことは丸見えになってしまうのではないだろうか。

「だ、だって……見え……っちゃうよ……っ」

帰宅するなりかかってきた電話のことを思い出せば、抱きあっている肌の熱さえ奪われそうになる。怖いと広い胸に隠れるように縋りついたのに、元就は取りあわず首筋を噛む。

「いいんじゃないの……おまえが誰のもんだか、いっそ見せつけてやれば」

そして、細い脚をさらに開かせ、あげく背中から抱えこむようにしてその場所を、窓の方へと突き出させた彼に、佳弥は目を瞠った。

「やっ……やだ……っ！」

そのまま指を絡められ、ガラスにぼんやり映る元就と自分の姿が見えてしまう。驚愕《きょうがく》に目を見開いた佳弥が力の入らない腕でもがいても、あやすような指使いに感覚を全部持っていかれてままならない。

「だめ。ほら……佳弥、脚もっと開いて」

ぬるりと滑る指、そこから聞こえる卑猥な音だけでも持てあますのに、耳を嚙んだ元就は目を閉じるなと言うのだ。恐怖と羞恥に身が竦んで、ひどいと佳弥は泣きながら、それなのに勝手に高ぶっていく身体をごまかせない。

「やー……やっだ……元に……やだっ」

「なにがいや？　ここ触るのがやだ？」

「やあっ、あっあっ……み……見えちゃう、よ……！」

ここを、と言いながら激しく擦りあげられ、佳弥は泣きじゃくりながら違うと叫んだ。

「だめ、へん……は、はずかし……っ、俺、へんだから……っ」

ひどく変な格好をしているのも、いやらしくうねってしまう身体が恥ずかしいのも、元就だから許せる。それ以外になんて、考えただけで死んでしまいそうだ。

「こ、こんなん……元にい……しか、見せたくな……いっ」

切れ切れに喘いで、だからやめてと請《こ》えば、悪かった、と頰を撫でられた。

「ごめん、ちっと調子に乗ったな」

「意地……っ悪い……っ」

向きあう形に抱き締め直され、ぐずぐずと鼻を鳴らしたさきに口づけられ、簡単に宥められる自分が情けないとも思う。それでも、許してくれと囁かれて甘く舌を舐められると、怒ることもろくにできない。

「俺だって、佳弥のこんなとこ、誰にも見せたくないよ」

「じゃ、なん……で」

「んん、でも同時に見せびらかしたくもある、かな。かわいいから。これ俺のですって」

「ばっ……な、なに言ってんだよーっ！」

恥ずかしすぎるとわめいて広い肩を殴りつけると、ごめんごめんとなだめるように、また山ほどのキスが降る。ぐずってなじって、ようやく電気は消してもらえて、ほっと息をついた佳弥は長い腕にまた翻弄《ほんろう》された。

「あ、くぅ……、あっ、あっ」

食べるという表現を元就は使ったけれど、本当に似ていると朦朧《もうろう》とする頭で佳弥は思った。餓《う》えたように身体中を唇で愛撫されて、荒い息が元就の唇からこぼれるのがくすぐったくも信じられない。

（興奮、してるのかな）

こんな薄っぺらな身体を抱いて、やわらかくもない胸をさすって、本当に元就はいいんだろうかと最初は思った。けれど、絡まりあう脚の間にある彼自身が、はっきりと自分を欲して高ぶっているのを知るから、もう疑えない。

全体に幼さを残した佳弥のやわらかく白い肌の上を、自分の痕跡を刻みつけるように元就は這い回って、強引で少し荒い所作に眩暈《めまい》がした。

「ん、あ……っ」

「気持ちいい？　……平気？」

恥ずかしいけれど、怖いけれど、問う声が甘いからこくりと頷いた。元就の手に握りしめられたそれはもう、わざわざ確認するほどもなく濡れて震えて、擦られるたびに甘く疼いて佳弥を混乱させる。

（きもちいい、どうしよう、きもちいい……！）

息が切れて、鼓動が乱れる。顔が熱い。両手で顔を覆ったのは、きっと見苦しく歪んでいる表情を見られたくなかったせいだったけれど、身体中が無防備に元就の目にさらされることになるとは佳弥は気づいていなかった。

「もと、に……なに？」

ぐっと脚を開かされて、もっと恥ずかしい格好にされる。はっとしてもがいても遅く、元就の端整な顔は佳弥の曲げた膝の間にあって、やわらかな内腿《うちもも》を嚙んでくる。

「佳弥、もっと、……いろいろしていい？」

「な、ん……？　っやだ、うそ！」

問う形を取ってのそれは、確認などではなく一方的な宣言だった。そのさきの行為を察して、佳弥が冗談だろうと跳ね起きるより早く、ぬるっとしたものが性器に触れる。

「うあ、やっやっ……そん、そんなの、舐め、ちゃ、や！」

「だぁめ。さっきは俺が言うこと聞いただろ」

意地悪く囁いて、大きく開いた脚の間で、にやりと笑う元就をとても直視できない。あまりのことに硬直しきっていれば、あの器用な舌はもっといやらしく絡みついてくる。

「嘘……や、うそ、やだあ……っん、あ、んっ」

含み取られる感触は、あまりにも強烈だった。身体中が溶けそうで、そんなところ舐めないでと泣いたのに、やめてくれなかった。

「あふ……は、あ、ん、でちゃっ……出ちゃう」

「出していいよ？」

「やだ、だめっ、あ……あっ、あああ！」

がくがくする脚を曲げ、泣きじゃくりながら佳弥は元就の髪を摑んだ。それでも引き剝がすこともできなくて、淫らに動いてしまう腰が止められない。

「吸っちゃ、だめ……そこ、そんな、しちゃ、だめ……！」

「そんなって？」

「あ！　なん、なんでっ」

だが元就の本当のたちの悪さは、佳弥がもうだめだと思った瞬間、手も唇も止めてしまうことだろう。追いつめて舐め溶かすくせに、すんでのところで逸らされるのがつらい。

「ん、まあ……はじめてだし、さすがに何遍もってのは、きついだろ」

「そん、そんなのっ……わか、んないっ」

いつまでも射精を引き延ばされ、どうしてそんなに意地悪なのかと本気で泣いた。ひっ、ひっと情けなく泣きながら長い髪を引っぱると、痛いよと笑った元就が危険に目を細める。

「ごめんな佳弥。もうちょっと、我慢して」

「も、やあ……あ、なに……あっ!?」

もう許してと喘ぎながら、どろどろになった身体の奥に、ついに長い指が触れて身が竦む。

「俺もちょっといろいろ、限界でね……なるべく、気をつけるけど」

全部いいばっかりとはいかないかも。そんなことを呟きつつ、自分の上唇を舐めた元就は、佳弥の尻の奥になにか、ぬるりとしたものを塗りつけていく。硬く竦んだ場所を、焦ることなく指が滑る、その奇妙な感触だけでも耐え難いのに。

「ちょっとだけな? 怖くないから」

「あ、あ、あ――……っあ! やだ、そこ、そこはやだっ!!」

おまけに唇を他人とあわせることさえこの夜はじめて知ったばかりだったのに、そんな場所にまで元就は口づけた。

「きたなっ……い、よ」

「汚くない。……ちゃんと、開いて。俺のこと、入れて」

「ひっ……い……いやー……舐め、舐めるのやだあ……!」

泣きじゃくったら許してくれるかと思いきや、もうすっかりただの男になった元就は容赦がなくて、居直ったかのように佳弥の暴れる脚を摑むと、しゃあしゃあと言った。

「痛くないようにしてるんだから、じっとして」

「いやっ……やだ、しない、もう、しないっ！」

赤ん坊みたいな格好がいやだと喚いても、おしめだって替えてやったんだからいまさらだと叩き落とされる。

「は……恥ずかしくて死ぬー……!!」

「死にやしないよ。ついでに……なに言ってもだめだよ」

泣こうがわめこうが、佳弥がいいって言ったんだからぜんぶする。きっぱりと、手足を押さえこむようにしながら宣言した元就の本気を思い知って、佳弥はまるで子どものように泣くしかできない。

（うわ、やだ……入った、入ってくる）

唾液と、なんだかわからないものにべとべとにされたそこは、ついに元就の根気に負けた。入り口で指を回され、少しずつ浸食してくる硬い感触に、佳弥は目を回すしかない。

「ひっ……ひど……こわ、怖い、もとにい、怖い……っ」

じわじわと、身体の中まで元就のものにされていく。いやではないけれど、やはりどうしても——怖くてたまらない。

「いれ、るのや……おねが、お願い、いれないで……怖い」

「怖くても……謝らないよ」

佳弥が悪い、と元就は言った。ぬるぬるの身体の中で長い指をずっと動かして、逃がさないと睨むみたいに怖い、そのくせ震えるくらいに魅惑的な顔で、何度も佳弥の唇を奪った。

「佳弥が、かわいいから悪い。俺のことをこんなに、本気にさせるからいけない」

「ひや、あ、……そ、それ、くっつけないで……っ」

「だめって言ったろ……？」

濡れた瞳を拭う舌先はやさしいのに、淫猥《いんわい》な動きで腰を擦りつけたりする。なんでこの大人はこんなにいやらしいんだろうと思うのに、欲情されて嬉しがっている自分も充分いやらしいんだと、佳弥は悟った。

「キスも、あそこも、この中も、俺でぜんぶいっぱいにしないと気が済まないくらい……本気にさせたから、佳弥が悪い」

「もとに……っ」

中を広げられる、なんとも言えない感覚に仰《の》け反《ぞ》りながら、怯えているはずの身体はしっかり反応して、甘ったるく喘いでしまうのは、淫猥で巧みな愛撫のせいだけじゃなかった。

遠くて遠くて届かないと思っていた元就が、端整な顔に汗を浮かべて、かき口説くみたいに甘くて意地悪なことを言いながら、佳弥のやわらかい部分をたくさん触ってくる。

「……佳弥も俺に触りたいんだろう？」

あげく言質《げんち》を振りかざした元就は、乱れた髪の隙間から蕩《とろ》けそうな目で見つめてくる。そして声もなく震えるばかりの佳弥の手のひらを、広い胸の上に押し当てられた。

「わかる？　もう、おまえのせいで、この中めちゃくちゃ」

佳弥こそ、小さなその手で長いこと、この奥の奥まで摑んでいるのだから、それ以外くらいよこしなさいと、悪い大人は淫靡に笑った。

「……俺の、せいなの？」

「そう。だからとりあえず、いまは食わせて」

指先まで痺れるまま、広い胸に爪を立てた佳弥の瞳がとろりと濡れる。もういいだろうと喉奥で笑い、元就はさらにさきへと進むための準備を甘く淫《みだ》らに仕掛けてくる。

「だいじょぶ、ひどくしないから。……ぼうっとしてて」

「うそ、ばっか……も……ひど……っあ、ああ、あー……！」

こんなエッチなことしておいて、充分すぎるほどひどいと思う。けれどもう、抗議も言葉にならないまま、佳弥ははしたないほど開いた脚をひきつらせる。

違和感もひどいのに、じりじり鈍く痛むはずの場所になにか、甘ったるい感覚を覚え始めている。そして、そこを的確に見つけた元就が、しつこいくらいに撫でてくるのだ。

「んああん、そこ、ぐりぐりしちゃ、やだあ！」

「あ、なるほど……ここか」

なにがなんだかわからなかった。拙《つたな》い自慰しか知らなかった佳弥には元就の施すものは濃厚すぎて、ただ手の中で捏《こ》ねられて、自分の形さえ壊れそうだった。

「んああ……っ、は、はあっ……」

「いい？　佳弥……もう、だいぶ慣れたろ？」

「っかんな……もお……っああ、あふっ、あん、あん！」

たすけて、と舌足らずに訴えれば、とろりと溶けた身体をもっとかき回された。激しく跳ねあがった身体は発熱したように高ぶって、なめらかな元就の肌にそれを擦りつければますます惑乱はひどくなる。

「力抜いてろよ……？」

「ん、んん……――あ」

すがるものは元就の背中とその声だけで、思考を放棄した佳弥はただ言われるままに脚を広げて、長く震える息を吐くと、ねっとりした空洞が自分の中にあることを知る。

（あ、やだ、来る）

指が去り、奇妙に痺れたそこに熱く濡れたものが触れた。知らない感触にぶるりと震えれば、少しずつそれは忍びこんできた。

「あ……あっ、あ、――っはい、はいっちゃ、はいっちゃう」

「ん……っ、も、ちょい、我慢」

「あやっ、あっ、……んー……！」

じわじわと、佳弥の身体が強ばればそこで動きを止め、そうしてときどきあやすようにキスをしながら少し引いて、またゆっくりと押しこんで。

「ふあっ、ああ、あ……っ」

「……っよし、や」

耳元に聞こえる押し殺した声で、元就が入ってきたことをようやく認識する。

脈打つ塊《かたまり》が身体の中にあって、自分とは違う脈を刻むのが不思議だった。みっちりとなにかが身体の奥を塞いでいて、けれども思ったほどの苦痛はない。

「も、い、……いっぱい、なった……？」

「ん、いっぱいになってる」

泣き喚くまで準備された甲斐《かい》があったのか、違和感の他に覚えるものはなく、もっと痛むかと思っていた佳弥は少し拍子抜けする。

「なんか……いたく、ない、よ」

思わず頭上を仰いで、幼いような響きでぼんやりと呟けば、元就が苦笑するのが見えた。

「痛いことなんかするわけないだろ……？」

ずいぶんな台詞だったが、佳弥にはもう、そんなもんなのかなとしか思えない。

（なんか、ほんとに……おなかの中、いっぱい、って感じ）

じわ、と胸が熱くなって、微弱な電流が流れたような感覚がまた襲ってくる。元就とつながっている。深く、奥まで挿入《そうにゅう》された場所を意識すれば、淫らなときめきはどんどん強くなって、佳弥は熱っぽいため息をこぼした。

「どした？　きつい……？」

「ううん……」

それでも、本当に平気かと問いかけてくる元就の瞳は気遣わしげで、とろとろとなって発した言葉は無意識のものだった。

「元にいの……きもちいい」

「……っ、おいおい。そう来るかよ」

あったかい、と意図せず微笑んだ瞬間、ひくりとそれが動いて、佳弥は息をつめた。

「あっ……あ、なに……っ⁉」

「無意識ってのも、とんでもねえな、佳弥……」

目を眇《すが》めて呟いた元就は、いままでの穏やかさが嘘のように、ひどく淫らな動きで揺さぶってくる。ぐっと奥まで突き立てられ、佳弥は小さな悲鳴をあげた。どこまでも侵略してくる元就にしがみつくけれど、ぐらぐらと身体は揺れ続ける。

「あ、や……そん、そんなに、動くのっ？　ふ、ああ……っ」

「そりゃまあ、この状態で動くなって……言われても、ね」

背中に腕を回せばそこも汗で濡れていて、浅い息遣いが頬をくすぐるのにどこか誇らしい気分になる。あの元就が余裕をなくしたかのように、激しく腰を動かすのもたまらない。

（あ、いっぱい動く……すごい、やらしい……っ）

恥ずかしくて怖いけれども、元就が感じていることがなにより、佳弥を惑わせ悦《よろこ》ばせて、身の内にあるものを離すまいと喰《く》いしめる。

「佳弥、佳弥……いい？　痛くない？」

「あっ、あっ……す、ごい、よう……っす、ごくっ」

凄《すご》まじくなまなましい元就の欲望。もうこれは佳弥のものだ。誰にもやらないし触らせない。泣きたいくらいそう思って、お願いだからと唇をねだった。

「もとに……っね……！　キス、し……して」

「ん……」

絡みつく舌の動きも、腰を撫でる仕種も、元就のようには上手くできない。経験の違いを文字どおり肌身で知って、梨沙に覚えていた拙い嫉妬などとは比べものにならないような、激しい感情が胸を焼く。

「んん……ふ、ねっも、……も、しなっい、でっ」

「……え？」

「やっ、そ、れじゃないっ……！」

がくがくと揺らされながら喘ぎ喘ぎ訴えれば、元就はぎくりと固まる。きついのかと上から覗きこんで動きを止められ、佳弥は、違うからやめないでと泣きじゃくった。

「これ、こ、ゆーの……ほかっ……ほかのひ、ひとと、も、しないで」

「よし……」

「俺、俺だけして……っこういうの俺……っ」

俺とだけ、して。誰ももう抱かないで。俺だけのものに——なって。

たどたどしい、けれども精一杯の想いと独占欲を滲ませた懇願は元就の黒い瞳を危険に眇めさせ、体内に取りこんだ危険なものをさらに膨れ上がらせてしまった。

「——知らないよ？」

「ひあ、ああっんっ！」

「んな、かわいいこと言っておまえ、……加減できないじゃんよ……っ」

いままでのあれもずいぶんだと思ったのにと佳弥が目を見開いたが、危なげな気配を滲ませた元就にはその幼い反応さえ煽《あお》る結果になっただけだった。

「い……やっ、あっ、あっあっあっあっ」

あげくそれで、ひどくいやらしい感じに腰をかき回されて、どろどろになったそこが卑猥な水音を立てる。大きな両手で胸を抱かれ、尖りきった両方の突起を親指にこね回されながら唇まで奪われて、もうどこにも感覚の逃げ場がない。何度も噛みしめてこらえようと思うのに、そのたびに我慢しなくていいと甘やかすように囁かれた。

「やー……っう、へん、声、へん……！」

「変じゃないよ、なんにも」

恥ずかしいくらいに甘ったたれた喘ぎが止まらない。何度も噛みしめてこらえようと思うのに、そのたびに我慢しなくていいと甘やかすように囁かれた。

「佳弥、佳弥……かわいいね。もっと、しよう？」

「ふは、あっいやっ……あっん、あん、あふ、んっ！」

熱っぽく名を呼ぶ元就は「もっと感じていいから」と唆《そそのか》す。そのまま囁く舌が唇を開かせて、佳弥の淫らな声を引きずり出してしまう。

疼く心臓が、どうしよう、どうしよう、と繰り返し、佳弥は混乱のまま広い肩に縋った。

「元……もと、もとに……っ」

「なあに」

あの日、見知らぬ男に電車の中で尻を摑まれたときには悪寒と吐き気が襲ってきたのに、あのときよりもそのやわらかい肉にさらに淫らに触れられて、あまつさえその中に入りこまれても、元就はなにひとつ佳弥を怯えさせなかった。

「す、……すき……っ」

「ん……俺も、だよ」

むしろ、もっともっとと訴えるように浮きあがり震える身体をこらえるのが骨などで、その我慢さえも恐らくは見透かされているんだろう。

「気持ちいい?」

「うっん……っいい、や、や……ぁ、そこ、やだっ」

どっち、と笑いながら何度も頬を撫で、額や瞼に唇を落とされて、そこじゃないのにと佳弥は思った。切れ切れに浅い息をこぼす唇の中が乾いて、宥めて欲しくてしかたない。

「もとに……っ」

震える腕を伸ばし、少し湿った感触の髪を引いて、自分からぎこちなく唇を寄せた。驚いたように目を瞠った元就は、次の瞬間には蕩けるように笑んで、深く口づけてくれる。

「ふ……んっ、んっ」

こくんと喉が鳴って、混ざりあった唾液を飲んでしまった。少しざらざらした舌は独特で、元就の味がすると思って、その発想がやけに卑猥な気がして眩暈がする。

「佳弥……っ」

「あ……っ、あっ、あっ」

唇が離れたあと、また元就が動いた。滑りながらゆるゆると引いて、またいっぱいに入りこんで、際限なく甘ったるい感覚を送りこまれて、快感が飽和して溢れてしまいそうだ。

なにもかもはじめてで、面食らうことの多いこれを、自分はもう好きになっている。

恥ずかしくて怖いのも実際だけれど、このさき元就に誘われたら絶対に拒めないだろうし、それどころか自分から求めてしまうかもしれない。

証拠に、教えられもしないのに、元就を締めつけては蠢《うごめ》く腰は、ひどく浅ましく深い愉悦をねだっている。肉がぶつかるみたいな音も、粘った響きもなにもかも、佳弥の興奮と快楽を誘うばかりで、気づけば自分から腰を揺すり、元就の身体に押しつけていた。

「なんっ……なんかっ……出ちゃ……っう、だ、め……っ」

「……いっちゃう？」

イクって言ってごらん。もっと気持ちよくしてやるから、耳朶に唇の動きを伝えるひそめた囁きに、細い腰がぶるぶると震えてしまう。

「い……いく……っ」

恥ずかしさをこらえて言ったのに、元就は意地悪く笑って腰の動きをゆるめ、脚のつけ根で濡れそぼった佳弥の性器を強く握った。

「——まだ、ダメ」

「やあっ、いっく、い……っやっ、や！」

ひ、と息を呑んで身を強ばらせると、竦んだ身体にまた手ひどい愛撫を浴びせられる。

意地の悪いことをするなと睨みたくても、くしゃくしゃに歪んだ涙顔では迫力もなにもあったものではない。第一佳弥に睨まれても元就にはかわいいばかりのようで、効果のほどはまるでないのだ。

「うそ、嘘つき……っいうっ、いくっ、いくよぉ……！」

反《そ》らされて焦《じ》らされて、もうだめと何度も請い願って、泣きじゃくりながら感じているしかない。それで結局、たちの悪い彼の望んだとおり、淫らな言葉を吐き出してしまう。

「佳弥？　……元就、って呼んでみ」

「な、んん、んんぁ……っ」

「呼んで、佳弥」

「もと、なりぃ……っんあ、あっ」

なにがなんだかわからないまま、促されたように名を呼ぶと、慣れないそれにきゅんと胸が弾み、それがそのままつながった場所に響いてしまう。

思わず呻いたのは、ふたり、同時で。長いため息のあと、響きだけで酔いそうなとろりとした元就の声が耳に甘く嚙みついてくる。

「ああ、なんか、コイビトっぽくていい感じ……」

「ばっか、じゃん、も……っ」

「もお、も、や、だあ……っ！」

恥ずかしいと言いながら、元就を包んだ部分も心臓も、どきどきと脈打ってせつなかった。

「ん、もうちょい……な？　すぐ、だから」

これ以上長引かされてもつらいばかりで、ぜえぜえと胸を喘がせた佳弥がもういやだと言いはじめ、あやすように唇を与えた男はひと息に終焉《しゅうえん》を迎えようと身体を走らせた。

「あっ、あっあっ、あああ！」

「――っく」

濡れた卑猥なものが、身体の中をこれ以上ないほど圧迫して、叫んだ声が残響する耳には元就の押し殺した声。艶めかしく、熱っぽい、恋人の喘ぎが最後の高みへ押し上げる。

「んっんんっ……い、く……っ」

うねる広い背中、逞しい筋肉の手触りを確かめながら、はじめてで激しい官能を、佳弥は知った。

＊　＊　＊

瞼の裏で、朝陽が赤い。

まぶしさにゆるゆると覚醒した佳弥は目の前にある紺色の物体がいったいなんなのか、はじめはわからなかった。ついで覚えのない匂いがふわりと鼻先をかすめ、甘いけれど少し刺激的なそれに、さらに目覚めは促された。

「う？」

目を凝らせば、じわりと五感が戻ってくる。腰のあたりになにかが巻きついていて、あたたかいが重いそれがぴくりと動いた瞬間、佳弥は大きな二重の目を瞠る。

濃紺のそれは元就の纏ったパジャマで、腰にあるのは彼の長い腕だった。広いベッドの上で身を寄せあい、しっかりと抱きくるまれている状態で眠っていたらしい。

(う……うわ、わっ?)

「んー……」

思わず驚きの声をあげようとした唇を噛みしめ、安らかな寝息を繰り返す元就をまじまじと佳弥は眺めた。小さく身じろぐと、さきほど覚えた匂いがまた強く感じ取れる。

(あ、そ……そっか)

それがフレグランスと煙草の匂いの混じった、元就の匂いだと気づいたとたん、佳弥の意識は一気に覚醒《かくせい》した。

昨晩、この広いベッドで、元就としたことの断片が甦り、じわじわと赤くなっていく。

ひどく濃厚かつ衝撃的だった初体験を終え、佳弥が放った第一声は元就を爆笑させた。

——えっと、……お腹空《なかす》いた……。

疲れ果て、ぽわんとなった気分のままなにも考えずに言ってしまったのだが、それは元就のツボに入ったらしい。心配の反動もあったのだろうが、ベッドに突っ伏し、たっぷり数分は笑い続けたあとに、涙までためて元就はベッドを降りた。

——じゃあ簡単なものでも作ったげるよ。立てるなら風呂入っておいで。

その間に用意してあげるよと言われ、濡れて汚れた身体をシャワーで流して出てくれば、ピラフとスープができていた。夜食を食べる間、ゆったりと煙草をふかした元就はひどく満足げで、なごんだやさしい瞳でじっと、佳弥を見つめていた。

あの時間は、ただふわふわとした感覚に包まれていて、食事の間もそのあとも、たいした会話はなかったように思う。

——眠いの……？

甘い声に訊ねられ頷けば、幼いころそうしたのと同じように、うつらうつらとする身体をやんわり抱きしめられ、シーツを替えたベッドに横たえられた。子どもの時分と違ったことはそこに、瞼や頬を経由した唇が甘ったるい口づけを落としてきたことと、抱擁に秘めやかな色合いが加えられたことだ。

——おやすみ……佳弥。

もう少し起きて、元就の顔を見ていたかった。けれど、このところ立て続けに起きた出来事に振り回され、疲れ切っていた身体に訪れたはじめてのセックスは最後のとどめとなったようで、小さく囁かれた言葉を夢なのか現実なのかあやふやにした。

——誰よりも、いちばん……愛してるよ。

（な……なんかあれって、もの凄い台詞言ってた気が……するけど）

思い出しつつ赤くなり、いまさら本人にもあれが夢だったかどうかなどと訊けもしない。

じっと見つめていた男らしい整った顔立ちに、薄い無精ひげが生えているのを見つけた。

「ん……」

顎に触れた瞬間、小さく呻いた元就が寝返りを打つ。腰に絡んでいた腕はそのまま離れて、ほっとするような寂しいような感覚を味わいながら、佳弥は起きあがった。

かなり長い間睦《むつ》みあっていたのに、身体にはさほどのダメージはない。ただ普段使わないような筋肉を駆使したせいか、奇妙な場所が痛い。なんだか怒濤《どとう》の展開で、どこか夢見心地の現実感のない朝、節々の小さな不快感だけが、昨晩の証拠だ。

（しちゃった、んだ）

元就の彫りの深い顔立ちは、目を閉じるとさらに甘みを増した。高い鼻梁《びりょう》の作る影は濃く、表情がない分だけその造りの端整さを際だたせている。女性的ではないが、つくづくきれいな顔だと改めて思いつつ顔が赤らむのを感じて、佳弥は自分の顔を手のひらで扇《あお》いだ。

（なんか、元にい、すごいえっちだった……）

この身体に触れた元就は甘ったるいほどにやさしかった。それはいままで培《つちか》ってきた元就と佳弥の関係そのままだと思えた。案外に意地悪だったことも、まったく意外だったかと問われればそうでもなく、泣きながらさんざん喘いだ佳弥のせいとも言えるから責められない。

（……ガッコ、行こうかな）

時計を見れば、登校するには少し早い時間だった。だが徒歩で駅まで向かい、電車に乗るには頃合いだと思う。

昨晩、送ってくれると元就は言ったけれど、とてもこの朝、平然と顔をあわせられない。なるべく物音を立てないように寝室を出ると、洗面所に向かう。鏡の中の顔は、泣き腫《は》らした瞼が少し赤くむくんではいたけれど、このところの鬱々とした表情に比べればずいぶんすっきりしたものだった。

身支度を済ませ寝室を覗けば、まだ元就は深い眠りの中にいた。足音を忍ばせて近寄り、穏やかな寝顔を見つめるだけでも、どきどきと心臓が跳ねあがった。

「……行ってくるね」

このままでは何時間でも寝顔を眺めてしまいそうで、自分に踏ん切りをつけるため、吐息だけの声で小さく告げ、枕から落ち傾いた頬にそっと唇を押し当てる。

自分でやったことに照れながら部屋を出た佳弥は、極力音を立てないように玄関を閉めた。施錠はできないが、事務所兼用のこの部屋は依頼人の来訪に備え、在宅中には鍵をかけない。

階段を下り、いまだ元就の眠る部屋をもういちど振り返って、口の中だけでいってきますと呟いた。ふわりと白い息が、笑んだ小さな唇の周囲に紗《しゃ》をかけて、静かに消えていく。

冬の朝は薄暗い印象があるけれど、早朝、霜《しも》の立ちはじめた路面は少ない光を受けて淡く明るい。手袋を忘れた佳弥は、凝《こご》る息を手のひらに吹きかけつつダッフルコートの前をかきあわせ、静謐《せいひつ》で空気のすがしい朝の道をゆっくりと歩いた。

幸福感に満ちた朝、佳弥の口元には淡い笑みが無意識に浮かぶ。身体は少し怠《だる》かった。四肢に残っている元就の記憶は少し淫らで、けれどうしろめたさよりも嬉しさがこみあげる。

だが多幸感に頬をゆるめていたのはつかの間、ふと父に言われた言葉を思い出す。

たしか今週末に提出予定だった進路調査票もまだ白紙だったと佳弥は眉をひそめた。

(引っ越しどうしよう。それに、進学も、『あれ』も……まだ解決してないしなあ)

怒濤の展開でうっかり忘れていたが、問題はまだ山積みなのだ。しかし悩みはつきないものの、昨晩のようにむやみな恐怖感や焦燥《しょうそう》に駆られることはなかった。

頼もしかった元就や島田がなんとかしてくれるのではないかと、昨日までとは打って変わってひどくポジティブにものごとを考えられたのは、やはりしっかりと抱きしめてもらったおかげだろうか。

元就と離れることなど、いまの佳弥には想像もつかない。よしんば引っ越しの話が本気でも、そのときには近場にしてくれとねだるか、もしくは下宿を探してもいいかもしれない。

(帰ったら、相談してみよう)

すべてを依存する気などないけれど、たぶん佳弥にとってもっともいい方法を考えてくれるのが元就であることは間違いはない。

それだけに、彼の負担にならずに済むよう、自分もいろいろ考えてみよう。

いまのままでは、元就にとって佳弥の存在は重い責任を伴うことになるだろう。昨晩の会話の合間、自嘲気味に漏らされた元就の言葉からもそれは察せられた。

どうあがいても未成年でしかも同性の自分と元就が恋愛を続けることは、困難も多い。そして誰かにこの関係が露呈し、誹《そし》られるようなことになった場合、おそらく元就は自分ひとりでその咎《とが》を負おうとするだろう。そんなことにはなりたくないし、させたくない。

（もっと、しっかりしなくちゃ）

だったらできることからひとつずつ成長して、せめて面倒をかけない程度には変わりたい。頼るばかりの子どもが背伸びしたところで、限界がある。むしろ意地を張れば却《かえ》って迷惑なのはもう思い知っているから、少しずつ、自分のペースで成長するしかないだろう。

（まずは進路だなあ）

大学進学のさきには、就職が待っている。不況で不安定なこの時代に、昔のように一生勤めあげられる職業は却って難しいかもしれないが、それだけにある意味、選択肢は幅広い。

（……みんな、仕事とかどうやって決めたのかな。どうやって、大人になったんだろう）

ふと、父親のあとを継ぐ形になった元就はともかく、島田はどうして刑事になったのか、今度参考までに聞いてみようかと思った。父にも、今夜あたり電話してみよう。

つらつらと考えつつ歩く内に、大通りの手前まで辿《たど》りついていた。角を曲がればもう、交通量の多い駅前の通りに出る。ここまで来ればだいじょうぶだ――と、やはりいささかの緊張を覚えていた佳弥が、息をついた瞬間だった。

「――……か」

「え？　なに？」

ふと、佳弥は誰かに呼ばれたような気がした。誰何《すいか》の声をあげて振り返りざま、無防備になった肩と首筋の間にひどい衝撃を覚え、目の前が一瞬真っ暗になった。

（え――？）

ひどい痛みが肩を焼いて、なにか硬い棒のようなもので殴られたことを知る。

地面に崩れ落ちる瞬間、佳弥は電話越しのあの奇妙な押し殺した声を、たしかに聞いた。

＊　＊　＊

湿った、かびくさい臭いがする。

ひどく寒い。どうしてだろう。昨晩眠りについたときには、あんなにあたたかくてやわらかい、いい匂いのするものにくるまれていたのに。

（変なにおい、なんだろう）

獣《けもの》くさいような、脂《あぶら》じみた臭《にお》い。荒れたなまぐさい息遣いも聞こえる。

（なんだろ……なんかわかんないけど、すごく、やだ）

頬に触れるのはどうやらささくれた畳のようで、冷たさにぶるりと肩を震わせると、身体の一カ所だけがひどい熱を持っていることに気がついた。

「んん……」

覚醒とともに徐々に感覚が戻ってくるにつれ、佳弥はいやな予感を覚えて身を竦める。

「——おっ……おき、起きたのかい」

頭上から、うわずった声が聞こえた。聞き覚えのある響きだけれど、佳弥の無意識はそれを受け入れることを拒絶し、瞼を強く瞑らせてしまう。

「も、もう気がついてるんだろう？　……なっ、なあ、里中」

「……っ」

ざわり、と身体中が総毛立《そうけだ》ったのは、冷たく鋭い金属の感触を覚えたせいだけではない。

浅く息を切らしている男が、なにをしているのか理解してしまったせいだった。

「ふーっ、……お、起きなさい、……起きて、なあ、見なさい？　こっちを見なさい？」

はあはあという、不規則な呼気。それに連動する、かすかに粘ついた水音にぞっとした。

(ぜったいやだ……っ)

状況把握はまだできないけれど、なにか、とんでもなくおぞましいものがそこにいる気がして、佳弥は目を開けることをかたくなに拒んだ。だが、小さく身を丸めていた佳弥の肌にちくりとなにかが刺さり、衣服が引っ張られる感触と同時に布の裂ける小さな音がした。

「ひ……っ」

小さく息を呑んだあとに反射的に目を開けると、ぼんやりと薄暗い部屋の中、さきほどまで自分が着ていたはずのコートがまず目に入る。そして、それは誰かの脚にかぶさったまま、奇妙な連続運動にあわせ、ゆらゆらと動いていた。

「ふっ、ふー……ふ――……なあ、見なさい、見て、見てよ、見てくれよ、なあ」

興奮を増したような声も、そのどこか滑稽《こっけい》で、不気味な光景も認識したくない佳弥は、横たわったまま視線を自分に落とす。

「……な、ん」

ひりつく痛みを覚えたそこには、かぎざきになった制服のシャツからのぞく肌が粟立ち、薄く赤い傷跡が小さな血の粒を滲ませていた。恐怖に凍りついた喉からはまともな声も出ず、恐る恐るあたりを見渡せば、さらに佳弥は凍りつく。

(なに……これ……)

薄汚れたアパートには、埃を被ったひどく古くさい電気がひとつぶら下がっている。すすけた木の柱には、幼稚なデザインのシールが半ば破れて残り、白かった筈《はず》の紙の上に年月による汚れが付着していた。安っぽいカーテンがかかっている窓は北向きなのか、日中にもろくに光は入らないようだ。

全体に薄暗く、陰気くさい印象がある部屋で、もっとも異様なのは壁面だ。

薄汚れ、漆喰《しっくい》の剝げかけた壁一面には、大量の写真が貼《は》りつけられていた。雑多な部屋の中、そこだけは奇妙に整然と、垂直水平にうつくしく並んでいる。

（どうして）

隙間なく壁に貼りついているそれらの写真は、ある意味では見覚えのある、しかしまったく見たことのないものだった。

制服のものから、体操服姿、果ては着替えの途中のものまで、さまざまな角度や場面、表情を写し取られているそれの被写体は、すべて同じ人物。

紛れもない――佳弥《よしや》の姿だった。

「――ひっ……！」

佳弥の細い喉から引きつった悲鳴が洩れ、怖気《おぞけ》だった身体で逃れようと身をよじれば、起きあがろうにも腕が動かない。もがいた手首はべたつくもので拘束され、首をひねって確認すれば、業務用のガムテープで手指ごとぐるぐると巻かれていた。脚も同様で、膝から下をきっちりと、爪先《つまさき》に至るまですべて縛《いまし》められ、まるで芋虫のような姿で転がされている。

「なん……なんで？」

身じろげば、肩の痛みがまた、ひどくなった気がした。全身に冷水をあびせられたような恐怖に、瞬きもできない佳弥の薄い茶色の瞳は乾き、生理的な涙がじわりと滲んでくる。

「なんで……こんなこと……？」

「うふ、ふふふ、いた、痛いかなあ？」

眼鏡《めがね》越し、どんより濁ってうつろな目で、佳弥を拉致《らち》した男は微笑んだ。小太りの、締まりのないその顔にも、薄い頭髪にもいやというほどに見覚えがある。

「どうして……先生……っ⁉」

嗄《しゃが》れた声で叫ぶように佳弥が問えば、鶴田《つるた》はにたにたとそのぬめった唇を歪ませた。

「だっだって、さと、里中《さとなか》が悪いんだよお？　ふふっ、ふふっ」

荒い鼻息が、少し隔てた場所からさえも届きそうで、佳弥は不自由な身を捩《よじ》り、壁際へと転がるように逃げた。その足下になにか硬いものがぶつかり、視線をめぐらせた佳弥はさらに愕然《がくぜん》とする。

「こ、れ……」

ひと目で高級とわかる望遠レンズつきのカメラが物々しく、その横のラックに乗せられたPCは、お世辞にも高級と言えない家具類の中、異様に真新しくうつくしい。

それら機材の傍《かたわ》らには、戻って来なかった佳弥のタオルや、幾つかの衣類が不自然なほどに整然と並べられている。

『タオル』『下着・ボクサーパンツ・トランクス・ブリーフ』『長袖Tシャツ・プリント』

ご丁寧にひとつずつをビニールでくるみ——それはあのポストに入っていたのと同じものとわかった——タックラベルで品柄《しながら》を分別された、その異様な几帳面《きちょうめん》さと、ゴミ袋や紙屑《かみくず》が散らばり、雑然としたまま異臭を放つ部屋とのギャップに、さらに恐ろしさがこみあげた。

「いま、までの……全部……？」

声音が震えたのは、歯の根が噛みあわなくなったせいだった。問いかけには答えず、小鼻を膨らませた鶴田のたるんだ腹の上あたりには佳弥のコートが掛けられており、右手はその中に差しこまれて小刻みに動いている。

（きもち、わるい）

なにをしているものかその瞬間はっきりと認識した。ああして、いままでの衣服も瀆《けが》されていたのだろうかと思えば嘔吐《おうと》感がこみあげた。しかし胃の中は空っぽで、呻く喉からは苦い唾液以外なにも出ては来ず、それだけにひどい苦しさが佳弥を襲う。

「うふっ、うふっうふふっ……ふー……っこっち見ろ、見ろよっ」

息を荒らげ、ぶるぶると身体を震わせた鶴田の目は、どろりと濁って上気している。粘着質な視線を向けられた佳弥は慌てて目を瞑り顔を逸らしたが、その態度にいかにも不満そうに鶴田は鼻を鳴らした。

「さ……里中は、どうして、言うことを聞いてくれないのかなあ」

息を切らせたまま、放心したような声で鶴田は言った。自身の薄い髪をかき乱してでもいるのか、皮膚を忙しなく掻くような、ぼりぼりという音がする。

「いつ、いつも学校では、ね？　照れているのはわかるけど、ね？　ほかっ他の男なんかと仲良く、しちゃいけないってぼく、言っていたのに」

「知らない……」

目を閉じたところで、視界に入ってしまった情景は瞼の裏でぐるぐると回る。おぞましさに必死に身を縮こまらせ、かたかたと震えるばかりの佳弥はか細い声で言った。

知らない、あんたなんかと口聞いたことろくにないじゃないか、そう言いたいのに喉奥につまったように声が出ない。

「まっ牧田《まきた》みたいな、ばかな生徒とつきあってるから、きみまでヘンになるんだ、ヘンにっ」

(変なのはおまえだろう……！)

罵声《ばせい》を浴びせてやりたいのに、佳弥は喉奥で押し潰れたような声を出すのが精一杯だった。

「ひっ……い、いや……」

ひやりとした感触にはっと目を開けば、ふやけたような手で持つにはあまりにふさわしくない、抜き身のサバイバルナイフが目に入り、それが自分に向けられるのを知ったからだ。

「あん、あんなやつ今度、内申で推薦取り消してやったっていい、いいんだ」

肉を切るための鋭利なそれで、じゃりじゃりとまたシャツは裂かれる。淡い乳白色の肌、ぷつりと赤く尖った乳首、冷たく鋭いものを押し当てられ、佳弥は身を縮こまらせた。

「どうして、逃げ、逃げるんだ」

鶴田はなぶるように、その色味の違う突起をナイフの腹でぺたりと撫で、興奮したようにその血走った目を何度も瞬《しばたた》いている。痙攣《けいれん》したような瞼《まぶた》の動きが、不気味でしかたない。

「き、きれいだなあ……さと、里中はほんとにきれいだなあ」

「やだ、……やだ、よっ」

血走った目で見つめる鶴田の手は震え、このナイフがいつ自分の身体《からだ》に突き立てられるかと思えばもう、抗《あらが》うこともできない。手足は血の気を失い冷たく痺《しび》れていて、それがきつく縛《いまし》められただけでなく、生理的な嫌悪感からだと知れる。

なすすべもなく、じゃりじゃりじゃりと腹までシャツを裂かれて、そのとたん鶴田の声はひいっと高くうわずった。

「ああ、ああ、ああ、……あの、あの男……っ」

もう原形をとどめないほどに裂かれたシャツから覗《のぞ》く、鳥肌の立ったなめらかな肌の上に、元就《もとなり》の残した幾つかの鬱血《うっけつ》があった。ねっとりとナイフを這《は》わせていた鶴田は、その痕《こん》跡《せき》を見つけるなり、ゆるんでいた表情を一変させる。

「なにを、したんだ？　里中、な、なあ、なにしたの？　これは、性行為をしたの？」

ぶるぶると震えた頬の肉は醜悪で、見たくないと思うのに、ナイフから目を離せない佳弥はもう瞼を閉じることもできない。

（たすけて）

「ひっ……く……うっ……うえっ、え……っ」

（たすけて、……助けて、元《もと》にい……助けて）

小さくしゃくりあげながら、胸の中で何度も叫んだ。その声を聞き取ったかのように、鶴田は「きいいっ」とヒステリックに叫びはじめる。

「きっきれいなんだから、そんな、そんな顔で、他の男といやっらしい、ことなんかして、こ、この、このぼくに、こっここ断りもなく、このっこのっこのっ」

「あうっ！」

ナイフではなく、鶴田の足先が佳弥の腹にめりこんでくる。かばうこともできない無防備なそこに、二度、三度と容赦のない蹴りは入った。

「あああ、あんなに脚なんか開いて、なんていやらしいんだ！　いやらしい！　ぐちょぐちょしたんだろうっ？　なあ、なあ、あの男と性行為をして、しゃっ、射精したのか⁉」

「うぐっ……うっ、くうっ！」

「きみは精液なんか出しちゃダメなんだよ！　あんなことしちゃいけないんだぁあっ‼」

ときどきにひっくり返る、うわずり甲高《かんだか》い声で泡を飛ばした鶴田は叫び、殴られ腫《は》れあがった肩にも容赦なく暴力を振るった。

「い、ぎ——っ！」

打撲のあとを強く、にじるように踏みしめられる。激痛に佳弥はびくびくと痙攣した。

汚れた足の裏で何度もそこを踏みながら、鶴田ははあはあと息を切らせて、打って変わって薄気味悪いような猫なで声を出した。

「だい、だいじょうぶだからね」

「っか、は……」

眩暈《めまい》がするほどの痛みに声も出なくなった佳弥は、頭上での粘着質な水音に気づいたことを後悔する。鶴田の鼻息はまた荒くなり、佳弥の頭の上、ナイフを持った手で自分の性器を擦りたてているのだ。この変態、蹴って興奮している。そう悪態をつきたくても声が出ない。

「もうあんなこと、させないよ、あん、あんな……うっふ、うふふ」

「いや……あ」

もうなにも聞きたくないと思っても、耳を塞《ふさ》ぐための手も拘束され、信じられないような事実を知らしめる粘着音と、奇怪な鶴田の喋《しゃべ》りは容赦なく佳弥の耳に入りこんでくる。

「ふうっふうっ……あー……ふふふあー……おっ、おっ！」

笑いとも喘《あえ》ぎともつかない叫びが聞こえ、剥《む》き出しになった傷ついた肩に、べとりとぬるい粘液が落ちてきた。不潔感、嫌悪や、もうとにかく有りとあらゆる醜悪で不愉快な感覚に見舞われて、佳弥の嘔吐感は強くなる。

「――ウ……えっ」

ひきつるように泣きながらえずいて、もういやだ、と思った。

こんな汚い、歪《ゆが》んだ感情をどうして見せつけられなければいけないのかわからない。鶴田の行動は明らかに常軌を逸していて、もはや原因など探ってもわかるまいと思う。

（いやだ、へんだ。こいつおかしい……おかしくなる……っ）

このままでは彼の持つ暗い、狂った闇の中に飲まれてしまいそうで、佳弥はただ元就の顔を思い出そうとした。

（元にい、もとにい……元就……っ）

鶴田の、まともとは言えない呟《つぶや》きの中から察すれば、やはり昨晩の行為も覗き見られていたのだろう。霞《かす》む目を凝《こ》らして壁を見れば、ぼやけて上手《うま》く像を結ばない写真の中に、ひどくなまなましい肉色のものがあるのに佳弥は気づいた。

（あれは……）

盗撮されたらしいそれはブラインドの影にぼやけてはいるが、見るものが見ればすぐにわかる。モノの少ないフローリングの部屋と、濃いブルーのシーツが掛かったベッドは、紛《まぎ》れもなく昨晩の元就の部屋だった。

それに気づいた瞬間、怯《おび》えも痛みも凌駕《りょうが》するような怒りが沸きあがったのを佳弥は知る。

「……の野郎……っ」

羞恥《しゅうち》と怒りに、ぎりぎりと佳弥は唇を噛む。

昨晩のあれは、あのやさしく淫《みだ》らに甘い行為のことは、見られていいものではなかった。

誰に誹《そし》られても、ふたりにとってひどく真摯《しんし》なものであったあの時間を、土足で踏みにじられ、貶《おとし》められ、瀆《けが》された気がした。

——佳弥……。

そして、低く甘いやさしい声や、長くきれいな指先に大事に包まれたこの身体を瀆して傷つける鶴田を、心から憎いと思う。

鶴田は佳弥にとって、どうということのない他人だった。人格など意識したこともなく、ただ『学校』というシステムの中の『先生』というひとつのパーツとしてしか、彼を認識したことなどなかった。

その、佳弥にとっては風景のようなものだった他人が、これほどの力をもって大事なものを壊そうとすることが許せない。憎悪さえ覚えるほどに、許しがたい。

「あんたなんか、知らない……っ」

蹴《け》られ続けた腹は、それだけの声を絞り出すのにもひどく痛んだが、佳弥は泣き濡《ぬ》れた瞳に激怒の色を乗せ、頭上にいる教師の顔を睨《にら》みつけた。

「あんたにっ……、俺の……俺の大事な、だいじな彼氏のこと、あんな男なんて言う、資格ないっ！　覗き趣味の、気持ち悪い変態のくせに……っ！」

「さと……里中？　なに言ってるんだい？」

泣きながら叫んだ佳弥に、鶴田は呆然《ぼうぜん》としていた。おとなしやかに見える少年の激情を、まるで信じられないと言うようにふるふると、首を振ってさえ見せる。

「ほどけよこれ！　いますぐほどけよ、そして俺を帰せ！」

「さ、さと、里中はどうして、……どうしてそんな？」

「名前なんか呼ぶんじゃねえよ変態……っ！　この、ストーカー野郎！　犯罪者っ!!」

痛みをこらえてありったけの怒声を飛ばしても、隣室からは苦情の声もない。誰かいっそ気づいてくれと思うのに、佳弥の荒らげた声がなくなれば、聞こえるのは鶴田の引きつった呼気だけだった。

「そんなこと言う子じゃないのに……里中は、そんな子じゃないのに」

ややあって、青ざめた頰《ほお》に歪んだ笑《え》みを浮かべた鶴田は、ゆらりと立ちあがる。

「あの、あの男……里中になんてことを……いけない、いけない、指導しなくちゃ」

汚れた手に持ったままだったナイフを握り直した鶴田に、佳弥は顔を引きつらせる。

「どこ……どこ行くんだ」

「だあいじょうぶだよー……」

うつろな顔でにたりと笑った鶴田に、さきほどまでとは違う種類の悪寒《おかん》が身体を包む。

「待てよ、なに……っ、なにする気だよ！」

佳弥の焦《あせ》った声に、既に鶴田は答えなかった。薄気味悪い笑みもやめ、表情をいっさい失った鶴田はまるで死人のようにも見えた。

「殺さなきゃ……ころしてやらなきゃ……制裁だ、いや、懲罰なんだ」

ぶつぶつと口の中で呟く男は、もう既に佳弥さえも見えていないかのようだった。鶴田の繰り返した言葉に戦慄《せんりつ》を覚え、自由の利かない手足をよじって佳弥は訴える。

「なに言って……っ、ばかなこと言うなよ、やめ……やめろよ、……やめて……！」

こんなことなら、あのまま暴力を振るわれた方がましだったと、佳弥はもがく。元就へ危害が加えられることは、想像するだけで自身が傷つけられるより何倍も恐ろしい。

「元にいになんにもしないで、頼むから……っ！」

わななないた唇から悲愴《ひそう》な声で叫んだ佳弥は、お願いだから、と泣いた。血を吐くようなそれに、だが鶴田は不意ににこりと笑った。

「里中はやさしいなあ……あんな男までかばって……でも、いけないよ？　誰にでも見境なくやさしくちゃあ、いけないいんだよ？」

しかしそれは少しもあたたかくも、やさしくもない、笑みの形に歪んだだけの表情だ。異様なそれにざわりと総毛立《そうけだ》った佳弥に、ひどく間延びした声で鶴田は言った。

「だあーいじょうぶ……だよおー……ぼくがあ、ぼくがねえ？」

きみを、まもってあげるから――。

告げられた瞬間、血が凍るような恐怖を感じて首筋の毛まで逆立つのを佳弥は感じた。

「っに……言ってんだよっ……！」

言葉の通じない相手と話すことが、これほどに恐ろしい、絶望的なものとは知らなかった。

叫んでもわめいても、届かない。泣いても、その涙さえ見えていない。

鶴田はもうおそらく、佳弥の世界にはいない。きみを大事にすると言い張るばかりの、歪んだ愛情だけを示してただ、なにもかもをめちゃくちゃにしようとするのだ。

「もうっ……やめ、やめて……やめてくれよお……！」

おのれの無力さに、佳弥にはもう涙するしかできなかった。

みしりと、湿気に膨《ふく》れた畳を踏んで鶴田は去っていく。鈍く光るナイフを手に。

ドアが閉まる音が聞こえ、焦燥《しょうそう》にかられた佳弥はしゃくりあげながらどうにか首をもたげるが、やはり身動きは取れぬまま、吐き気ばかりがさらにひどくなる。

定規で測ったように水平垂直に並べられた自分の写真がぐるぐると渦を巻いて迫ってくるような錯覚があり、感じ続けている焦燥と恐怖に、過呼吸を起こしそうだった。

それでも意識を失うのが恐ろしく、不快感からどうにか気をそらそうと見回した視界の中、低い卓袱台《ちゃぶだい》のようなものに乗せられている電話機があることに気がついた。

「——あっ、電話……！」

手は使えないが、プッシュホン式のあれなら外に、連絡が取れるかもしれない。一一〇なら、顎《あご》を使ってどうにか押せるだろうか。

「くっ」

ぎちぎちに拘束されている手足が痛んだけれど、必死に佳弥は身体を動かす。

荷物の散乱した汚い部屋の中、虫のようにもがき這《は》いずって、少しずつ少しずつ、目的のものに向かっていく。歩ければほんの数歩の距離がもどかしいほどに遠く、痛みと熱から脂汗が流れてきても佳弥は諦めなかった。

（もう、少し……っ）

恐ろしく長い時間が経《た》った気がして、それでもようやくに電話の乗った低い台を膝《ひざ》で倒し、落下に外れた受話器へと顔を近づけた佳弥は、希望に目を輝かせた。——しかし。

「音……しない」

通常ならば通話可能の信号音が聞こえるはずの受話器は、まったくの無音状態だった。なぜと青ざめよくよく見やれば、既に電話のコードはぶっつりと切断されている。

「ちくしょう……っ」

正気を失ったように見せていても、鶴田はこんなときばかりは周到だったらしい。悔しさに唇を嚙み、希望が見えただけになお深い絶望に落とされた佳弥は不自由な身体をどっと床に脱力させせる。

「ちくしょう、ちくしょうちくしょうちくしょうちくしょーっ!!　ひっ……う、うー……っ」

たまらずに佳弥は嗚咽《おえつ》を漏らす。蹴られた腹も潰された肩の痛みも、もうどうでもいい。元就に迫る危険を思うだけで心が潰《つぶ》れそうで、怖くてたまらなかった。こんなことなら殴られるのでも、もういっそ犯されても殺されてもかまわなかったのに。

「うう……っく……っ元にい……っ！」

ただの暴力ならば、恐らくは元就には鶴田は敵《かな》わないだろう。けれどあの鋭い刃物を、いきなり差し向けられたときにどうなるのかなんて、わからない。

身動きの取れない佳弥には祈るほかになにもできず、滂沱《ぼうだ》と流れる涙を振り払おうと痛む肩を捩《よじ》れば、苦痛に呻《うめ》いた。びくりと竦《すく》んだ身体はどうやら発熱しているようで、次第にぐらぐらと視界が歪み、浅い息が漏れていく。

誰でもいい、助けて。

怪我と、暖房もない部屋に破れたシャツ姿で放置されているために覚える悪寒は凄《すさ》まじいが、それ以上の恐怖に佳弥はおののき、血が滲《にじ》むほどに唇を噛む。

瘧《おこり》のように震えはじめた身体ではもう叫ぶこともできず、胸の内ただ、佳弥は祈り続けた。

（お願い。お願い。元にいを傷つけないで……）

諦めたように瞼を閉じると、耳鳴りが聞こえた。虫の羽音のように耳奥で響いていたそれは徐々に、がんがん、どおんという重い音に代わり、佳弥は頭が割れそうだった。

「うう……」

うるさくてたまらない。途切れそうになる意識の中、眉《まゆ》をひそめて耐えていると、なにかを叩きつけるような音は徐々に強くなっていく。それが、階段を駆け上ってくる誰かの足音だということに気づいたのは、ばんっと音を立ててドアが開いたからだ。

「え……」

蝶番《ちょうつがい》をはじき飛ばしそうな勢いで開け放たれたドアは、そのまままた閉ざされる。そこには、なにかに怯えるような鶴田が、がちがちと歯を鳴らして立ち竦んでいた。

「はっ、はあ、ああ、あああああっ」

なにが起きたのだろうかと佳弥が思ううちに、またがんがんという音が今度は複数重なって響いてくる。鉄製の階段をのぼる靴音、そしてついで聞こえたのは。

「鶴田、逃げても無駄だっ。佳弥はどこだ！　アイツになにをした……っ!!」

聞き慣れた声がした気がして、しかし幻聴かもしれないと半ば諦め混じりの佳弥の耳に、今度ははっきりと、ひどく懐かしい声が聞こえた。

「もとに……？」

元就の、聞いたことのないような激しい叫びだった。そうと知ったとたん、胸の中には歓喜がこみあげてくる。薄い壁の向こうに、元就と、恐らくは島田《しまだ》がいる。かすれた声しか出ない喉を振り絞って、佳弥はその名前を呼んだ。

「もと……元にい、……元就ぃ……！」

「佳弥……っ!!」

「や、やめろ、だだ、黙れっ!!」

血走った目で鶴田が叫ぶけれど、佳弥は喉が破れそうな声でひたすらに彼を呼ぶ。

「元にい、元就、元就もとなりっ!!」

そして、一瞬の沈黙のあとに、さらに近い位置で起きたのは、振動を伴う衝撃音だった。

「佳弥……佳弥、ここか⁉」

「うん……うんっ、ここにいる、いるよっ。でも、……でも来たらだめ！」

どうして、と叫んだ元就に、危ないからと必死になって佳弥は言った。

「こいつ、ナイフ持ってるんだ、だから……だから来ないで！」

「ばかを言うな……!!」

だがその悲鳴じみた声に、元就の声はさらなる焦りを滲ませただけだった。そうして、鶴田の立ち竦む背後の扉が、軋《きし》みをあげて音を立てる。

「さっ、里中、やめろっていっ、言ってるだろう⁉　なんで応えるんだ、なんで⁉」

凄まじい力で扉を叩くそれに、佳弥は泣きながら首を振り、必死に背中で振動を押さえる
鶴田は泡を飛ばして絶叫する。

「なんでだっ、里中、どうして⁉　どうして先生の言うこと、きききかないんだ!!」

「——おらおらおら、犯罪者っ、おとなしくドア開けねえと蹴破るぞ!!」

「島田……っ」

その鶴田の声にかぶさり、危険な笑いさえ滲ませた島田の声がする。彼もいるのならば、むざむざと元就に危険が及ぶことはないと、佳弥はほっとして泣き笑いさえ浮かべる。

「開けろこらぁ！　鶴田、ドアごと吹っ飛ばすぞてめえ‼」

「佳弥、ドア側にいるなよ、いいか⁉」

刑事にあるまじき島田の怒声に続き、逼迫《ひっぱく》した声で叫んだ元就に、うん、と泣きながら返事をするなり、幾度か激しく叩きつけられた安普請《やすぶしん》のドアは蝶番を飛ばし、破られた。

「ひぃいいいっ」

悲鳴をあげ、倒れるドアから逃げる鶴田のあと、長身のシルエットが見えた。現れたのは、昨晩と同じ服を着た元就で、しかしそのセーターの右腕は破られ、血が滴《したた》っている。

「元……っ」

元就の鮮血に息を呑み、自分のもとへ駆け寄ろうとする彼に青ざめつつも、佳弥は喜色《きしょく》を浮かべた。だが数秒後、喉元にひやりとしたものを押し当てられて表情を失う。

「くく、来るな、来るなっ」

「鶴田……っ」

凄まじい形相の島田と元就の前で、鶴田は佳弥を羽交《はが》い締《じ》めにした。がちがちと歯を鳴らしながら佳弥にナイフを突きつけ、ろれつの回らない声で叫ぶ。

「も、もうおしまいだ。さと、里中はよごれてしまっ、しまったし、いっ、一緒に死ぬんだ、死のう、死のうっ、なあ里中、愛してるよ里中っ」

ぐびりと息を呑み、いまにも首を裂きそうなナイフに佳弥は身を強ばらせる。その情景にこの野郎、と唸った島田はその場から動けなくなったようだ。

「な……なんだ、動くなって、いっ、言ってるだろぉ!?」

「おまえこそ動くな。……指一本動かすな」

だが、ゆらりと長い脚を踏み出した元就は、そんな脅しには屈した様子もない。ただ靴のまま一歩一歩、近づいてくる。

「俺の佳弥にそれ以上なにかしたら、――殺す」

ぎらぎらと目を光らせた元就は、表情こそ静かなものだったけれど、佳弥でさえも身を竦ませるほどの迫力があった。その声にも身体中に怒気が満ち、彼の口にした言葉がただの脅しや冗談ではないと知らしめる。

がたがたと震えだした鶴田は、呆然《ぼうぜん》と目を瞠《みは》っていた。しかし、元就の靴が破れたドアをだんっと踏みならした瞬間、奇声をあげて佳弥を突き飛ばす。

「ひいーあああ!! ひ……っ、ひ、ひいっ」

「――逃げるなっ!!」

闇雲《やみくも》に狭い部屋を走り出した鶴田へ、元就の長い脚が伸びた。足首を払うように蹴りつけ、たたらを踏んだ男の上に乗り上がり、容赦のない拳《こぶし》が振り下ろされる瞬間、佳弥は反射的に目を閉じた。

ごつり、と鈍い音が響き渡る。骨と肉の当たるそれはいやな響きを伴い、小さく身体を縮

めると、駆け寄ってきた島田に抱えおこされた。

「佳弥、無事かっ」

「し……島田……っ」

きつい表情で問う島田は、焦ったように手足の拘束を引きちぎっていく。粘《ねば》ついたガムテープを皮膚から剝《は》がされても、長く拘束された身体はうまく動かなかった。

「頑張った、頑張ったな。いい子だ、えらいぞ」

ぎゅっと抱きしめてくる島田の声は、震えていた。佳弥の切り裂かれたシャツや、その隙間から覗く青あざに傷跡、いやな汚れを付着させた痛々しい姿に、島田も抑えきれないものがあったようだ。

「ひっ……ひー！　ひいい！」

無事を喜ぶ抱擁に頷きながらも、背後から聞こえる打撲音、奇妙に高い悲鳴じみた鶴田の声に、佳弥は震え続ける。

「ねえ……と、止めて……もとに、止めて……っ」

「ああ、そうだな。――おいっ、大概でやめろ、窪塚《くぼづか》！」

「うるさいっ！」

だが、島田の制止を元就は聞かなかった。また連続して鈍い破壊音が聞こえ、ぎゃあっと濁った声が叫んでいる。

どん、となにかが壁にぶつかるような音がした。殴り飛ばされた鶴田の顔はひしゃげて血が飛び散り、無惨な状態になっている。

「やめろ窪塚、過剰防衛だ！　おまえがしょっぴかれるぞ！」

「やかましい……っ！　殺したっていいんだこんなやつは！」

「おい、もう落ち着け窪塚……っ！」

佳弥がむっとする臭気に気づいて目を凝《こ》らすと、男は失禁したようだった。いい加減にしろと止めに入った島田を振り切り、それでも容赦のない元就の拳は鶴田を殴り続け、自身の腕から滴ったものばかりではなく、血に汚れている。

「……めて、もとにい」

きれいな長い指は、あんなふうに誰かを傷つけるためのものじゃない。青ざめたまま佳弥は首を振って、お願いだからと繰り返した。

「元にい、も、いいから……っ、いいから、やめて……！」

「佳弥」

泣き叫ぶ声に、ようやく拳が止まる。怒りに目を光らせたまま振り返った元就へ、必死になって佳弥は手を伸ばし、訴えた。

「こっち、来てよ……だっこして」

「佳弥……っ」

声を震わせて名を呼んだ元就に抱き起こされ、ひやりとした指先が頬に触れたことに、安《あん》堵《ど》の吐息が漏れた。長い腕に痛いくらい抱きしめられ、呼吸が苦しかったが、それ以上に青ざめた元就の顔色が気がかりだった。

「怪我《けが》、だいじょうぶ……？」

「ばか！」

口をついて出た言葉に、顔を歪めた元就は鋭く叫ぶ。

「なんでひとりで出てった……ばかやろう、こんな……っ」

わななないた腕で悲惨な姿の佳弥を抱きしめ、元就は泣いているような声を出した。

感覚の鈍っている鼻さきに、元就の匂いを吸いこんで、佳弥は身体中の力が抜けていくのを感じる。呼吸さえもままならないような異臭に淀んだ肺が、清浄化される気がした。

元就がここにいる。

もうそれだけで、なにも怖くないのだと感じられて、自然甘えるように瞼がおりてしまう。

「……窪塚」

鼻の頭に皺を寄せた島田は、もとの顔の形がわからなくなった男をその腕にぶら下げて、佳弥の身体を抱きあげた友人に、ひとこと告げた。

「これは俺が引き取る。……が、おまえな。頭に血ぃのぼるにもほどがあるぞ」

「頼む……すまん」

やりすぎたと、ようやく冷静になったらしい元就が苦い顔で頭を下げる。しかし「気持ちはわかるが」と島田はため息混じりに首を振った。

「気分的には過剰防衛もクソもねえけどさ。余罪でもなんでもくっつけてしばらく出て来れなくしてやるよ。……まあ、やったことだけでももう、充分すぎるけどな」

ストーキングに誘拐に傷害だ、しかも殺意ありと来たもんだ。

抑揚のない声で言うなり、もう半ば意識のない男の身体を乱暴に揺すぶって島田はきびすを返した。白手袋のその手には、さきほどのナイフが赤い液体を付着させて握られている。

「元に……」

「もう喋るな」

痺れて血の通わない腕をどうにか伸ばし、険しいままの頬に佳弥は触れる。

「勝手に、出てって……ごめんなさ……」

「もう、いいから」

目の届くところにいるって、約束したのに。声にならなかったそれをどうにか告げたかったけれど、呂律《ろれつ》が回らず、もう意識もはっきりしなくなる。

「ごめ……ね……？」

「黙れって」

ぽろりとこぼれた涙を拭《ぬぐ》ったのは元就の唇だ。

抱きあげられた腕の中、痛みと熱に感覚の鈍った佳弥にも、甘く塞がれていく口づけの感触だけはひどく鮮明だった。

＊　＊　＊

目が覚めると、そこは病院のベッドの上だった。真っ白な空間にぼんやりと瞬《まばた》きを繰り返していると、耳に甘い声が聞こえる。

「起きたのね？」

「おかあさ……」

やわらかい手に頬を撫でられ、佳弥はうまく動かない唇で嗄《しわが》れた声を発した。真っ赤な目をした母は、それでもにっこりと微笑《ほほえ》んで、息子の頭を抱きしめる。

「怖かったわね……ごめんね、お母さんいなくて」

やわらかい胸に抱きしめられ、ふわりと甘い、懐かしい匂いに包まれると、なぜだか涙がこぼれた。

「もうちょっと、眠る？　それとも……なにか飲む？」

「ねえ、もとにいは……？」

髪を撫でられながら穏やかに問われたことに答えず、佳弥が口にしたそれに母は苦笑する。

「元ちゃんは、いま島田さんといっしょ。夜には来てくれるそうよ」

「もとにい、怪我してたから……だいじょぶ……かな」

「縫うほどはなかったそうよ、安心なさい。……あなたの元ちゃんは、だいじょうぶ」

甘い宥《なだ》めるような声に、そう、と佳弥は微笑んで、またすうっと眠りに引きこまれていく。

「困ったわね、もう……お父さんになんて言おうかしら」

しみじみとした母の声になにか、ひっかかるものを覚えつつも、もう瞼は開かなかった。


佳弥はその後数日間、高熱を出した。鶴田に負わされた怪我と、監禁時に薄着で放置された状況、そして精神的ショックも相まってのもので、その間の記憶はほとんどない。

次に目を覚ましたときには、島田の顔と元就の顔が並んでいて、幾分かはっきりした意識で話をすることができた。

「鶴田はあのまま逮捕された」

「……そう」

清潔で殺風景な病室に母の姿はなく、もしかするとこれは事情聴取も兼ねているのだろうかとぼんやり佳弥は思う。

「あと……すまん。どっからかこの話が漏れちまったらしい」

当然ながら今回の事件はオフレコに留めるわけにもいかず、現役教師が同じ高校の生徒を拉致監禁のあげく、暴行に及んだとなれば、一大スキャンダルである。

「よっちゃんの素性だけはどうにか隠すように努力するけど……学校の方にはもう、レポーター張りついちまってる」

当面マスコミが騒ぐだろう、申し訳ないが覚悟してくれと島田は丁寧《ていねい》に佳弥に詫《わ》びた。

「ん……しょうがないね」

いくら隠しても、事件とときを同じくして入院したとなれば、噂《うわさ》になるのは止められまい。少し大人びた表情で頷《うなず》いた佳弥に、島田はなんとも言えない表情になった。

「でもなんで、あそこにいるってわかったの？」

問いかけた佳弥に苦いため息をついたのは元就で、目覚めてからひとことも口をきいてくれない恋人が、かなり怒っていることに佳弥は首を竦める。

「んー……まあ、タイミング良かったつかね。恋する男の勘？」

ぎこちないふたりに苦笑した島田が、ざっと顚末《てんまつ》を説明してくれる。

あの朝、目覚めたときには姿の消えていた佳弥にいやな予感を覚えた元就は、まず島田に電話し佳弥がいないと話したあと、学校へと向かったそうだ。

その前日、島田から事情を知りたいとの連絡を受けていた牧田は快く協力を申し出てくれて、紛失した衣類を島田に渡し、知っている限りの情報を提供してくれていた。

昨日の今日で、授業中にもかかわらず急に呼び出された牧田は、なにかことが起きたと悟ったのだろう。血相を変え現れた島田と元就に、顔を強ばらせて「なにかあったんですか」と逆に問いかけてきたのだという。

——鶴田も、いないんす。朝から無断欠勤で、職員室から連絡しても、返事ないって！

そして朝から佳弥が来ていないこと、そして自分たちの担任も無断欠勤であることを告げた友人は、大分前からいやな予感を覚えていたそうだ。

——里中気づいてなかったけど、あいつあからさまに、里中にだけ、態度が違ぇから。

しょっちゅう説教をされる牧田は、その傍らに佳弥がいるときだけ異様にあたりのやわらかくなる鶴田に、少しばかり奇妙な印象を持っていた。

——ひいきするわけじゃないけど、見ててキモかったし。まさかそんなんじゃないと、思ってたんスけど……ロッカーとか、机とかから盗むの、マジで教師なら簡単なんすよ。

担任である鶴田は、生徒が去ったあとの教室や更衣室の施錠管理も行っていた。たしかに彼ならば、私物を盗み出すのにもっとも造作もなく、また疑われにくい立場にあったのだ。

牧田のそれらの証言と、ふたり揃《そろ》っての不在に島田は確信を覚えた。そして権力を行使して、職員名簿で鶴田の家を知り、駆けつけた。

「ここしばらくは職員の間でも様子が変だと噂になっていたようで、学校側もさほど抵抗はなかったな。で、確かめにとアパートに行ったら、あいつがナイフ持ってすっ飛んできた」

不意打ちに腕をかすめたナイフはしかし、もともと専科で武術を習っていた元就の相手にはならず、佳弥を監禁した部屋へ逃げこむまでも一方的に殴られるままだったらしい。

あとは知っての通りだと肩を竦め、島田はげんなりと息をついた。

「牧田くん、鶴田が妙らしいってのは気づいてたそうだぞ。里中はひとがいいから、あんなんもまともに相手しちゃうんだ、ってな」

「俺べつに……普通に挨拶とかしただけ、だよ？」

心配性な友人らしい証言に、佳弥は戸惑いつつそう告げた。だが、苦い顔をした島田は、佳弥の言にかぶりを振る。

「じゃあ訊くが……、普通に扱われてたか？　アレは」

「わかんない、けど……」

「まともに先生扱いしてんの、牧田くんの知る限りじゃおまえだけだったって話だったぞ」

鶴田が生徒に忌《い》み嫌われていたのは周知の事実だけに、否めず佳弥は口を噤《つぐ》む。

「それと、あいつな。まあもう察してるかもしれんが、盗撮と盗聴マニアだった」

重苦しい沈黙のあと、家宅捜索の折りに見つけられた大量の写真と改造機械、そして録音テープを押収したと島田は言った。

「よっちゃんとこにあった盗聴器は、その手のマニアが販売してるやつ。これは偶然だったんだけど……たまたま『電波』を拾っちまったのが、一方的に片思いしてる相手だったのがある意味不運だったんだな」

友人もいない、孤独な盗聴マニアが偶然にも、自分の勤める高校で、唯一まともに接してくれる生徒の私生活を覗き見てしまった。他愛もない会話や、些細《ささい》な日常を覗き続けるうちに偏執狂《へんしつきょう》的な想いは妄想《もうそう》となり、彼の精神を蝕《むしば》んでいったのだろうと島田は分析した。

「それと、やばい薬にも手を染めてたらしい……もう大分、ぼろぼろだったんだろうよ」

部屋から覚醒剤も押収され、常習的に使用していた可能性もあると見なされている。島田は吐息混じりに、既に同情の余地はないが、と苦笑した。

「まあ、ちっとばっか窪塚も過剰防衛でしごかれるだろうが……その辺はどうにかなんだろ」

ちなみに元就は全治一週間のかすり傷だが、鶴田はいまだ打撲と擦過傷《さっかしょう》で入院中だとのことだった。

「それと例のやつ、体液鑑定の結果、出たよ。……真っ黒だ」

案の定だったと呟くように言い、あのおぞましい包みについては島田は言葉を濁した。

山のような証拠品に状況証拠、そして元就と佳弥への傷害では現行犯でもある。

「覚醒剤方面からの精神鑑定も入るかもしれないが、それにしちゃ準備万端だしな」

言動は支離滅裂ではあったが佳弥への拘束や、登校時間を狙いすました計画的な拉致、電話線を切っておくなどの周到さから錯乱状態にあったとは考えにくい。また元就に向けた殺意もあわせれば罪は軽減されないだろう。

「ともあれ、もう有罪は確定だろう。退院を待って、取り調べして、そっから送検になるから、……結果が出るのにどれくらいかかるかは、まだわからんが」

「そう……」

いまさらながら、あのときふたりが駆けつけてくれなければ、佳弥も本当に殺されていたのかもしれないと、背筋を震わせた。

「ま、とりあえずそんなところだが、怪我が治ったら改めて話を聞くことになる」

説明を切りあげた島田は、どこか同情的に佳弥に告げた。

「いやなこと、いろいろ思い出さなきゃいけないかもしれないが……頑張れよ」

「うん、……だいじょぶ、それは」

気丈《きじょう》に答えた佳弥の着るパジャマの襟元には、肩を固定する包帯がのぞいている。脱臼《だっきゅう》と捻挫《ねんざ》を起こしたそこは、しばらくは固定していなければいけないそうだ。

「ごめんなさい。……勝手な行動取ったから」

「まったくだ」

軽く頭を下げた佳弥に答えたのは、元就の低い声だ。しゅんとなった佳弥の頭を撫で、島田は眉をひそめた。

「おい、そういう言い方はないだろ。しょうがねえだろうよ、半分はおまえのせいだろうが」

「なんで、俺の？」

滅多にないほどのむっつりと不機嫌な元就にも臆《おく》さず、ひとの悪い表情で島田は言った。

「前の晩、顔あわせるのも恥ずかしいようなことやったのは、おまえだろうが？　窪塚」

「なっ……!?」

ぴく、と頬を引きつらせただけの元就に対し、泡を食ったのは佳弥の方だった。いったいなにを言い出すのかと真っ赤になりうまく動かない手を振ってみせる。

「なん、なに俺、そん……っ！」

「まーまーまー、いいからさ。もう知ってますよ島田さんは」

ひらひらと手を振った島田は、まったく俺に感謝しろよと言いながら、胸ポケットからなにやら封筒を取りだした。

「家捜直前でひっぺがして、ちょろまかしておいたんだからな。ばれたら免職だ」

ぽん、と佳弥の足下に投げ出されたそれを、まさかと思いつつ奪い取る。中身を開けば、茶封筒には写真が数十枚とネガフィルム、そしてＭＯディスクが入っていた。

「うぐ……っ」

「——なんだよ？」

一瞬で茹であがり硬直した佳弥の手元を、怪訝《けげん》そうな元就が覗きこんできて——彼もそのまま固まってしまった。

「ったくもう……悪いことは言わん。今度から、きっちりコトの前にブラインドは下ろせ」

疲れきった吐息をした島田は呆《あき》れ声で告げる。地の底まで落ちこみそうなため息をついた元就は、まだ硬直している佳弥の手からそれらを奪い取り、苦々しい声で言った。

「ご忠告……痛み入ります」

渋面《じゅうめん》で、ぐしゃりと彼の大きな手に握りつぶされたそれらの「証拠写真」は、佳弥があの汚いアパートで壁に見つけた、あからさまな情事の最中のものだった。オートシャッターだったのだろうか、連写になっているそれはあまりになまなましく、しかも性能がいいせいか、小さなショットなのに顔の表情まではっきりとわかる。

「俺がサイバー対策課に一瞬いたことも感謝しろよ。あとあの野郎が異様に几帳面にデータ整理してたことにもな。あー、ちなみにハードの中身も消しておいたが……ま、もういまさら点数減っても、どうっちゃないけどねー、俺は。あっはっはっ」

うそぶいた刑事は今回の件で、そうとう上層部から咎《とが》められ、絞られたらしい。訴えられた正式な事件ではなく、個人的な調査をしたあげくの単独行動では、犯人検挙はしたものの訓戒は必至であるようだ。

「ご……ごめんね……」

いまさら証拠隠滅がなによと、少しうつろな目で大笑いして彼は大きな身体を揺らしたが、佳弥は申し訳なさに顔をあげられなかった。

「いやいや、なんの。んじゃまあ、帰りますが……ところで、よっちゃん？」

「なに」

島田の処遇に気の毒にも思うが、いまださきほどの写真の衝撃から立ち直れない佳弥の頭を叩いた島田は、にやりとひとの悪い笑みを浮かべる。

「……俺の言ったこと、正しかったろ？」

見事にいただかれちゃったねえ、とその瞳に語られて、佳弥はううっと小さく唸《うな》る。

「まあ窪塚も、よっちゃんのちっちゃいお尻、壊さん程度に励めや」

「島田……っ！」

ふてぶてしい後輩に久しぶりに一矢《いっし》報いたとからからと笑った島田は、しかし不意に真顔になり、静かな声で「頑張れよ」と言った。

「ちゃんと、護ってやれよ。……大事にしてきたんだから」

俺はちゃんと知っているからと微笑んで、さあてお仕事、と島田は出ていった。

「たく……」

残されたのは不機嫌な元就とそれをうかがう佳弥のふたりで、間の悪い沈黙が訪れる。

「あの、母さん……は？」

「担当の先生と話したあと、そのまま帰るって言ってた」

意識が戻ってからはそうそう病院に泊まりこむこともなかった母だが、挨拶もなしに帰ることは珍しいと佳弥は首を傾げると、またぼそりと元就は言う。

「俺が、いるからって言った」

「え?」

それが母の言葉なのか元就のそれなのか、恐ろしくそっけない声からは判別がつかず、佳弥はますます眉を寄せる。

――……あなたの元ちゃんは、だいじょうぶ。

うつつの意識で聞いた母の、意味ありげな台詞《せりふ》にふと思い至ったが、それはまさかとすぐに打ち消した。梨沙《りさ》がよもや元就と佳弥の関係に気づいているとも思えず、だとしたら元就にこの場を任せていくことなどあり得ないだろうとは思うのだが。

(……でも)

佳弥はここしばらく意識がなかったけれど、目覚めたときには既に怪我の治療が済んでいたということは、医師にもあの、元就の残した鬱血を見られてしまったはずだ。

それを梨沙が知った可能性がないとは言いきれず、ひやりとしたものが背中を伝う。

(ど、どうしよう。ほんとのとこ、どうなんだろ……)

真実を訊ねてみたくても、誰に問うわけにもいかない。この場合、ある意味いちばん適任なのは島田なのだが、彼はもうこの場にはいない。

まして元就にはそんなことを訊くわけにもいかないだろう。そうでなくても、どこかまだ苛立《いらだ》った雰囲気を残した元就に、どう声をかけていいのかわからないのだ。

困り果てた佳弥が口を噤んでいると、所在なさげな元就は煙草を取りだした。しかし病室内が禁煙であることを思い出したのか、小さく舌打ちしてそれをしまう。

「あの……吸いたいなら、喫煙室に行ってきてもいいよ」

「べつにいい」

短く色のないそれに、佳弥の薄い肩はますます下がった。

熱で意識を失っていたため、記憶が曖昧ではあるけれど、救出されてからこっちまともに会うのは久しぶりなのにと、その冷たいような態度に佳弥は哀《かな》しくなる。

(怒ってるのかな)

目の届くところにいろという言いつけを守らず、ひとりで部屋を出ていったことに、まだ元就は腹を立てているのかもしれない。それならそうと叱ってくれればいいのにと思いながら、膝にかかっている布団を指先でいじった。

「なんで、怒ってんの？　無理して、いてくんなくても、いいよ……？」

拗《す》ねた声が出てしまったのは、ろくにこっちを見てもくれないことに耐えられなくなったからだ。俯《うつむ》き、じんわりと目元が熱くなるのをこらえていると、元就が深いため息をつく。

「俺は、べつに怒ってない」

「嘘だ」

吐息混じりの声に、佳弥の返したものは涙声で、まずいと思う前に目の前がぼやける。

「無視、されんなら、怒ってくれた方がいい」

ひくりと喉が鳴って、滲んだ目元を拭おうと手を挙げれば小さく痛む。骨まで響くような
それに顔をしかめると、吐息した元就の手がそっと、佳弥のそれを包みこんでくる。

「怒ってない、自己嫌悪」

指先に唇を落とされて、胸が痺れた。包帯で圧迫しているせいか体温の下がった手を、元
就はいまだ少し硬い表情の自分の頬に押し当てる。甘い仕種《しぐさ》に、ほっと息がこぼれた。

「なん、で？　自己嫌悪、て」

涙をすすりながら問いかければ、元就は滲んだ瞳の端にそっと口づけてくる。あの黒く真《しん》
摯《し》な瞳を痛ましげに歪め、ややあってぽつりと呟くように言った。

「俺が、……あんなことしなきゃ、おまえひとりで学校行こうなんて思わなかっただろ」

「そん――」

小さな声に、佳弥は息を呑んだ。島田に指摘されたそれに、元就は佳弥が思う以上に責任
を感じていたようで、伏し目にした瞳がひどく暗い色を湛《たた》えている。

「そんなの、だって……元にいのせいじゃないよ」

「けど、佳弥」

「けどじゃないよ、俺……俺、嬉しかった、もん！」

そんな顔をしないでくれと覗きこむと、一瞬元就は佳弥の包帯に目を留め、そのあとまた

うなだれてしまう。肩を落として、自分を責めている。そんな元就の姿は見たくない。

「……後悔してる？」

それが自分のせいならなおさらだと、佳弥は自由の利かない腕を伸ばした。

「俺と……したの、後悔してる……？」

「いや、……そんなことはない」

くせのある髪に触れながら、怯えて震える声での問いかけは、すぐに否定してはもらえた。

けれど、それが嘘だということも佳弥にはすぐにわかってしまう。

胸がきりきりと痛くて、せつないと思いながら、佳弥は元就の髪をそっと撫でた。

「……しない方がよかった、ね」

「よし……」

「元にいがそんな顔するんなら、……しない方がよかった」

はっとしたように顔をあげた元就を、赤く潤んだ瞳でまっすぐに見つめて、佳弥は告げる。

「父さん、来年、日本に帰ってくるよ。そうしたら、引っ越す、かも、しれない」

喉奥になにかつっかえたような声で途切れ途切れに佳弥は言った。突然のそれに、元就は
怪訝そうに眉をひそめる。

「引っ越し……？」

「今回のこともあったし……早めに家探すって、母さんとも言ってるみたい」

「なに？　それって……」

いまここにはいない梨沙の思惑はともかくとして、今日もおそらく、不動産屋との打ち合わせかなにかで早く帰宅した可能性は高い。

母が病室に見舞うたび、具体的に進められていく転居状況を耳にして、佳弥はひどい不安を覚えた。そしてそのたび、元就が引き留めるなりしてくれればと、思ってはいた。

けれども、元就にとって自分が重荷であるのならば、そんな我《わ》が儘《まま》を言うつもりはない。

「元にいが、……元就、が。なかったことにしたいなら、俺、そっちについていくよ」

「ちょ……佳弥、待ってくれ」

むろん、そんなことを望むわけではないのにと、恨《うら》みがましい気持ちもあった。だからこそ、挑むように佳弥は言い放つ。

「どっちがいいの？　そのまま離れて、別れた方がいいの？」

青ざめ、焦《あせ》った表情で身を乗り出した元就に、後悔を見せるくらいなら別れてやると、睨みつける。それがいやならいつまでも、そんな顔を見せるなと佳弥は思った。

「ねえ、どっち？　元にい俺のこといるの？　それともいらないの⁉」

「いるに決まってるだろう！」

喧嘩《けんか》腰の声に焦ったような強い口調で返されて、こぼれる寸前だった涙はついに弾けた。

「――じゃあその辛気《しんき》くさい顔やめろよっ！」

謝らないで、怖くなるから。傷ついたことに必要以上に、責任なんか感じなくていい。痛む腕を伸ばすから、この手を取ってくれたらそれで、なにもいらないから。

「なんにも悪いことしてないのに、勝手に責任感じて落ちこむな……っ！　俺、それじゃあ、可哀想みたいじゃん!!　元にいとエッチしたの、悪いことみたいじゃんっ！」

必死の表情に、元就は長く震える息を洩らし、傷ついた身体をそっと抱きしめてくれる。

「……ごめん」

また泣かせた、と言いながら、長い腕にようやく包まれて、自棄《やけ》のように言い放った言葉を肯定されなかったことに安堵しつつ、佳弥はぐずぐずと鼻を鳴らした。

（……よかった）

いるのかいらないのかなどと強気に言い放っても、自信なんかまるでない。精一杯の気持ちを捧《ささ》げる以外になにもできない、ただの子どもだから。

「ごめんな、佳弥」

「だから、謝るなっての」

護りきれなかったと自分を責めるくらいなら、こうして甘やかしてくれる方がいい。濡れた目でひたと見つめれば、そっと唇が塞がれる。

「ん……っ」

わだかまりもなにもかも溶かすようなやわらかい感触に、熱くなった瞼を閉じて佳弥は、そっと元就の唇を舐《な》める。ぎこちなく、けれどたしかな誘いに乗った器用な舌が、涙に苦くなった口の中を宥《なだ》めてくれて、うっとりと甘い感触に酔った。

「ふ……」

もどかしい熱が溜《た》まりきる前にと、そっと口づけはほどかれた。ふわりと上気した頬は広い胸に引き寄せられる。

顔を埋めたシャツ越しのあたたかい感触に目を閉じていると、元就が訊ねる。

「本当なのか。引っ越すって」

「……うん、たぶん」

時期はわからないけれどと答えれば、「そうか」と呟いた元就は、佳弥の頭を強く抱きしめる。求められている、愛されていることを実感できる、やさしい抱擁だった。

しかし、しばしの沈黙ののちにぽつりと告げられた言葉は佳弥の胸を凍らせた。

「その方が、いいかもしれないな」

「え……？」

どうしてと見あげると、苦く強《こわ》ばる表情のままで、元就は告げた。

「数年後だと思うけど……鶴田が、戻ってくる可能性もある」

「あ……！」

かなり重い刑罰を下されても、罪状を鑑《かんが》みればおそらく無期懲役にはならないだろう。

となれば数年後には出所する可能性もあり、そのときにまだ同じ場所に暮らしているのは危険かもしれないとの言葉に、佳弥は青ざめた。

「あの手のタイプは逆恨みで、再犯を繰り返す。だから、引っ越すのは俺は賛成だ」

「でも……だって、じゃあ」

淡々《たんたん》としたそれに、揺れている心がぎしりと痛む。元就は諦めるのだろうか。そう思えば不安でたまらなくて、力の上手《うま》く入らない腕で彼のジャケットをきつく握りしめた。

「じゃあ、じゃあ元にいは……っ」

「いいから、最後まで聞けよ」

また瞳を潤ませた佳弥に、静かに笑った元就は額を押しつけ、なだめるように頬を撫でた。

「どこにいっても、俺がついて行くから」

「え……」

「仕事も自営業だからな、事務所さえあればどうにだってなる」

少し赤くなった鼻さきに音を立てて口づけられ、意外な言葉に目を丸くした佳弥は、照れるのも忘れて呆然とその唇を受け止めてしまう。

「言っただろう、ちゃんと目の届くところにいろって。……でもおまえは聞きゃしないから、もういいさ。俺が追いかけ回すよ」

「元に……」

「元就、だろ」

「もとな、……んん」

わざわざ訂正して、呼びかけた名前を結局元就の唇が吸い取って、さんざん溶かされたあとに、覚悟しろなんて告げるのだ。

「退院したら、恥ずかしくても逃げらんないくらい、してやるからな」

「なんっ……なに、言ってんの」

「だってなあ……あれは結構びびったよ、おまえ」

逃げられたかと思ったと、半ば冗談混じりに言うけれど、細めた瞳に不安が滲む。そうじゃないのだけれどと思っても、自分が逆の立場だったらたしかに怖いと佳弥も思う。

「ごめ……」

ごめんなさいと言いかけた唇はまた熱っぽい口づけに包まれた。元就の肉厚《にくあつ》の唇はふわりとやわらかく、忍んでくるその甘い舌にくらくらと惑わされる。あの日知った官能はもう、幼い細い身体に根付いていて、ささやかな触れあいからも糸口を見つけて溺《おぼ》れそうになるのに。

「――好きだよ、佳弥」

「あ……」

うっとりと目を閉じてしまった佳弥の耳元に、本気だからと囁《ささや》かれて、骨まで溶けてしまいそうだった。やわらかな所作《しょさ》で抱きしめられ、素直に頷いて腕の中に収まると、髪に顔を

埋《うず》めた元就は小さな声で、そっと囁いてくる。

「ずうっと、おまえが産まれたときから……誰よりも、いちばん愛してるよ」

微睡《まどろ》みの中で聞いたのと寸分違《たが》わない言葉に、くすぐったい笑みが漏れてしまう。

「だからもう、逃げるな」

「……うん」

嬉しいのになぜか涙がこぼれた。ぽろりと落ちた雫《しずく》を舐めて、元就は頬をすり寄せてくる。

「逃げない……ずっと、いるから」

想うひとに想われる、平凡なようでいて実際には難しい幸運。それを自分は、ずいぶん昔から甘受していたことを佳弥は知った。

濡れた目元を拭う指も、見あげたさきにある穏やかな笑みも、幼いころから慕い続けたそのままの姿で、近づいた視線の高さになお焦がれるのだ。

「ここにいるから……」

囁きの届く距離で、互いの指先を絡めながら、このさきもずっと、ともにありたい。

いつかその澄んだ瞳に、幼さを見守るばかりの不安を浮かべないで済むようになりたい。

年上の恋人の与えるものに見合うだけの、いとおしさと安らぎを、いままで元就のくれたものを返せるように――少しずつでいいから成長して、大人になりたいと、心から思う。

それでもまだ、きっとこれからも、心配をかける。いまは護られるばかりだけれど、それでももう少しだけ待っていてほしい。

（だからずっと、見てて……そこに、いてね）

声にならない呟きを載せた唇は、静かにあでやかに綻《ほころ》んだ。

やすらぎを与えてくれる腕の中、心は甘く揺れる。いとおしさを増してそこにある恋を、決して離さないと佳弥は誓い、祈るようにそっと瞳を伏せたのだった。

いつでもあなたの傍にいる

瞬《まばた》きも惜しんで見つめていたい。それくらい好きなひとがいるのは幸せだとは思う。けれどそれが、すぐ側《そば》にいて、それなのにまともに会話するのもままならないという状況は果たして、喜ばしいと言えるのだろうか。

気配はわかる。そこにいるのも知っている。壁一枚、数歩の距離にいてそれでも、触れることも触れられることもできないでただ唇を噛むような、そんな気分は拷問《ごうもん》に等しいのじゃないだろうか。

「はあ……」

つらつらと思いながらも吐息して、里中佳弥《さとなかよしや》はマンションの隣室へと視線を向けた。ちらりと眺めたベランダには厚い遮光カーテンが掛かっている。この冬取り替えたばかりのその布地に指を触れさせて、ためらいを含んだ仕種でそっと開けてみた。

「あ、……雪」

外気との気温差に曇《くも》った窓を指で拭えば、ちらちらと、細雪《ささめゆき》が闇の中に白く舞い降りているのが見えた。深夜になって降り出したそれは儚《はかな》く、夜に消えていくばかりだ。

きんと冷たい窓ガラスに額を押し当て、流した視線はどうしても隣家へと向く。衝立《ついたて》に仕切られたベランダに洩《も》れる明かりはなく、まだ帰らないのかと佳弥は吐息した。

「元気かな……元《もと》にい」

ぽつりと呟いた言葉は力なく、しんと静まった部屋に落ちていく。

佳弥は、昨年秋の鶴田《つるた》からの監禁事件により入院していた。それが季節が変わるころまでかかってしまったのは、怪我を癒《いや》すためというより、もうひとつの理由が大きい。

肩の脱臼と打撲は、三ヵ月も入院するほどのものではなかった。だが、世間的に格好のスクープになる現役教師の暴行事件に、一部のマスコミは飛びついた。

そのため佳弥の脱臼が完全に治癒《ちゆ》した退院後にも、身辺が落ち着くまでは学校にも行けず、隔離状態の生活を送っていたのだ。

島田《しまだ》と元就《もとなり》はそれぞれ自分なりのツテを使って、被害者を探り出そうとする一部のマスコミへ、極力佳弥の身元を隠すように奔走《ほんそう》してくれた。

また、事件と同時期に入院した佳弥について校内で詮索するものが出ないよう、表向きには受験前のストレスからくる胃腸炎ということで押し通した。

牧田《まきた》や菅野《かんの》らもそれに全面協力の態勢をとり、バスケット部の人脈と本人の人徳からなる統率力で、口さがない生徒の口を極力塞がせたようだった。

そうした周囲の努力のおかげで、佳弥が復学するころにはもう、鶴田の話題は校内では過去のものになっていた。

治療の名目で隠遁《いんとん》生活を送るうちに、政治家の汚職や大手企業の倒産という大ニュースが相次ぎ、マスコミがすぐにそちらに飛びついたことも、この場合幸いだったといえる。

（慌ただしかったなあ……）

受け損ねた期末考査の追試だなんだとばたばたとしていればあっという間に年が明けてしまったから、佳弥自身にとってはどうも時間の流れがぴんとこない面もある。

あの事件から数ヵ月が経《た》ったいまでも少し、この窓を開けるのが怖いことがある。

そんな臆病な心は捨ててしまいたいと思うのだけれど、未だ事件の傷跡も癒えきらないうちにはしかたのないことかとも思う。

しかしそれ以上に気がかりなのは、元就との接触の少なさだ。おかげでトラウマめいた恐怖さえも押し流し、佳弥をこうして窓辺にたたずませるほどには、切羽《せっぱ》詰まっている。

物騒な事件を通して自覚した恋心を吐露した佳弥に応えてくれて、身体ごとさらわれるようにして恋人になってから、まだほんの少ししか経っていない。

本来なら甘い時間を満喫している時期だとは思うのだが、佳弥と元就は場合が場合だけにそうも行かなかった。

元就とのはじめての夜が明け、気恥ずかしさからひとり部屋をあとにした佳弥は、どうやら佳弥の行動を逐一《ちくいち》監視し続けていた鶴田に拉致《らち》されることになった。

そのことに、一回り年上の彼氏はひどく責任を感じているようで、どうしてもあれ以来ぎこちないような態度が続いている。

「まったくさ……」

入院中もどうにも気に病《や》んだ様子であったのを、自棄混じりで怒鳴りつけてこの手を離すなとせがんだのに、結局あれからなにも変わらない。

冬休みも終わってしまうのに、家にこもったままの佳弥の顔さえ見に来てくれない。

かといってこちらから訪ねようにも、忙しいのなんのと言い訳をして、部屋にあがることさえさせてくれない。


あげく、微妙にふたりの間に感づいているような梨沙《りさ》の視線も気になるから、佳弥自身そうそうおおっぴらに元就に会うと言いにくいのだ。


専業主婦で日がな家にいる母の目を盗むとなれば、電話でさえも難しい。

結論から言えばこの数ヵ月、まともに会話したのはいちどか二度。それも五分足らずの短いもので、それも常に梨沙がいる状況ばかり、ふたりきりで会う機会など皆無に等しい。


「あーあ……これなら入院中の方がましだったよ」

呻《うめ》いた佳弥はその小さな唇を嚙《か》む。個室である病室の中、梨沙のいない隙を狙ってこっそりと交わしたキスからこっち、どれくらい元就に触れていないだろう。

会いたくてたまらなくて、せめて声だけでも聞きたいと願うのに、まさかこの近すぎる距離がネックになるなんて思わなかった。

それ以上に、積極的にそういう機会を作ろうとしない元就の気持ちが気になってしまう。

「やっぱり……後悔してんのかなあ」

佳弥を欲しいと言ってくれた、元就の言葉を信じたくても、まともに会話さえないいまではどんどん疑いの芽が息吹《いぶ》いて、じくじくと胸を痛ませる。

考えすぎて熱の出そうな額をガラスに押し当て、やるせなく吐息する佳弥は、はっと気配に気づいて顔をあげた。

(あ、もしかして……)

神経を集中させた聴覚に、ドアの閉まる音が聞こえた。もう深夜に差し掛かろうという時間帯では外の物音もなく防音のきいたこのマンションでも案外に足音やなにかは響くのだ。

「帰ってきたっ……?」

どきりと跳ねた心音はごまかしきれず、壁越しの気配に耳をそばだてる。

玄関を上がり、客間を通り抜けて彼が寝室に入れば、佳弥の部屋と壁を隔てて背中あわせの位置にあるのは知っていた。

じっと、見えもしないのにその壁に視線を当て、どうしようかと逡巡《しゅんじゅん》する。

この壁をノックすれば元就は気づいてくれるだろうか。惑うまま胸を高鳴らせていれば、いくらかの間を置いて、カラカラと窓際のガラスサッシが開かれる音を聞いた。

「……!」

反射的にもう一度ベランダに駆け寄り、ダブルロックを外す。外履きは居間の方に隣接する場所にしかなく、裸足で飛び出した佳弥の足に、うっすらと積もった雪が突き刺さるほどの冷たさを覚えさせた。

「あれ……佳弥？」

「うんっ」

音と気配で気づいたのだろう元就が、ベランダの衝立越しにその端整な顔を覗かせた。勢いこんで頷くと、彼はやわらかに微笑んでくれる。

「なんだ、まだ起きてたのか」

同じように手すりから身を乗り出して視線を近づければ、くしゃりとその切れ長の瞳が甘く和《なご》んだ。ひとりでいる時間に抱えこんでいた不安やなにかが、その笑顔だけで溶けていくようで、佳弥は知らず微笑んだ。

「うん。元にいも、こんな時間まで仕事？」

「ああ、ちょっといま立てこんでて」

長い指に挟んだ煙草は火を点《つ》けたばかりのようで、細い煙がしんしんと降る雪の中に溶けていく。それが彼の笑《え》みに紗をかけているかのようで、うっとりと息がこぼれそうになる。

「って、こら。おまえ、なんだそれ」

「え？」

「そんな格好で外に出てるんじゃないよ」

久しぶりの会話に少しだけ覚える緊張が、声を震わせる。元就はそれを、寒さのせいだと取ったようだった。暖房の効いた部屋にいたせいで、パジャマ一枚でベランダに出ていた。

「風邪ひいたらどうすんだ、あったかくしなさい」

「あ、いま上着着てくるから」

薄着を咎めた視線に、佳弥は慌てて言葉をつなぐ。だから「もう寝ろ」なんて言わないでほしいと必死な瞳で続ければ、しかたのないと言いたげに、なごんだ瞳が許してくれる。

「これ一本分だぞ」

「うん！」

新しく取り出した煙草を、指先でちょいと振ってみせる彼に、勢いこんで頷いた。

ほんのわずかな時間でも惜しいと佳弥は部屋に飛びこむ。裸足のままの足先が気温差に一瞬痛んだけれど、そんなことはもう、どうでもよかった。

「——着てきたっ」

「おお？　速攻だな」

手近にあったフリースを羽織って飛んで戻ると、そんなに慌てなくてもと元就が苦笑する。

（よかった、まだ吸ってない）

唇の端にくわえた煙草には火を点けないままでいてくれたから、彼にとってもこの時間が決して疎《うと》ましくはないことを知って、佳弥は心底安堵した。

久しぶりに見る元就の顔は精悍《せいかん》さを増して、見つめてくれる視線の甘さにどきどきと胸が弾んだ。見あげる位置にある端整な彼の顔立ちに、いまさらながらくらくらするほどかっこいいなどと思ってしまって、あがっている自分を恥ずかしく思う。

「あの、元に、……元就？」

「ん？　なに？」

まだ慣れない呼び方をおずおずとしてみせたのも、佳弥なりの訴えだった。けれども、なにげないふうに答えられては言葉が引っこんでしまいそうになる。

もっと沢山、話したいことがあると思っていた。なのに、実際には彼の顔を見ただけで舞い上がってしまい、息苦しいような高揚をこらえるのが精一杯だ。

「なに、よっちゃん」

「え、と……」

(最近忙しいのはどうして)

(話す時間とかも、ないの)

(今度はいつ、会ってくれるの)

まるで遠い距離を隔てた恋人同士が気にするようなことを、こんな近くにいてどうして味わわなくてはいけないのだろうと思う。それに、そのままを口に出せばまるで恨み言のように聞こえてしまいそうで、思うように話せない自分がいっそ不思議だった。

（でも、じゃあ……なに、言えばいいんだろう？）

どうやって話していたのか、どんな話題を選んでいたのか、まるでわからない。ただじっと、いまそこにいる大好きなひとを見つめるほかにできなくなるのは、ときめきに塞がれた喉が重く苦しいからだ。

そうして、佳弥の小さな唇から洩れるのは白くこごった息ばかりになる。

「いまは冬休みだっけか。パパさんはまだ？」

「あ、うん。なんか、春くらいまでは無理だって」

逡巡するままただ見つめるしかできない佳弥を見透かしたように元就が言葉をつないでくれて、ほっと無意識に強ばっていた肩の力を抜き、佳弥は頷いた。

佳弥の父、佳柾《よしまさ》はいま仕事の都合でシカゴに単身赴任をしている。

例年では、年末の長期休暇に帰国するのが常だった。だが、来年度からは日本支社へと異動になることが正式に決定し、その都合上、残務処理と引き継ぎに追われてこの冬の休暇は繰りあげになってしまったのだそうだ。

「そっか……そうすっと、引っ越しの話は？」

「んー……母さんがいろいろやってるけど、なんかややこしいみたい」

そうか、と頷いた元就も、おおよその事情は察しているのだろう。

この不況の日本に、あちらでかなりのポストにいた父が戻る羽目になるのは、日本支社の業績不振に頭を抱えた上層部が、建て直し目的で送りこむためらしい。ややこしい事情を母の口からちらりと聞いて、帰ってきても父の忙しさは変わることはないことが察せられた。

それを大変そうだと思う気持ちと、そして複雑な自責の念から、佳弥の口はやや重い。

「東京からは離れられないから、結局そんなに遠くは探せないらしいんだ。そうすると希望する物件があんまりないとかって、まだ探し中」

「ふうん、そうか」

今回の休みが潰れたのも、佳弥の入院中、一度だけ無理を押して帰国したせいもあるのかもしれない。ほんの数日でも責任ある立場の佳柾が会社を離れるのはそれなりの混乱を招くらしく、そのあと始末も少しはあるのではないかと思えば父に対して申し訳なかった。

「なんか……父さん大変なのに、いろいろ迷惑かけちゃったなあって」

「おまえのせいじゃないだろう」

しょんぼりと呟いた佳弥に大きな手のひらが差し伸べられ、くしゃくしゃとその甘い色の髪を撫でた。

「冷たくなってるな」

細雪でも長い時間さらされれば確実に体温を奪っていく。薄着のまま、ましてこの真冬に長話をさせるのではなかったと元就の瞳が眇《すが》められた。

「あっ、平気だよ？　まだ」

「ばか言うな、こんな寒いのに平気ってことあるか」

佳弥の髪をやさしく梳《す》いて離れたきれいな指が、愛用のジッポーの蓋《ふた》を弾《はじ》いた。その所作に、そろそろこの時間の終わりを知らされて佳弥は胸が苦しくなる。

「あの……も、元にい？」

「ん？」

メントールの香りが漂って、深く煙草を吸いつけた元就の端整な横顔に、焦がれるような気分になった。気が逸《はや》るような気分をこらえてどうにか、糸口を摑《つか》みたいと佳弥は唇を開く。

「もうずっと、しばらく、忙し……い？」

「ああ。んー、そうだね」

消極的に、もっと会う時間を作れないかと思っての問いだった。それなのに元就の返事はあっさりとしたもので、そうではなくて、と佳弥は焦《じ》れる。

「最近ほら、流行《はや》ってるだろコンピューターウイルス。あれの被害調査頼まれたけど、じつは俺、あんまりパソコン明るくないからさ。このところ、習いに行ってんの」

「あ、そ、……そう、なんだ」

「ただでさえ時間がないのに、これがなかなか難しくてさあ。まいるよ」

あげくそんなことまで言われてしまえば、佳弥は押し黙るしかない。元就の彫りの深い顔には疲労の影も濃く、深夜になるまで仕事と勉強に追われていたのだというのが、なんの誇張もない事実だと知れるからだ。

「佳弥？　どした？」

「ん……なんでもない」

忙しく、疲れている彼とこうして会話を続けることさえ、自分のひどい我が儘のような気がした。しょんぼりと肩を落とし、佳弥は力なく首を振る。

 元就の煙草はその半ばまでを灰にしていて、あれはあと何分保《も》つものだろうとぼんやりと考える。それ以上に、元就は自分と過ごす時間などあまり必要ないのかと思えてしまえば、ただ寂しい。

「仕事……頑張ってね」

「ん、ありがとな。おまえも、風邪引くなよ」

また髪を撫でられて、きゅうっと痛くなる胸の奥が哀しかった。俯いてこぼれる前髪に表情を隠しながら、しょうがないのかもしれないと思う。

（こういうの、俺だけなのかな）

想いが通じたからといって、まったく同じような気持ちでいられるわけもない。時間を持て余す学生の自分とは違い、煩雑《はんざつ》な日々に忙しい大人の元就には、恋愛に重きを置くことなど考えもつかないことなのだろう。

（……うわ、やなこと考えた）

ずいぶんといじけた思考に、佳弥は一瞬で自己嫌悪に陥った。

それでも今日を逃せばまたしばらく顔さえもろくに見られない生活が続くからと、泣いてしまいそうな気持ちをこらえてじっと見つめてみる。

広い肩から続く引き締まった腰は高い位置にあり、長い手足はモデルさながらのバランスを持っている。すらりとした首の上にある顔立ちは、ひいき目抜きにも整っていると思う。

(かっこいい、な)

シャープな輪郭に、闇に溶けそうな漆黒《しっこく》の、くせのある髪と瞳が映える。切れ長の目は鋭くもあるが、微笑むとどこまでもやさしげになる。甘い声を発する唇は形よくやや肉厚で、笑うとたんに少年のような印象に変わるのを、佳弥は知っている。

自分にはない、完成した男の持つしっかりとした骨格や、煙草を持つ指先の形も、なにもかも好きだと強く感じた。

こんなひとに抱かれたのだと思ったとたん、じわりと胸が疼《うず》いた。ついで腰の奥までがいけない感じに熱くなりそうで恥ずかしく、そのくせどうしても視線を外すことができない。

(俺……よく平気だったなあ)

見つめているだけでも胸が壊れそうなのに、素肌をさらして抱きあうなんて真似がよくできたものだ。それともあれは、自分の都合のいい夢かなにかだったのじゃないかと思うほどに、いまそこにいるはずの元就が遠い。

（本当に……したのかな……）

もっとずっと見ていたいし、近くに行きたいけれど、あれからもうずっと触れても触れられてもいない心は臆病になって、身動きが取れない。

それから、どうしても佳弥から——元就へと、手を伸ばすことのできない理由がある。

退院してからこっちずっと、まるで嚙みあわないタイミングに、避けられているのではないかと思えてしかたなかった。こうして顔をあわせれば、いま降っている淡雪《あわゆき》のようにそれは消えてしまうのだけれど。

（……違うよね……？）

鶴田によって拘束されたあの時間の中で、彼から施されたのは本当に、傷害という意味での暴力だけだったのかと、事件のあとに行われた正式な事情聴取で佳弥は訊ねられた。

それにはやはり、やり口の執拗《しつよう》さや壁面いっぱいにコレクションされた佳弥の写真などからだけでなく、鶴田自身の取り調べの中からも、いわゆる性的な欲求を佳弥に抱いていたことが明らかにされたからだ。

また、発見された当時の佳弥がその傷だらけの身体に、鶴田の浅ましい体液を付着させていたのはもう、運ばれた病院で何人もの目撃者が出てしまっている。

そのうえ、事件の第一発見者は元就自身なのだ。あの悲惨な状態だった佳弥を、誰よりさきに知った瞬間、彼の瞳は憤《いきどお》りと痛みに張り裂けそうにも見えた。

（なにも……されてないって、信じてくれてるよ、ね？）

問いたくて、けれど訊くことのできない言葉が喉奥でわだかまる。沈黙は、ただ時間をおいただけのぎこちなさとは違う重さをもたらして、なおのこと佳弥を臆病にしていた。

元就はやさしいけれど、こうして顔をあわせれば笑ってくれるけれど。

やさしいからこそ、もう――そういう意味では求めていない相手にも、邪険にできないのではないかと思えてしまう。そんな自分が、ひどく浅ましくて嫌で。

なにより、元就の気持ちを疑ってしまうのが、たまらない。

「……佳弥？　どうした」

「あ……」

ぼんやりと言葉もなく見入っていた相手に声をかけられ、佳弥ははっとする。

とうに元就の手には煙草はなかった。ベランダの雪が一部こそげているから、そこで火を消しでもしたのだろう。

「ごめ……ぼーっとし、て」

気づいていながら、まだ戻れとは言わないでほしいと見あげると、なぜか元就は困ったようにため息をつく。よくよく見れば薄着をするなと言った彼の方こそ、外から帰ってきたままのスーツ姿でいることに気づき、しまったと佳弥は思う。

「いいけど、やっぱりあんまり体調よくないいんじゃないか？」

「そんなこと、ないよ」

眉をひそめ、じっとこちらを見る元就の視線が痛くて俯きながら、佳弥は早口に行った。

「ご……ごめん、元にい寒かったよね、つきあわせて。あの、俺ももう、寝るから」

じゃあね、と笑みの形に歪ませた顔で、それでももう一度だけ顔が見たくて見あげた彼は、どうしてかやるせないような表情をしていた。

「佳弥……？」

「……っ」

そっと、気遣う声で名を呼ばれ、冷えきった頰に添えられた指は鈍い感触を与えてくる。思いもよらなかった接触に反射的にびくりとすれば、ためらう仕種でまたすぐにその長い指は離れていった。

「まだ、怖いか？」

「え……？」

意外な言葉に佳弥が目を瞠《みは》ると、いや、とらしくもなく元就は言葉を濁して瞳を伏せる。その瞬間、なにかがわかった気がした。

元就も、おそらく迷っている。理由まではわからないけれど、なんらかの逡巡を持って佳弥に接していることが、その気弱に翳《かげ》った瞼に見えた気がして、急《せ》くような気持ちに駆られるまま、佳弥は口を開いた。

「俺、怖くなんかないよ？」

ぎこちない空気が漂うのに、反射的にそう告げていた。

離れた手のひらを追ってその長い指を摑んだのは、言葉だけでは伝わらないような気がしたからだった。幼い響きの、けれど確固としたものを孕《はら》んだ声音に、見透かされたかと元就は苦く笑って、そのあとこれはわざとだろうか、からかうような瞳を近づけてきた。

「元にいだもん、俺……なにも怖くない」

「ほんとに？」

そのまま絡めるように指をつながれ、引き寄せられたさきには元就のやわらかな唇がある。

「……あっ」

指先への口づけに、じん、と寒さに鈍ったはずの指先が鋭く痛んだ。けれど不快ではなく、むしろその曖昧《あいまい》な痛みは、快楽へとつながるなにかを孕んでいる。

（……もっと）

期待感に、瞳が潤むのが自分でもわかった。唇からは細くわななく息がこぼれ、外気に白くこごるから、震えは全てばれてしまう。

「佳弥」

元就の低い声がことさら甘ったるく響く。名を呼ぶだけのそれにさえ熱の高い情がこもるせいだと、まだ信じてもいいだろうか。

惹《ひ》かれあう指が、絡みあう。長い彼のそれにくすぐるように捕らわれた自分の指はかじかんで、そのくせ燃えるように熱い。

見つめるさき、彼が指を引く動きに抗わず、佳弥は手すりを越えて伸び上がった。

「ん……」

どちらからともなくそっと、唇が重なる。指先に触れたときよりもなお強い痛みが身体中を痺れさせて、ふるりと佳弥の薄い肩が震えた。

「ん、んん、ふ……っん」

何度も啄《ついば》まれる唇、濡れた小さな音がやけに響いた気がして、耳までが熱くなった。敏感なその薄い耳朶《みみたぶ》を長い指にそっと摘まれた。赤くなっているのが自分でもわかるから恥ずかしく、それ以上に敏感なそこをいじられていると、足の先がうずうずしてしまいそうだ。

「もと……なり」

「うん……？」

きつく抱き締められたいのに、隔てるものがあるのがひどくもどかしい。

手すり越し、ほんの短い口づけだったけれど、思い病んだそれが佳弥の勝手な思いこみであると知らしめる程度には熱っぽかった。

離れるときに軽く舌を触れさせた元就の逡巡、その理由も触れた唇から佳弥は知る。

「言ったじゃん……俺、嬉しかったって」

「佳弥……」

根を同じくするけれど、まったく逆の方向にお互い、気を回し過ぎていたということだろうか。鶴田の残した爪痕は未《いま》だに生々しくはあるけれど、佳弥自身はもうあのことを、忘れてしまえると思っていた。

それでも、誰より大事なひとにだけは、誤解されたくなかったから、そのことを意識しすぎて却って捕らわれていた。

そろりと、やさしく確かめるように舐《な》めて去った、元就の舌。震えたのは怯《おび》えたからではなく、ただもっと——欲しかっただけなのに。

「変わってないよ、……元就に、触って貰えない方が、俺……寂しい」

おそらく元就は、ひどく傷つけられただろう佳弥を思いやるあまり、触れることさえも遠慮していたのだろうとはわかる。けれど、それではもどかしいとわかってほしいのだ。

佳弥は壊れ物ではないし、元就は暴虐を与える加害者でもない。互いに求める手があって、こんなに近くにいるのにそれをつなぐこともできないなんて、耐えられない。

「俺なんにも、されてない。信じて」

「ああ……わかってる」

「だから……」

あなたの手のひらは、なにも怖くはないからと、幼さの残る瞳で縋《すが》って手を伸ばす。きつく絡めた指を疼かせる口づけに、一度ほどけた心が貪欲に熱くなるのを佳弥は知った。

「元に、……そっち、そっちに行きたい」

そして抱きしめられて、もっと深い口づけをしたい。そのさきのことも全部、いますぐにされてしまいたい。

我が儘に呆れられてもいいと、とろりとした甘いキスに開かされた唇で、願いをそのまま口にした。

同じほどに濡れた目を細めた元就は、けれど、とためらうようにひそめた声を出す。

「玄関からだと……梨沙さんにわかっちゃうだろ？」

どうやらあの、見かけだけは少女のような母親がこの関係に気づいていると、元就自身もわかっているらしい。困惑気味の表情にそれを知って、佳弥は首を傾《かし》げた。

「あの……母さんさ。どこまで、知ってるのかなあ」

「うーん……まあ、たぶんおおむねのところは、気づいてるんだろうな」

佳弥がおずおずと上目遣《うわめづか》いに問うと、しばし唸った元就はひそめた眉で肯定する。

「だからって、なんにも言われちゃないんだけどな……それだけに、気まずい」

佳弥も元就とのことに関して、あえてほのめかしたり、咎めるようなことを言われたことはない。というより梨沙自身、気に病んでいるような態度もみせてはいない。

（もっと露骨にいやがったりするんなら、まだわかるんだけど）

これは佳弥の憶測でしかないが、梨沙自身は特に反対の意はないような気もしているのだ。いままでと変わらず、元就への夕食の差入れなども佳弥に持って行けと告げることもあるし、彼の話題を出すことにもなんのためらいもない。

ただうしろめたい気のする佳弥がいちいち過敏に反応するから、彼女からその話題が減ったことぐらいが変化といえるものだ。けれど、折に触れてどうも「なにを知ってるの？」と冷や汗をかくような発言が漏れるのも事実。

「あの……なんか、言われたり、した？」

「俺はとくにはないな。おまえは？」

心当たりがありまくります、という顔で黙りこんだ佳弥を、元就は覗きこんでくる。

――ねえ佳弥。パパが帰ってきたら、一度元ちゃんにご挨拶してもらわなきゃね？

今日の昼、食事をしながら思い出したように梨沙がぽつんと呟いたとき、佳弥は「ご挨拶しなきゃね」の聞き間違いかと思った。

佳弥の怪我も治り、いろいろと身辺が片づいたいま、確かにさまざまに助力し、最終的には鶴田から救出してくれた元就に対して、挨拶をするというのはわかる。

だが、そもそも父の佳柾は事件後にも帰国し、その際にちゃんと元就への礼を述べている。佳弥の病室でも頭を下げていたし、また自宅でも礼をかねてもてなしたと聞いていた。

「ご挨拶、って……ほんとに、そう言ったのか？」

迷いつつ、元就に梨沙の発言を伝えると、彼はなんともつかない表情になる。

「うん。あれってどういう意味だったんだろう……」

あんまり考えたくないんだけど、と佳弥が顔を歪めると、同じくというように彼は頷く。

「いまは考えても、しかたないんじゃないかな」

案外に懐《ふところ》深い梨沙が、そのことについてなにも言及してこないからなおやりにくい。むしろその、無言の圧力こそが彼女の手なのかもしれないけれど。

だからこそ彼女の思惑がわからなくて、秘密の恋人同士は困惑する羽目になるのだ。

「どっちにしろ、少し気をつけた方がいいのかもしれないな」

「で、でも、じゃあ」

会わないでいるということか、とまた瞳を潤ませた佳弥に、違うよと元就は笑った。

「梨沙ママの前では、言動に注意ってことと」

「う、うん」

佳弥は気をつけると頷きつつ、ほんとにできるだろうかと思う。

こうしているいまだって、心臓が破れそうだ。いつ何時《なんどき》、眠っているはずの梨沙がこの状態に気づいて現れるかと思えば、少しだけ怖いような気にもなった。

それでも元就が、絡んだ指を離さないでいてくれるから、佳弥はさらに大胆になる。

「ねえ、じゃあ、わかんなければ、いい？」

「そりゃまあ、……って、おい!?」

つないだ手を離した佳弥は、雪に滑りそうな手すりを払ってそこに両手をかける。

「んしょ、と……っと、とと」

そして啞《あ》然《ぜん》とした顔の元就の前で、腰の当たりまでの高さの手すりに乗りあがった。

(あー、足かじかんでら)

裸足のまま雪に濡れたベランダに長くたたずんだ足は、実のところかなり危なっかしい動きを見せて、元就の顔を青ざめさせたようだった。

「お……まえ、佳弥っ！　無茶するな！」

「おっきい声出すと、母さん起きちゃうよ」

しい、と笑ってみせながらも、佳弥は必死だった。ただ元就のもとへと行きたくて、ここが三階であることや、落ちれば死ぬまではいかなくとも、それなりに危ないことなどももう、頭のはしにも残っていなかった。

「佳弥っ！」

元就は下手《へた》に手出しはできないと判断したのか、顔を強ばらせたまま立ち竦んでいる。その視線に見守られつつ、佳弥は柵の端を摑んでそろそろと移動し、衝立《ついたて》を跨《また》いで元就のいる側へ足を落とした。

「あ、ついたついた。元にい、手貸して」

「手ぇ貸してじゃないだろうが！　このばかっ！」

佳弥がほっと息をついたとたん、元就の長い腕が強引にその身体を引き寄せてくる。呻くような鋭く低い声で佳弥の無茶を咎めた。

「っとに、めちゃくちゃだおまえは！」

「……わわ、とっ」

子供のように腰から抱えあげられ、ようやく柵の内側へ入れれば、強い腕にもたらされた浮遊感が見ないふりでいた恐怖を思い出させた。

「あ、はは……やっぱちょっと怖かった」

あたたかい腕の中でぶるりと大きく震えれば、耳元で疲れた声がする。

「冗談じゃないよ。心臓が止まるかと思った」

「えへへ、ごめんなさい」

ばかもの、と怒られながらも、嬉しくてたまらない。痛いくらいに抱き締められ、その広い背中を抱けることができる事実に、どうしても声音《こわね》が緩《ゆる》んでしまう。

「おまけになんだおまえ、裸足でっ、……ああもう！」

佳弥を抱いたまま、慌てて部屋に入る元就の頬には苛立ったような色が見える。さきほどよりよほど険しい表情なのに、少しも怖くない自分の現金さに佳弥は笑った。

「指が真っ赤じゃないか。ちょっと待ってろ」

あたたかい部屋の空気が身体を取り巻くに連れ、じんじんとした指先の痛みがひどくなってきた。ベッドに座らされ、濡れそぼったそれで床が汚れるのは困るだろうと足をあげていると、大きめの洗面器に湯を張った元就がタオルを片手にすぐやってくる。

「まず足つけて、あっためろ」

「はぁい……あっつ！」

冷えた爪先を湯気の立つ洗面器につけると、びりびりとした痛みが走る。反射的に引っこめれば、渋面《じゅうめん》のまま元就が「だめだ」と足首を握り、強引に湯の中に浸された。

「いー……ったったたぁ……っ！」

「我慢しろ」

じん、と走った痛みに逃げそうになる膝を元就に固定された。長い指は感覚が麻痺《まひ》するほどに凍《こご》えた爪先を湯の中で手荒に揉《も》んでくる。

「まったくもう、なに考えてんだ。雪の中裸足なんて、しもやけになるぞ」

「や、だって平気かなって……い、いた、痛いよっ」

「平気なわけねえだろ！　そうでなくても風邪引くだろうが」

大きな手は容赦なく、ごりごりと血行の悪くなった足先をこする。どうやら、佳弥の無茶に元就はそうとう怒っているらしく、普段よりも言葉も態度もきつかった。

「だって……」

「だってじゃない！」

強い口調で叱られながらじろりと睨まれて、佳弥はしゅんと肩を落としてしまう。心配をかけたことは自覚していたから、佳弥の口調も力ない。

「……ごめんなさい」

小さな声で呟くと、しばらくむっつりと押し黙っていた元就は、吐息混じりに言った。

「なんで上着取ってくるついでに、靴とか履かなかったんだよ」

「だって……すぐじゃないと、元にい、部屋に戻っちゃうかもって」

せっかく顔が見られたのに、いつまでも寒い中待たせてしまうわけにはいかないと思ったからなのに。そう告げると、さらに彼はため息をつく。

「あのなあ？　そのあと話してた時間の方が長いだろ。ちょっとくらい、待つって」

もう大分血の通った足は、元就の手の中で真っ赤になっていた。これならいいかと呟き、小さめの足を取りあげた彼は丁寧にそれを片足ずつ拭《ふ》いた。

「そんなの自分でするよー……」

「いいから」

かいがいしい仕種に申し訳なくなって足を引っこめようとしたのに、これくらいはさせろと元就はきかない。

「佳弥に待てって言われりゃ、いつまででもちゃんと、待っててやるから」

無理も無茶もするなとさらりと言われて、なぜか頰が熱くなる。

「……ほんと？」

「本当です。……ほらそっち、右よこせ」

足の指までひとつひとつ丁寧に拭《ぬぐ》うのがくすぐったくて、もぞもぞと佳弥は身じろいだ。

なんだかとても大事にされているような元就の指に、身の置きどころのない感覚が押し寄せ、
それはどこか危ないような甘さを孕《はら》む。

うつむいた元就の睫毛は長い。彼を見下ろすという状況もひどく目新しくて、どぎまぎす
る佳弥の声音はどこか頼りなく細くなった。

「じゃあ……」

「んー？」

「じゃあ、ちゃんと……会って？」

元就の生返事につけこんで、どさくさのように、それでも真剣に告げれば、彼はややあっ
てその端整な顔をあげる。

「佳弥？」

「忙しいの、知ってるけど……会えないの、やだ」

こうしてほんのわずかに動けば触れあえる距離にいる。なのに会えないでいる時間が、佳
弥の中で不安と怯えを育ててしまう。

「退院したら、逃げらんないくらい、するって……言ったくせに」

「え……？」

唐突な佳弥の発言に、元就は切れ長の目を瞠り、ぽかんと口を開けている。男前が台無しの間抜けな顔を恨みがましい目で眺め、佳弥はなおも言いつのった。

病院のベッドの上で、脅すようなことを告げた、あの言葉はなんだったのだ。期待と不安を胸に、ただじっと待っていた自分が、ばかみたいだと思う。

「うそつき。なんにも、ないじゃん」

いったいどれくらいぶりに口づけたのかを考えれば、そんな甘ったるい恨みごとのひとつも言いたくなる。それでも、どこかに引っかかったままの不安を拭うには、彼の腕でなければ無理なのだ。

（なんとか、してよ）

拗《す》ねた声は、誘う言葉以外のなにものでもない。それなのになにもリアクションをくれない元就に焦れ、結局佳弥は自分から腕を伸ばした。

低い位置にある形良い頭をわななく腕でそっと抱き締めると、すくいあげるような抱擁が与えられる。ほっと息をついて頬をすり寄せれば、佳弥のまだ冷たい頬へ、かすめるように唇が触れてきた。

「……お風呂、入っておいで」

「元にい……」

　ここまでしてもはぐらかすのか。腕の中で睨めば、思うよりも甘い瞳に吸いこまれそうになる。どきりと跳ねた心臓ごと身体ははずみ、腰に巻かれた長い腕の熱を意識した。

「おまえは本当に、心臓に悪いよ」

「なに、そ……っ、ん」

　どっちが、と言いたくなるような声を紡いだ唇が、あたたかな部屋の空気に赤らんだ佳弥の小ぶりなそれに触れてくる。さきほどのためらいがちなそれとは違う、なめらかな所作の口づけは、いつもとは逆の角度で与えられるせいか、どこか淫靡な感じがした。

「そんな目であんまり、ひとのこと見るな」

「う……ふ、う？」

　そんな目ってなに、と問い返したかったけれども、食《は》むように唇を塞がれて果たせない。くぐもった声しか出せないまま、薄く開いた隙間を舌にかすられ震えてしまう。

「んん……っ」

　元就の腕が強くなり、息苦しさを覚えるほどの抱擁に眩暈《めまい》がした。おずおずと口づける角度を変え、佳弥が舌を差し出せば、きれいな歯に噛まれてしまう。じわりと感じた小さな痛みは艶《なま》めかしい疼きとなって腰の奥を騒がせ、佳弥はもじもじと膝をすりあわせた。

「はふ……」

膝をついて伸びあがった元就が唇を離し、佳弥は大きく息をつく。だが乱れたそれが整うより早く、ベッドに乗り上がった元就に深く舌を絡められた。

（うわ、うわ、舌……っ）

濃厚な口づけには、まだ慣れない。他人の身体の一部が自分に入りこんでくることに対しての、本能的な恐怖もまだ、かすかに残っている。

それでも、欲して与えられずにいた時間を思えば、これを拒むことなどできるはずがない。

（恥ずかしい、でもやじゃない……もっと、したい）

くらくらとする感覚に耐えきれず力が抜けて、佳弥は背中からベッドに倒れこむ。それを追うように覆い被《かぶ》さってくる元就のキスは煙草の味がして少し苦い。

広い背中に腕をまわし、きゅっとしがみつくことで佳弥は自分の意志を伝えた。重なったままの唇が少しだけ笑った気がしたけれど、そんなこともどうでもいい。

しばらくは唇を吸いあう音と、抱きしめる腕が互いの身体を這う衣ずれの音だけが聞こえる。元就の手のひらはやさしく、ゆったりと佳弥の全身を撫でているのに、そこにこもった熱がただなだめるためのものではないと教えられる。

何度も啄《ついば》むような口づけをほどいて、吐息混じりに小さな声で佳弥は告げた。

「お風呂……」

「ん……？」

「さっき、も……家で、入った……」

だから、とおずおずと見あげれば、元就の表情は一瞬でからかうような笑いを消す。

そのあとでふたたび笑みの形に引きあげられた口角は、いままでのそれとは違う色あいを佳弥に見せつけた。

「んっ？　ん……っ」

言葉もなく塞がれた唇の中に、しっとりと濡れた肉が入りこんでくる。ゆっくりと穿《うが》ち、味わうように中を這《は》いずるそれにはどうしても慣れなくて、逃げるように身体は揺れた。

「こら、逃げるな」

「ひゃっ……く、くすぐった」

もぞもぞと身をよじっていれば、喉奥で笑った元就に耳を噛まれた。縁をゆっくり辿《たど》るように這う唇の感触がたまらない。簡単に息も体温も上がってしまって、スーツのままの肩にしがみつくと、何度も濡れた音を立ててそこに口づけられた。

「あ……やっ……」

薄いやわらかな耳朶をたわめられる感触と音にぞくりとなる。聴覚からも煽《あお》られて、びくびくと身体が跳ねてしまう。そのたび疼きがひどくなる腰が、はしたない動きをこらえきれなくなっていく。

（どうしよう……）

もやもやとわだかまるそれに眉をひそめていると、こめかみのあたりに口づけられた。

「やっぱり怖い？」

「う……ううん」

問う声に反射的にかぶりを振りながら、佳弥は本当は自分でもわからなかった。

破裂しそうに鼓動は早くて背筋はぞくぞくするし、身体はひっきりなしに震えて泣きそうな気分になる。

たしかにこれは恐怖を覚えているのと似ているかもしれないとは思う、――けれど。

「こ……わく、ない。へーき」

どうあっても違うのは、どこまでも熱くなっていく肌と、指先からじんじんと疼くような甘い痛みだ。そして、解放されればただ寂しくなる。元就の体温を、せつないほど求めている。

(やめないで)

離してほしくないとしがみついた佳弥の表情に、混乱を見てとったのだろう。元就はすこしからかうように笑いながら言った。

「……したい？　やっぱり怖いなら、やめといてもいいよ？」

してもいいかと問うのではなく、そんな言いざまで意志を確認される。ある意味では意地が悪いけれども、意地っ張りな自分を知る彼からすると、それがもっとも有効な言葉だと知っていたのだろう。

「し……したい」

「そう。俺、風呂入ってないけどいい？」

「……いい……」

緊張している佳弥の強ばった頬を撫でる彼は、大人の余裕でそんなことを言った。

こちらは泣きたいくらい必死なのにと恨みがましく睨んで、だから声音は拗ねたものになる。

「元にいは、したい？」

「わかんない？」

だから質問に質問で返すなというのに。今度こそじろりと睨むと、悪かったと笑いながら抱きしめられる。

「……すごく、したいよ。佳弥がいやでも……我慢できそうにない」

「もとにっ……」

囁《ささや》くような吐息混じりの声を耳に吹きこまれ、ざわざわと全身が甘くさざめいた。

とっさに胸に顔を埋めれば、もう嗅ぎ慣れた彼のフレグランスと煙草の入り混じった匂いがして、じんわりと胸が熱くなる。

(あ、……あの匂いだ)

佳弥にとってこの香りは、なによりも安心するものだ。そして同時に、センシュアルな記憶にも結びつく。

雨の中、泣きそうになってしがみついたスーツからはこの香りが漂っていた。

そしてはじめて抱かれたときも、鶴田の部屋から救い出されたときも、元就の存在を強く感じさせるこれが、とても好きだ。くん、と鼻を鳴らして胸に顔をすり寄せると、やわらかい声の元就に「なにしてるの」と問われた。

「元にいの匂い、する」

「ん？　……気になる？」

うっとりしたままの佳弥があどけない声で答えると、髪を撫でる元就はかすかに目を瞠る。起きあがろうとした彼にかぶりを振って、佳弥は細い腕を元就の首に絡めた。

「ううん。これ、好き……」

我慢できないなどと言うわりに、いつまでもゆったりとした抱擁をするだけの彼に、焦れている。元就ももっと、自分と同じくらい熱くなってくれはしないかと思いながら、佳弥は抱きついた腕を強くした。

だが、少しの誘惑を孕んで囁いた言葉は、予想以上に恋人をくらくらさせたようだ。

「ったく……まいるね、もう」

「あっ？」

ぎゅっと、痛いくらいに抱かれて耳元に落ちた言葉がどこか苦しげな息を孕んでいる。皮膚の上を滑るような熱っぽい吐息に、佳弥は小さく肩を竦めた。

「匂いでその気になっちゃうなんてなあ」

「あ……へん？」

首筋に埋められた高い鼻梁《びりょう》が、敏感になった肌を震わせる。そのまま細いうなじまでぺろりと舐めあげられ、肩を竦ませて問いかければ、いいや、と元就は喉奥で笑った。

「意外に佳弥も大人だな、と思ってね」

「ん……？　よく、わかんない」

「わかんなくていいよ」

苦笑混じりに答えながらも、元就は薄い胸を撫でてくる。さきほどよりあきらかに熱っぽさを増した手のひら、なにかを確かめるような動きが気になって、佳弥は急にうろたえた。

（な、なんか、違う？）

小刻みに跳ねる心音が少し苦しい。うろうろと視線を泳がせれば、元就がまた笑った。

少し身を起こした彼の手がネクタイをほどく仕種がやけに卑猥に見えてどぎまぎする。

ジャケットを脱ぐ肩の動きも、シャツ越しにもわかる均整の取れた身体にも、喉が干あがるほど興奮している自分を知った。

どうも自分は、元就の背中や肩の筋肉が動く瞬間や、長い指が衣服をはだけるといった、そんな些細な仕種に弱いらしいと、佳弥は羞恥とともに自覚する。

そしてきれいな長い指が、ついに佳弥のフリースにかかる。羽織っただけのそれは、いともあっさり脱がされた。まだ、ほんの一枚を剝がされただけなのに、頭が煮えそうなほど恥ずかしい。

「じ、……自分で脱いだ方がいい？」

「いいから、ごろんとしてなさい」

ただ寝転がっているのがいたたまれずに口にしたそれは、ひとことのもとに却下され、みずからのシャツのボタンを外す元就の指を凝視したまま、赤い顔で佳弥は呟く。

「ごろんと、って……だって、それってなんか」

「なに？」

口ごもっていると、悪戯《いたずら》っぽく笑った元就が顔を近づけてくる。ボタンをはずしたシャツの隙間から、元就の引き締まった胸が見えた。それだけでじんじんと身体が痺れて、どうすればいいのかわからなくなる。

「なんか、よくわかんないけど、恥ずかしい……」

真っ赤な顔できゅっと目を瞑り、握った震える手をその上に当てれば、宥めるようにその指先に軽い口づけが落とされた。

やさしい仕種に、なおのこと緊張感は高まった。身の置きどころのないような感覚に、佳弥は小さく身を丸め、きゅっと唇を噛みしめる。

「脱がされるの恥ずかしい？」

自分の鼓動ばかりがうるさく響く耳に、布の落ちるぱさりという軽い音がした。ついで、頬を撫でながら問いかけてくる甘い声に頷いて目を開くと、そこでまた佳弥は泣きたくなる。

「う……それだけ、でも、ないけど」

覆い被さってくる元就の上半身は、もう裸だった。広い裸の胸に包まれると、これだけでどうにかなりそうだと佳弥は身体を捩った。

（もう……どうしていいか、わかんない）

縋《すが》る勢いのままに告白したあの夜、高揚に巻かれるように抱きしめられ、離さないでほしいと縋った。たしかにはじめての経験に、恥ずかしかったし怖かったけれど、こんなふうにじんわり汗ばんでしまいそうな羞恥を感じることはなかったと思う。

無我夢中だったのは、言いしれぬ恐怖や不安、焦燥といったマイナスの感情に、佳弥が混乱していたせいもあるだろう。

だがもっともあのときと違うのは、このゆったりとした――おそらくは元就が意図的にそうしているのだろう――時間の流れと、そして。

佳弥自身が、これからなにがはじまるのかを、もうすべて知っているからだ。

ひとつずつ丁寧に暴かれて、身体の表面だけでなく、内側まで探られて、全部を元就に教えなければならなくなる。

恥ずかしい顔、恥ずかしい声、恥ずかしい——欲望の、全部をだ。

「……なんで元にい、平気な顔なの」

「べつに平気じゃないよ？」

ちょっとエッチな感じに笑う元就の方が、露出度でいえばぜんぜん上だ。なのにひどく平然として見えるから余計、複雑になる。

「嘘だあ……」

「嘘ついてどうすんの、こんなときに」

そしてどんな格好であろうと、さまになる元就にくらべ、自分は——と考えるとさらに落ちこみそうになった。

(俺……みっともなく、ない？)

泣きわめいた自分を覚えている。抱きしめてほしいと願い、自分からせがんだくせに、乱れる自分を知られるのはやはり、たまらなく怖い。

そんな不安が表情に表れたのだろうか。静かに微笑《ほほえ》んだ元就は、強《こわ》ばる頬を撫でて言う。

「俺も、恥ずかしいよ。佳弥とこうして、身体くっつけてる。心音聴かれたら、動揺してるのが丸わかりで、顔作ってるのが精一杯だ」

ほら、と抱きしめられ、裸の胸に耳を押し当てる。そこからはたしかに、高鳴る鼓動が聞こえた。

「どきどき、ゆってる」

「うん。……こういうのの方が、裸になるよりもっと恥ずかしいだろ」

全部を見せるのはおまえだけじゃないよと、そうして元就は教えてくれる。けれど佳弥はなだめられるどころか、さらに熱くなった顔をくしゃくしゃにしてしまう。

「はずかし、よ……」

あげくに、しゃあしゃあと言ってのける元就の声や、佳弥の耳をくすぐる仕種から醸し出される気配の濃厚さに、顔が熱くなるばかりだ。

「でも、そういうのってよくない……？」

「そんなの、わかん、ないっ」

いいとか、悪いとか。そんなことじっくり考える余裕なんかまるでないのに、意地が悪いと涙目になって睨んださき、声ほどにやわらいではいない元就の視線があった。

「やっぱり怖い……っ」

「だぁめ」

「や、やだ、……んんーっ」

悲鳴をあげたくなって腰でいざれば、両腕を摑まれて唇を塞がれた。何度も角度を変えて吸われてしまうと、押さえつける必要もないほどあっさりと身体の力は抜けてしまう。

「怖いのが、俺じゃないなら……遠慮しないよ」

「やん……っ」

含み笑った声で告げた元就に、耳の下のやわらかい皮膚に痛みが走るほど強く吸われた。ひくんと反り返った腰を抱かれ、パジャマの裾から手のひらが侵入してくる。

「嘘じゃないって証明してやる」

「あっ、ふ……っ、う、ぅんっ？」

あちこちに与えられる刺激に、一瞬その囁きの意味がわからなかった。なんの話、と言いかけて、佳弥ははっと目を瞠る。

――退院したら、恥ずかしくても逃げらんないくらい、してやるからな。

あのひとことを今夜、元就は実証する気なのだろう。つまりこれから、逃げられないくらいに『する』ということなのだ。

(煽《あお》るようなこと、言うんじゃなかった……)

元就の本気を知ったとたん、嬉しいのか怖いのかわからなくて泣きたくなった。

「ふあ……っあ、あ、ふゃっ」

脇腹を何度も撫でられ、形を確かめるような所作にひくひくと息を呑み、そのくすぐったさがただの皮膚感覚ではなくなる瞬間をじっと待つしかない。

「んんー……っ」

唇を噛んで歯を食いしばっていると、くすぐるように尖らせた舌で舐められる。

ほどけた唇をふわふわと甘く噛み、またとろりと舐められ、開いた隙間にいっぱいに元就の舌を押しこまれる。

(うう、口の中、全部舐められてる……っ)

激しさに怯える舌が縮こまるより早く、まるで掬《すく》いとるみたいに元就の器用な舌に捕らわれた。そのまま彼の口へと引き込まれ、まるで容赦がなく、しごくように舌をきつく吸われた瞬間、じんわりと涙が滲む。

「ん、ふ、ふうっ……ふー……っ」

元就の舌と自分のそれが絡みあう、濡れた音が口蓋から響いてくる。秘めやかなその響きに、甘く鼻にかかった喘ぎが混ぜこまれるころには、佳弥の身体は不規則に跳ねていた。

だが、不慣れな口づけにそうそう酔ってもいられなくなるのは、あまりの長さに本気で息が苦しくなったせいだ。

(いっ、息、できなくな……っ)

少しだけ待ってと言いたくて、佳弥は広い肩に手をかけ、かすかに押し返した。

「んん、ふ……っあ、ま、まっ……!?」

はふはふと荒い呼吸で、少し休憩させてくれと言うつもりの佳弥は、しかし顔中を赤らめて硬直する羽目になる。

「……なに？」

「あ、あう……」

顔をあげた元就が濡れた唇を舐める仕種、少しだけ細めた瞳が潤んでいて、どうしようもなくいやらしい。心臓が壊れそうなくらい高鳴り、わななく手の甲で口元を覆った佳弥は、元就のあまりの色香にたじろぎ逃げようとして、しかし果たせなかった。

「あ、……んっ！」

「ん？」

重なりあい押しつぶされた身体の間では、口づけだけでじんわりと熱くなった佳弥自身が形を変えはじめていた。

薄いパジャマだけではごまかしもきかず、長い脚を挟みこむ体勢ならばなおさらだ。いたたまれなくて、いますぐ逃げたくなった。そのくせ、この腕をほどいて欲しくない。矛盾に困惑するままの佳弥に、やんわりと唇を弓なりにし、そのくせ目は笑わないままの元就が顔を近づけてくる。

「なんでもないなら、するよ？」

するりと胸を撫でた手のひらが、なにかにひっかかった気がした。長いキスの合間に乱れよじれた衣服は、佳弥の未成熟な身体をあらわにして、元就の手のひらを大胆にさせる。

「く、すぐった……い」

「どこらへん？」

本当はそれだけでないものも感じていたけれど、どうにか刺激の少ない状態をともぞもぞと逃げる身体に、元就の追求は厳しかった。

「あ、や……こ、腰くすぐった、やっやっ！」

腰に回った手のひらが、背骨の消失点から丸く盛りあがった尻までをしつこくなぞる。しかも敏感な左側ばかり撫で回すから、びくりびくりと身体が跳ねた。

「や、だめ、そこ撫でちゃだめ……っ」

そのたび、太腿《ふともも》の間に挟みこんだ元就の長い脚に、高ぶりかけたものがこすれる。なにをどうしても快楽の逃げ場がどんどん塞がれていくようで、佳弥は本気で泣きたくなってきた。

「ふうん。……ここ、弱いんだ」

おまけに絶対に元就はわざとやっている。いま気づいたようなことを口にするけれど、その声はいかにもとぼけた感じだからだ。

「や……だ、そこ、やぁ……っ」

佳弥がひとりでびくびくしているうちに、パジャマのボタンもすっかり外された。着崩れたクリームイエローのパジャマの布地から、ほのかに染まった白い胸元があらわになって元就の瞳を眇《すが》めさせた。

「佳弥、赤ちゃんのときとおんなじ色だな」

「っ！　……ばか、ばか……っ」

どこのことを言われたのかなんて、いやでもわかってしまう。電気を消してとせがんだのに、今日はブラインドが降りているからいいだろうと、結局元就は意地悪だった。

「かわいいって言ってるのに」

「や……あっ」

長い指先で胸の真ん中をそっとなぞりあげ、手触りも変わらないなんて笑わないでほしい。舐めるような視線にさらされ、まだ触れられないままに尖った赤いそこが、いつどうなるのかと怯えるように、よけいに敏感に疼いてしまう。

肉の薄い胸が鼓動にあわせて跳ねているのが目で見てもわかる。その上にぷつんと盛りあがり、なんの役にも立たないくせに、期待だけでしっかり感じる乳首が恥ずかしい。そんな自分をごまかすために、佳弥はうわずった声を発した。

「なん、なんか、元に……っやらしいよ……っ」

「そうだよ」

「あー……！」

なじる言葉もあっさり肯定され、不意打ちで小さな胸をきゅっと吸われた。のけぞり放った声があまりに卑猥で、佳弥は反射的に口元を手のひらで塞ぐ。

「なに？」

「だ、……だって、声」

母さんに聞こえたらまずいと告げると、さすがに元就も考えたようだった。一瞬押し黙った彼は、しかしすぐに長い腕を伸ばし、ベッドサイドからリモコンを取りあげる。

「んー、……じゃ、こうしよ」

コンポステレオから聞こえてきたのは流暢《りゅうちょう》な英語混じりのDJトーク。ラジオから流れる洋楽で、静かだった部屋はそこそこ賑やかになった。

「これでいい？」

「う、……うん」

やさしく笑われて額をあわせて覗きこまれ、頷いた佳弥は震えながらその背中に腕を回す。本当は、梨沙に聞こえるかどうかなど、どうでもよかった。

イギリスのヒットチャートがどんなに音量を大きくしても、こんな距離ではきっと、自分の息遣いも声も、元就にはすべて聞こえてしまう。

それが恥ずかしくてたまらないのだとは、しかしいまさら言えるはずもない。

「ん……っん、ん」

口づけられながらそっと脚を撫でられ、そのままつるりと下肢を暴かれた。震えた舌を、あやすようにやさしく何度も甘嚙みされる。

「あうっ」

「……ここ？」

下着ごと抜かれた衣服が膝の内側を滑って、またひとつ弱みを見つけたと言うように元就は口角をあげた。膝頭《ひざがしら》を大きな手のひらに包まれて、くるくると何度も撫でられ、佳弥は声も出せずに意味もなくかぶりを振る。

腰を触られたときもそうだったけれど、思わぬところに官能の湧泉《ゆうせん》はあって、本来の性器とはまるで関係ないところを撫で回されるたびに、脚の間が硬く張りつめてくる。

じんわりとした熱が、元就の触れた場所から流れこんで一カ所に集まり、そこからまた全身へ散らばっていく。

「あ……あ、ああっう！」

ふわふわと身体が浮きあがるような気がした。必死にこらえても、気づけばまたねだるように腰が揺れている。ぴんと尖った乳首を摘まれた瞬間、佳弥は自分でも驚くような甘ったるい声をあげていた。

「気持ちいい？」

「……っく、ふ。う……うんっ」

がくがくと身体中が跳ねもう張る意地もなくなった佳弥は、意地悪な問いに素直に頷いた。

腿に挟んだ脚にそこを擦《こす》りつけるような、あからさまな動きをみせる身体がもう、制御できない。

ぎゅっとしがみつき、もうどうにでもしてくれという気分で目を閉じた佳弥はふと、震える自分を抱きしめる元就の唇が、何度も繰り返し、肩に口づけているのに気づく。

（あ……）

そこが、鶴田に殴られ傷つけられた箇所《かしょ》であることに思い至ると、指や唇に与えられる快楽とは違う熱が、胸にじんわりと染みてくる。

意地悪な愛撫でじりじりと追いつめてくるくせに、やさしくいたわるような口づけも同時にくれる。そんな元就だから、逃げるに逃げられなくなってしまうのだ。

「痕……ない……から」

打撲と脱臼だけで済んだそこには、もういまではなんの痕跡も見あたらない。かさぶたになった軽い擦過傷も、新しい皮膚に既に変わってしまっている。

あるのはただ、痛みの記憶と――もうひとつ、あのおぞましい感触だけだ。

記憶を塗り替えるように口づけてくる元就がひどくいとおしい。大事に触れられていると実感するそれが、佳弥の瞳に涙を滲ませ、そして気持ちを、どこまでも大胆にさせた。

「元就……」

「ん……？」

佳弥は弾む息混じりの声で彼の名を呼ぶ。それに応えるように少しだけ身を起こした元就の、微《かす》かに汗が浮いた肌が眩《まぶ》しかった。

長い髪を乱れさせる彼の艶めいた姿に、自分の中の激しい情動が渦巻くのを佳弥は知る。

「ここ……ここに」

「そこに……？　なに？」

唇が慰撫《いぶ》する場所へ指先を触れさせ、これから自分が言おうとすることに臆して、佳弥はこくりと息を呑んだ。

いやらしいやつだと思われるだろうか。それでも熱に朦朧《もうろう》とする中で知ってしまった、あの忌《い》まわしい感触を、元就のそれで消し去りたい。

「ここに、……元就の、か、……かけて……ほしい」

大胆な――というよりも場合によっては引かれるかもしれない発言に、佳弥は自分で言っておきながら眩暈を覚えた。軽蔑されたらどうしようかと、口にした次の瞬間には後悔がはじまって、しかし。

「佳弥……」

淫《みだ》らな哀願を耳にした彼は、佳弥が不安がったように、呆《あき》れたりしらけることはなかった。

しかし、瞳をかすかに曇らせる元就にとって、佳弥の発言はむしろ痛ましいと感じられたことを、その低い声の響きで知る。

「あんまり煽るんじゃないって」

「こういうの……嫌い？」

元就は、小刻みに震えている佳弥の指を取り、涙の引いた目尻に舌を這わせてくる。いまさらながらうろたえている幼い心ごと抱きしめ、元就はそっと囁いた。

「いや。嫌いじゃないけど……俺が、やばくなるから」

「……っ、あ」

「ほんとにまいってるよ。おまえがなに言っても、……いや、言わなくてもやばい。こんなふうに」

そうして握りしめた指は、その長い脚の間に導かれる。触れて確かめさせられた熱の、あまりの高さに臆して、佳弥はびくりと肩先を跳ねさせる。

「怖い？」

静かに問われて頷いた。嘘も虚勢も、触れた肌で動揺を伝えてしまうこの状態ではもう無駄だと思っての素直な反応に、どこか痛いような顔をして元就は呟く。

「俺もね、怖いよ」

「元に、……もとなり、も？」

「そう。ちゃんとね、大事にしてあげたいけど、ちょっと自信ない。それで佳弥に、怖いって思われるのも……怖い」

考えてもみなかった発言に佳弥が目を瞠ると、苦笑を浮かべた元就は、そっと耳を噛む。震えあがりながらも、佳弥は自分からはけっして離すまいと、広い肩にしがみついた。

「だから、するのが本当にいやじゃないなら、佳弥が脱がせて」

「元就……っ」

甘く低く囁く声に唆《そそのか》され、もうなにも考えられなくなった。ただおぼつかない指先でスラックスのボタンに手をかける。だが力のはいらない指が震え、ファスナーを下ろすまでで精一杯で、どうしたらいいのかと涙目のまま彼を見つめる。

「や……やじゃないんだ、でもっ……」

「ああ、……わかった」

上手くできないことに焦れた佳弥の指を、これも少し荒い所作の元就が捕らえて摑む。うまくできない、どうしようとうろたえていると、痛いくらいに佳弥の手を握りしめた元就は、うっすらと濡れた瞳で微笑んだ。

「いいよ、充分わかったから。……ありがと」

くらくらしそうだと笑う端整な顔立ちに、自分こそ眩暈がしそうだと佳弥は思う。

「もとに……」

「もうやめない。それでいいな？」

「うん……！」

哀しくもないのにくしゃくしゃに顔が歪んで、泣き出しそうなその瞼にやはり、やさしい口づけが降りた。

やわらかな彼の唇に触れられるたび、とろとろと身体が溶けてしまいそうだ。弾む胸をこらえて縋りつけば、同じ強さで抱きしめてくれる腕が脳まで蕩《とろ》かす。

「んん……あうっ……あ、あ！」

「佳弥……佳弥」

囁くように名を呼ばれると、獣めいた息遣いが唇に触れた。元就もまた興奮していると知った瞬間、大きな声があがった。どうにかなりそうだった。

肩から腕を這った長くきれいな指は、そのまま佳弥のほっそりした手首を撫でるように伝い、全て絡めあわせるやり方でつながれた。空いた手のひらで薄く頼りない胸を撫であげられ、肉がたわむ感触は少し痛いけれどもたまらなく心地いい。

「あっ、あっあっ……あ！」

指先でやわらかく摘まれた乳首から、なにか甘い物質が生まれていく。それがじんわりと血に混じり、ちくちくとした刺激を与えながら広がるような感覚に身を捩《よじ》れば、触れあった腰の間もこすれてまた甘い悲鳴をあげた。

肌の上を絡んでぬめる、元就の舌に濡らされて、身悶《みもだ》えればどうしても身体が逃げた。そのたびに追いかけられ引き寄せられて、ひたりと触れあう裸の胸の広さに泣きたくなる。

「うっ……うっん……いや……っ」

「いや……？」

本当に？　とたちの悪い声で問われ、吐息混じりのそれにぞくぞくと背中が痺れる。かぶりを振っても、本当は嫌じゃないから困るのだ。

闇雲になにかを叫びそうになり、震える指先にたぐったシーツを握りしめる。

「ど……しよ……」

「ん……？」

自分の形さえも溶けて流れそうな感覚を緩やかに与えられて、それなのにどんどん切羽詰まっていく。恥ずかしくて怖い。こんなにいやらしく乱れて、呆れられないかと思えば竦み上がりそうな心があるのに、ただ。

「嬉しい……よお……！」

ぎゅうっとしがみついて、あやすように髪を撫でる仕草に許されてしまうと、どんなことだってされてみたい自分がこらえきれない。

汗ばんだ頬をすり寄せれば、くっと元就の口元があがった。

言葉としてこそ返ってはこなかったけれども、その表情に彼の噛みしめた幸福のようなものが見えるようで、気恥ずかしい。

「……俺も」

嬉しいよ、と囁く声さえ愛撫のようで、ひくりと喉が震える。無意識に崩れた膝に手をかけてさらに開かされ、より密着する濡れた身体がシーツを滑った。

「ん……」

元就の整った指先がつついた唇が自然に開いて、本能的にそれを吸うと頭上の恋人は痛みをこらえるような顔をした。

「ふ……っ！　あ、あっ」

そのまま胸に顔を伏せた元就は、張りつめて充血する小さな隆起《りゅうき》を舐めあげて、ゆっくりと重ねあった腰を揺すってくる。熱くなった場所がこすれあう奇妙な感触にまた逃げ出したくなって、それなのに。

「逃げるなよ……」

「あうっ」

囁きは鋭く、しかし懇願の響きをもって、佳弥の身体をくたくたとシーツに沈める。きゅう、とそこを握りしめられてしまえばもうたまらず、濡れている自分を知って息があがった。

「あ、んっ……も、元な……っ、んん！」

そこかしこを啄んでくる元就の唇はあまりにも心地いいから、うわずった声がまた止まらなくなる。過敏になった乳首をしつこく舌に苛《いじ》められて、それだけでもつらいのに器用な指が濡れた音を立てて絡んでくる。

「あふっ……あ、ああ……！」

痛まないようにやさしく、それでいて強く容赦がない手つきは、あの夜に一度だけ知ったものと違《たが》わず淫らだった。

この手を思い出しながら、本当は何度か自分を慰めたりもした。隣の部屋にいる彼が、いまなにをしているんだろうと思えばひどく高ぶって、布団にくるまって声を殺しながらいじったそれはいつも、もっと大きな手に触れられたいと震えて泣いていた。

「佳弥」

「ん……んん……？」

つらつらと思い出しては勝手に恥ずかしくなっていると、見透かしたようなタイミングで名前を呼ばれてぎくりとする。

必要以上にうろたえたせいであらわになった動揺は、元就に悪い笑みを浮かべさせた。

「自分でした？」

「ひゃ……うっ」

ここ、と手のひらに包みこんだそれをつんつんとつつかれて、声が裏返った。跳ねあがった腰で淫らな問いかけの答えを教え、佳弥の身体は羞恥に赤く染まった。

細い肢体を静かに眺めおろした元就は、声をひそめて淫らに囁いた。

「ひとりじゃできないこと、しよっか……？」

「ん、や……っ、な、なっ……！」

まさか、と潤んだ目を瞠る佳弥の頬に軽く口づけ、元就は膝頭に手をかけた。抗うにも、一番の急所を摑まれていては逃げようもない。

「待って、ま、……あ、やだっ……！」

「待たない」

あっさりと持ちあげられた細い脚が、抗う意志を表して空を蹴る。けれど、開かれた脚の間にちょんと口づけられてしまえば甘ったるい悲鳴しか出てこない。

「あ、あ、う……っ、やだ、食べたらや……っ」

ぱくりとくわえられ、つるつると舐めあげられてはもがく他にできない。

普段ならどうということのない場所に触れてさえ、ひどいくらいの快感を送りこむ元就のやわらかな唇。意識しただけで、くんと仰《の》け反《ぞ》った細い喉からは高い悲鳴が放たれた。

「ああ、んあっ、うー……っう、やあっ、それ、やー……！」

「やじゃないやじゃない」

軽く音を立てて口づけたかと思うと、やわらかく甘嚙みして唇で扱《しご》かれる。ねっとりした口腔に含まれればうねる腰の動きが卑猥に乱れ、佳弥はあっというまにだめになってしまう。

「いあっ……ひ……！　やだ、はなっ……離して」

吸われるたび、性器が痛いくらいに硬く張りつめる。舐められればそこから溶けてしまいそうで、繰り返し襲ってくる相反する感覚に耐えかね、佳弥は髪を振り乱した。

「出ちゃ、……で、ちゃう……なんか……っ」

「いいよ。……飲んであげようか」

「やだ……!! や、やめ……っ」

冗談でもそんなこと言わないでほしい。もうやめてくれと佳弥は必死にもがいて顔をあげ、制止の言葉を発しようとした。だが、霞む目を凝らして身を起こした佳弥は言葉を失う。

(うそ——……!)

元就の唇が、自分になにをしているのか。視覚として受け止めたそれはあまりに衝撃的で、身体中の力が抜けていく。

「佳弥……?」

視線に気づき顔をあげた元就が、唇をゆったりと淫らに舐める。その舌の動きにも頭を強く殴られたようなショックを受け、佳弥の顔はうにゃ、と歪んだ。

「なん……なんで、それ、……そんなの、舐めるん……っ」

震えわななないた声は、かすれて小さなものだった。色素の薄い瞳にたまった涙がぼろぼろとこぼれ、佳弥は息の荒い口元を指で押さえる。

「っも……しない、で……俺、死んじゃう……っ」

「……っ」

弱くかぶりを振ればなぜか、元就はその肩を震わせた。そして抱きしめた脚の内側、わなないた腿に頬を寄せ、軽く唇を押し当ててくる。

「ああもう……おまえほんっと、やばい反応ばっかして」

「え……な、なに……あ、ひわっ……！」

ため息のような呟きの意味がわからず瞬きをする佳弥に、なぜか不機嫌な顔をした元就の長い指が、腰の奥に触れてくる。ぬめった感触は少し冷たく、熱のこもった場所を開かれると、腿がびくりと跳ねた。

「……痛いか？」

「たく……な、けど……っ」

なにか塗ってでもいるのか、濡れたようになめらかな指は入り口を押し揉むようになぞり、そのたび抱えられた脚が跳ねあがった。ゆっくりと乗り上がってきた元就の影がひどく大きくて、それは頼もしくも怖くも感じられる。

「これは……？」

「ん、……へ、き……」

重なったあたたかな胸にほっとして、翻弄され続けたための怯えは現金にも消えた。震える腕を伸ばし、首筋に抱きつけば、片頬で笑う元就がゆっくりりするよと言った。

「ん……ん、ん」

口の中にたまった唾液をこくんと飲みこみ、じりじりと侵入してくる元就の指を許した。元就はしばらくぶりの行為に閉じてしまったそこを、ずいぶんと辛抱《しんぼう》強くやわらげてくれる。

圧迫感と軽い痛みをこらえつつ、佳弥はほんの少し申し訳ないような気分にもなる。

「……ごめん、ね？」

「え？」

女の子であればいいとは、佳弥は思ったことはない。けれど、彼に愛されるためにはずいぶんな手順が必要なこの身体を、元就は面倒とは思わないのだろうか。

「俺……慣れてない、から」

情けない、少しの惨《みじ》めさを覚えた心情を吐露するのはうまくなくて、佳弥は口ごもる。

だが、元就はその言葉に苦く笑って、思ってもみないことを言った。

「冗談じゃないよ……慣れてたら困る」

「……え？」

困るとはなにが。見あげたさきにはやさしい、けれど真剣な瞳があって、吸いこまれそうな澄んだ黒さに佳弥は見とれた。

「俺以外に、こんなことさせるなよ。絶対」

おまえだってそう言っただろうと告げる、強い欲を孕んだ声にぞくぞくした。言葉もなく頷けば、微笑んだ元就の指先がさらに深みへと入りこんでくる。

「あう……！」

「慣れるなら……俺に慣れて」

元就の指は根気強く小さく狭い場所をやわらげ、熟れた性器へと変化させる。濡らされながら徐々に増やした指で中を拡げられていくのが、気持ちいいのか怖いのかわからない。

「んあっ、あ……んっ！」

しっかりと一番感じる場所を覚えていたいけない指に、鋭敏な箇所をぬらぬらとした小刻みに擦られ、ままならない身体が何度も跳ねあがった。

「あっあっ、もと……だめ、へん、だめ……！」

じたばたともがき、しがみついた元就の身体もしっとりと汗にまみれている。

浮きあがった腰がゆらゆらと泳いで、粘膜は誘いこむような蠕動《ぜんどう》をはじめた。自分の身体の変化に戸惑う佳弥を、強い腕が抱きしめる。

（なに、これ……これなに……！）

頭の芯が熱を持って苦しい。後頭部をシーツに擦りつける仕種がどれだけの蠱惑《こわく》を持つのか知らないまま、汗に濡れた佳弥の身体は薄赤く染まり、長い腕に抱かれてうねるしかない。

「痛くない？」

「いた、痛くないからもぉ、も……っ、はやく……！　ね、も……おね、が……っ」

なにを口走っているのかもわからない。元就の指で濡らされたそこはすっかり甘く蕩けて膨らみ、次第に物足りなささえ感じて、このままではおかしくなると佳弥はしゃくりあげた。

（へんになる、へん、もう……だめ）

きゅうきゅうと物欲しげに指に吸いついている身体が恥ずかしい。どうにかしてくれと背中を撫で回し、なにか卑猥なことを口走りそうで怖くて、自分から唇を求めた。

「んふ……っあ、あ、あっ」

限界まで広がった脚の奥には待ちわびた元就の熱があてがわれる。心臓がもうひとつそこにあるかのように脈打って、元就の為の場所が彼を食べたいとひくつくのがわかった。

力を抜いていろと元就の声が言った気がした。朦朧とするまま、もうどこにも力がはいらないと佳弥は腰を抱く腕にすべてを預ける。

「んー……！」

ゆるりと入りこんできた先端を、痺れて熱い粘膜が感じた。胸の奥でなにか熱いものが入った袋が破れたように、ぱっと散らばっていく感覚が佳弥の呼気を忙《せわ》しくさせる。

「あ、は、……あ、ひらく、そこ……っ、ひらいちゃ、う」

「う……っ」

埋めこまれるそれに思わずそんな言葉が口をついて、元就がくっと息をつめたその瞬間体内にあるものがまた容積を増した。

「佳弥、マジ勘弁って……っ」

「やあっな……あ、あっ！　ああん……！」

びくん、と反射的に脚を閉じるけれど、却って元就を締めつけてしまい、呆れるほど淫蕩《いんとう》な声がこぼれてしまう。

「まったくもう、こいつは……」

とんでもないことを、無意識で言って煽るな。体感を持てあましてしゃくりあげるばかりの佳弥に、加減しつつ腰を送りこんでくる元就は、苦い顔で呟いた。

「う、あ……ああ、ん、……な、にぃ……っ？」

鋭く短い息をつく彼の言葉は苦い響きだった。なにか変なことでも言ったのかと佳弥が濡れた瞳をこらすと、余裕のない元就の真剣な顔がある。

「へ、んなこと、ゆった……っ？」

「ある意味、変じゃないんだが……まあいいさ」

「な、なに……あん！」

なにかを諦めたような声が不思議で、しかし佳弥がそれを追及する前に強く、沈みこんだ腰を揺らされた。語尾がぐずぐずと蕩け、また小さく喘ぐしかできなくなってしまう。

「いろいろ予想外だったんだけど……この場合、喜んでいいもんかなってね」

「なっ、にが、って……きっ訊いて、んあん、あっあっ」

「いいって……もう、ほら」

感じてなさい、と言うように、大きなものがぬめる内部を幾度もこする。

（あ、すごい、熱い……っ）

元就のそれが熱いのは、激しく動いたりするせいなのか、それとももともとの熱さなのだろうか。揺らされながらふと思ったことの卑猥さに気づき、佳弥はくらりとした。

「や……俺……お、れ……っ」

「ん……？」

「なんか、……え、えっちな、ことしか……考えてない、みた……っ」

身悶えながら喘ぎ喘ぎ言うと、苦笑した元就が深く口づけてきた。

「なに考えた？」

「や、や……っ」

舌を舐められながら問われ、言えないと佳弥が泣けば、なだめるように背中を撫でられる。

「まあ……最中に他のこと考えられるより、いいんじゃない」

「んっふ……うっ、うっ……だ、め……そんっ、あっ！」

次第に激しくなる動きにスプリングが跳ね、微妙な反動がまた最奥《さいおう》に響いて佳弥は仰け反った。突き出すようになった胸の尖りを指で転がされ、淫らにつながった場所を穿つ元就に、しゃくりあげながら佳弥は訴える。

「や、も……きもち、いっ、お……お、かしく、なっちゃ……っ」

「なりな。……そのまんま、エッチで可愛いから」

元就の声が悪い薬のように身体を侵して、知らず知らずうねるように腰が動いていた。

ぴったりと身体を重ねて揺すられるから、佳弥の張りつめた性器が身体の間でもみくちゃにされて、痛いのに快くてひっきりなしに声をあげてしまう。

そうしてわけもわからず暴れ出しそうな腰の奥に、なにかが当たった。

「ひやっ……んー……！　ふあっ、あっあっ！」

「……痛い？」

突然大きくなった悲鳴に、元就は律動をゆるめて顔を覗きこんでくる。

（やだ、なんか……びくびくしてる）

じっと待たれてしまうと、よけいに体内での彼を大きく感じた。それを包みこんだ自分の身体が、物欲しげに蠢《うごめ》いているのもはっきりとわかって、いや、と佳弥は肩に縋ってせがむ。

「佳弥……平気か？」

「や、っは……ち、違う、やめ、ないで……っ、動い……て」

気遣う声にさえ感じてしまう自分を浅ましいと思いながら、思いきり揺さぶってほしいとねだるのは、言葉だけではなかった。

もどかしい、もっと来てほしいと尻を揺すり、先をねだる佳弥の脚が恋人に絡みつく。

「ね、ねえ……もとに、ねえ……ここ、して……っ」

「う……っく」

そのとたん、低く呻いた元就の広い背中がぎくりと強ばる。首筋に熱い息を吹きかけられ、佳弥はそれだけでもおかしくなりそうだったけれど。

「たく、もう……っひとの気遣いをことごとく無駄にするよ、おまえはっ」

「ん！　あ！　……ああい……っ、いっんっ……んうんっ」

舌打ちをした元就が、もう知るかと吐き捨てた。細い腰を痛むほどに摑まれ、歯の根があわないほどに突きあげられる。激情をあらわにした元就の律動を、朦朧《もうろう》としたままましがみついて受け止めた佳弥の口からは、蕩けたような声しか出てこない。

「あ……きもちい、よぉ……いい……っ」

激しい動きさえも柔軟に飲みこむやわらかな場所は、間欠的に男の性器を締めあげてうねうねと蠢いた。腰骨に指の食いこむ感触も、嚙みつかれた乳首も痛いのに、よくてよくてたまらない。

濡れた音を立てて深く強く押しこまれ、引いていく瞬間には身体を追うように腰が浮いた。元就の長い髪が汗で湿っているのを指に絡め、唇が欲しいとせがめばそのまま与えられる。

「ンふぅ……っ、うっ、ううっ」

舌も、淫らな熱も全部身体の中に入れて、めちゃくちゃにされているのが嬉しかった。

身体中を手の中で捏《こ》ねられて、形もなにもかも変わる。そんな錯覚がどこまでも深い官能を引き起こし、たしかなものを知りたくて伸びた指先はつながった場所に触れる。

「わかる……？」

「うん……うん、ここ……ここ入ってる……っ」

つながってるのが嬉しいと、あどけない淫らさでそこをさすれば、限界に近かった身体は同時に震えあがる。

「あ……あっ……もとなり……っ」

「ん……このままいい？」

「あっ、うんっ……！　で、でちゃ……うよ、でちゃ、よおっ」

緊張と弛緩《しかん》を繰り返し、徐々に訪れを知らせる終焉《しゅうえん》の予感に、まだ終わりたくはないような、早く来てほしいような混乱を覚え、啜《すす》り泣くような声が濡れた小さな唇からこぼれた。

「佳弥……ほら、言って」

「っん？　……ん、ん、んー……いくっ」

喉す声に瘧《おこり》のような震えがわき起こり、かたく抱いた腕の中で拙《つたな》い言葉がこぼれ落ちる。

耳朶を噛むその声と荒い息づかいが、とどめのように佳弥の身体を貫く電流になって、しなる腰の奥が痛いほどに元就を締めつける。

「もっと……」

「い、くぅ、いっちゃ……う、あっ！　──っあ、あんん！」

がくん、と跳ねた身体から熱く吹き出した飛沫と同じものが体内を濡らして、息をつめた元就の背中、張りつめた筋肉が手の中でうねるのを感じた。

(あ、なかに、来る……っ)

痙攣《けいれん》する身体を何度か揺らした元就に、ゆっくりと注ぎこまれるものを飲みこんで、佳弥はがっくりと脱力する。

「あ……あ、……はぁ……」

「大丈夫、か?」

汗ばんだ頬から髪をかきあげた元就が、まだ少し熱のこもる息を吐いて問いかけてくる。目顔で頷くしかできない佳弥は、荒い息をその胸元にこぼすのが精一杯だった。

しっとりと濡れた頬を両手に包みこまれ、あやすように撫でられる。心地よさに目を閉じ、吐息した唇がそっと啄まれて、ようやく鼓動が落ち着いてくる。

「もと、……なり」

「ん?」

ときどきまだ混乱する呼び方に、もうどっちでもいいよと笑った元就が、乱れた髪を撫でた。そのまま頬から首筋、肩へと宥めるように触れられ、とろとろとたゆたうような意識で微睡《まどろ》みかけていた佳弥は、ふと目を開いた。

「あ……あの……」

「どうした?」

一度熱の引いてしまった身体では、思い出してしまったそれを口にするのはひどくためらわれて、それでもいましか言えないだろうと佳弥は思いきって口を開く。

「……中……で、した、よね？」

「あ？　……ああごめん、いやだったか？」

どこかまずいか、と少し焦った顔をした元就に、そうじゃなくてと佳弥は口ごもる。

「じゃ、なくてあの……俺……ここに」

かけてって言ったのに、と細い指で肩を撫でた佳弥は、羞恥のあまり瞳を伏せてしまったせいで、その一瞬の元就の表情を見逃した。

「──佳弥。あのなあ……」

「え、だって……わ!?」

そうして頭上から降ってきたのは唸るような低い声と、身体が軋《きし》むような抱擁で、面食らっている内にまるで嚙みつくような口づけをされる。

「んっな、……あ、もとに……っ？」

「知るか、もうっ」

少しは身体で学習しろという彼の言葉の意味を佳弥は文字通り学ぶ羽目になった。

そのあと訪れた強引に引きずりこまれるような激しい行為の最中、泣きじゃくり、もうなにも言わないからと懇願しても、自分の言葉の責任は取るようにとしっかり教えこまれ──佳弥は本当に、くたくたになるまで疲れさせせられた。

「ほら、嘘じゃなかったろうが」

「もう、嘘でいい……」

そしてなかばやけくそのように居直った彼氏が、苦笑混じりで告げた言葉に、べそをかきながら恨みがましく、答えたのだった。

＊　＊　＊

すがすがしい冬の朝。一本の電話が元就の部屋に気まずい沈黙をもたらした。

佳弥は鳴り響いた着信音楽にも気づかずに、こんこんと眠る。その傍《かたわ》らではひとしきり冷や汗をかいた元就が、呆然と通話の切れた子機を持ってたたずんでいた。

「どうするか、佳弥」

ため息混じりに呟き、動揺もあらわに煙草に火を点けた彼の耳には、たったいま隣の家からかかってきた電話の内容が、わんわんとこだましている。

『元ちゃん。佳弥はそっちにいるかしら？』

いつものとおり、おっとりと若々しい声で問いかけてきた梨沙の声には、確信が溢れていた。返答に迷い、一瞬だけ沈黙した元就に対して、彼女はふふっと悪戯《いたずら》っぽく笑った。

『夜中にばたばたしていたからね。なんとなくわかったわ』

母の勘かしら、と小首を傾げる姿さえ見えるような声で梨沙は告げた。あげく二の句が継げずにいる元就へ、少しだけ口調を変えてきっぱりと彼女は言った。

『あのね。私もうるさいことは言いたくないけれど、佳弥はまだ高校生なの』

「は……はい」

『だから、あなたの良識の範疇《はんちゅう》で、節度をもったおつきあいでよろしく』

ぐびりと息を呑み、絶句した元就へ、佳弥に良く似た面差しの彼女は『お昼はつくっておくって佳弥に伝えて』と告げ、そのまま通話を切ってしまった。

それからずっと、男前の探偵は渋面のまま、ひたすらに煙草をふかし続けている。

(全部お見通しか……)

笑み含んだ梨沙のおっとりした声を、これほどまでに恐ろしく思ったことはない。

青ざめた元就はまじまじと恋人になったばかりの少年の寝顔を眺めながら、ぼそりと呟く。

「良識の範疇……ってどこまでが」

元就は長い指でくしゃくしゃと髪をかき混ぜ、そうして深く吐息する。

小さく身を丸めて眠る佳弥は、泣きはらした瞼をシーツに埋めていた。まだあどけない頬には少し疲れた色が浮いていて、それが佳弥の寝顔を奇妙に艶めかせている。

静かな寝息を繰り返すばかりの彼に、本来なら知らなくていいことをたっぷりと教えこんだ自覚は、元就にもさすがにある。

幼いころから見守ってきた大事な子どもに、こんな顔をさせる日が来るとは思わなかった。むろん、半端な気持ちで手を出したわけではない。それこそおそらく、佳弥が自覚するよりもずっと早くから、おのれのやましさは知り抜いていて、だからいっそ逃げてくれと祈るように考えていたのも事実だ。

――ず、っと？　って、どんくらい。

唇をはじめて奪った日に、いつから自分を好きだったのかと濡れた大きな目で問われて、答えあぐねたのはそのせいだった。

正直いって、佳弥が本当のところを知ったなら、怯えてしまうかもしれないと思った。それくらい、元就が佳弥に向けた情は根深く、あまりよろしくない執着も持ち合わせている。

産まれたばかりの佳弥を知っている。見たこともないほどにきれいな赤ん坊は、梨沙の細い腕に抱かれてにこにこと微笑んでいた。

――元ちゃん。この子、弟だと思って、仲良くしてね。

うつくしい顔をほころばせた梨沙に言われて、少年だった元就はひどく嬉しかった。母もいない自分には、そんな大事な存在が手にはいることはこの先ないだろうと諦めていたから。

父ひとり子ひとりで、忙《せわ》しなく言葉の少ない厳しい父への圧迫感を覚えていた元就は、幼いころからなんとなく自分の居場所を探していた。

隣家の夫婦はとても自分によくしてくれていたけれど、やはりそれは『隣人』としての情でしかない。なにより、図々しくして厭《いと》われることは避けなければと、いい子の仮面をかぶることに長《た》けていた元就は、そつなく振る舞い続けた。

誰に対しても優等生であり続けることは、習い性になっていた。特に面倒だと思ったこともなく、自分自身もそういう性格なのだと思いこんでいた元就に、不思議な感情をもたらしたのが佳弥だ。

すくすくと成長し、言葉を覚えて、真っ先に自分の名前を口にしたと言われて嬉しかった。佳弥のいちばんは自分なのだという事実は、少年だった元就には誇らしく感じられたのだ。

佳柾が忙しくなり、窪塚《くぼづか》家がふたり暮らしになったくらいから、元就と佳弥の仲はより密着度の高いものになった。目の離せない幼少期、家事に勤《いそ》しむ梨沙は子守をさせてごめんねと、いつも申し訳なさそうにしていたけれど、元就にとっては蜜月《みつげつ》のような時期だった。

佳弥はいつでも一緒にいたがった。たまに元就の姿が見えないと、不安そうに大きな目を潤ませ、きょろきょろさせているのがたまらなくかわいかった。

その顔を見たくてしばらく隠れていたけれど、結局泣き出しそうな顔をするのに耐えきれず、いつも自分から声をかけていた。

――佳弥、こっちだよ。

――あっ、もとにい、いた！

ふくふくした頬をばら色に染めて、一目散に自分だけを見て走ってくるその子が、転びはしないか、泣くようなことにならないかとはらはらしながら、力いっぱい抱きしめた。ふわりと甘い子どもの匂いを吸いこんで、そのたびに、泣きたいような笑いたいような気持ちがした。

早熟な元就は、こうした時間がさほど長くないことを悟っていたのだ。

母との死別や、もっと幼い時期、辞令による転勤の相次いだ父との生活で転校を余儀なくされて、ひととの別れに対する諦念のようなものはいつの間にか少年の心に芽生えていた。だから、不安だった。いつかこのかわいい子どもは大きくなり、この手を離れていくのだろう。こんなに自分だけを見て、こんなにもまっすぐに愛情をぶつけてくる存在を、いつ手放すことになるのだろう。

(それまで、精一杯かわいがろう。大事に大事にしよう)

誓った心は嘘ではなかった。しかし——佳弥が思春期を迎えたあたりから、少しずつ元就の中に変化が起きた。

きれいな赤ん坊はいつまでたっても愛らしいまま、うつくしい少年になった。手足が伸び、眩《まぶ》しいくらいに成長する佳弥の側《そば》にいることが少しずつ息苦しくなって、元就も戸惑った。

(あれは違う、そんなんじゃない)

劣情の対象にしていいような、そんな存在ではあり得ない。思いつめた学生時代、闇雲に遊んだり、むろんきちんと恋人がいた時期もある。

それでも毎度、肌を重ねた相手に言われるのは同じ別れの言葉ばかりだ。

――いちばん大事なのは誰？

デートの最中だろうとなんだろうと、佳弥になにかあれば飛んでいってしまう元就に、あるものは呆れて去り、あるものとは嫉妬のあげくの修羅場となって、疲れ果てた。

そうして、煩悶《はんもん》するまま試すようにいちどだけ男と寝たこともある。結果は最悪だった。はじめて知った男とのセックスで、確実に誰かを思い浮かべている自分を、まざまざと思い知らされただけだったからだ。

それから、いっそう元就の品行方正ぶりには磨きがかかった。無邪気に慕ってくる佳弥の前で、いつまでも『元にい』としてやさしく正しい自分でありたかったのだ。

なにより元就の抑止力になっていたのは、生前の父が常々言っていたことだ。

――いつまでも、佳弥くんに依存するな。

あの父は、元就の中にある執着めいた情をおそらく、見抜いていたのだろうと思う。まさかそれが恋愛に属する物だとまでは知らなかっただろうけれど、あくまでもただの隣人であることを忘れ、里中の家に図々《ずうずう》しく入り浸るなと年中叱っていた。

――あの家は、おまえの家じゃない。彼もおまえの弟じゃない。それを覚えておけ。

刑事を目指すならば情にかまけるな、冷静でいろ。孤独に耐え、そしてひとり生きていけ。

言葉少なに教えてくれた父を、尊敬していた。彼のように正しくありたいと思い、そうできない自分の弱さに苦しんだときもある。

だがその父が死んだことをきっかけに、元就はおのれの生き様の指針を見失った。警察という機構に対して年々覚えていた絶望感もひどかった。辞《や》めようとまで思うきっかけになった事柄については――既にもう、思い出したくもない出来事になって、曖昧な記憶の向こうにある。

そうして、いっそのこととやけくそ混じりにいままでのスタイルをかなぐり捨てれば、案の定佳弥に反抗されて、やはり『正しくない』自分に価値はないのかと、いい年をしてやさぐれるような気分にもなった。

だが元就にしてもいっそ、失望して離れてしまってくれるなら、その方がいいと考えるほどには思いつめていた。あの年頃の少年が、いちど見捨てた人間に対してどれほど冷酷になるのかなど、想像するにたやすい。いい年をして自分探しをするような男に呆れて、離れていくならそれが佳弥のためだと――そうして自分をごまかしていたけれど、佳弥はやはり佳弥だった。

梨沙と佳柾のまっすぐな愛情にはぐくまれ、いつまでも素直でかわいかった。憎まれ口を叩いて反抗するくせに、佳弥が完全に自分を見限ったわけではないと、どこかで知っていた。

そんなふうにかわいいままの彼を、自分から思いきることはできそうになかったけれど、慣れることはできた。

いい加減、十代から思いつめていた自分に疲れ果てていた元就は、そのうちかわいい彼女でも連れてきてくれる日を待てばいいかという程度には居直り、ただ静かに成長を見守ろうと、そう諦めていたのに。

「……無駄な努力だったかな」

泣きながら自分だけをかわいがってと訴えられ、あげく食べてと縋られては、どうしようもなかった。それを言い訳と悟りつつ、結局はいとおしさに負けた自分は相変わらず弱い。

梨沙や佳柾への申し訳なさ、そして佳弥自身への罪悪感も、ひとに言われるまでもないほどずっしりと重くのしかかって、呼吸さえ苦しくさせる。

それでも、そんなことで逃げ出す程度の想いではないから。

「顔出さないわけには……いかない、なあ」

梨沙はともかく、佳柾についてはこの先、一戦交える可能性もある。あの温厚で、けれど聡明な、理想の父親を地でいく彼は、そうとうに手強《てごわ》いことも想像に難《かた》くない。

だが、佳弥は言ったのだ。惑う情けない男に、後悔するなら捨ててくれと、泣いて真っ赤な、けれど強い真摯なまなざしで。それならば元就も、臆しているわけにはいかないだろう。

「とりあえず、目の前の梨沙ママか……」

なかなかにしたたかな恋人の母へ、顔をあわせたらなんと言うべきかと考えつつ。それでも元就の口元は笑みを浮かべる。

困難の前に立ち竦む中、それでもこみあげる幸福に負けてしまうのは、いとおしい寝顔があまりにあどけないせいだろう。

近距離過ぎる恋愛も、実にこれは困りものだ。くしゃくしゃになったパジャマを纏《まと》い、おそらく腰も立たない佳弥をさて、どうやって帰してやればいいのだろうと思う。

そして梨沙のまっすぐな視線の前で、どう言い訳をしたものか。

「まあ……とっくに覚悟の上だけどね」

うそぶいて、元就はやわらかな頬にひとつ、口づけた。

身の竦むような針のむしろも、この存在のためなら甘んじて受ける。護りきれなかったいくつかの苦い記憶も抱えて、今度こそ側にあり続けるための努力を惜しまない。

祈る形に組みあわせた手の中、細い指を握りしめ、しばしの安寧《あんねい》を噛みしめる。

夜半に降りやんだ雪がうっすらと積もる窓の外、午前の白い光を反射して、世界はどこまでも眩しい。

その光に包まれる至福の存在の眠りを、じっと元就は見守っていた。

あとがき

ルチル文庫創刊おめでとうございます。今回はその晴れ舞台に、昔のお洋服を引っ張り出して着てきたかのような気分で、ちょっとどきどきしています、崎谷です。

今回のお話はご存じの方もいらっしゃるかもしれないんですが、過去のノベルズの大幅加筆改稿となっています。番外編含め、単純計算で150P分ほど増えております。

なつかしくも愛着のあったこの話を、ふたたび世の中に出して頂くことになり、本当に嬉しいです。五年前の自分といまの自分の違いを見つめ直す改稿作業、苦しくも楽しい時間でした。元就と佳弥、きっといまいちから書くとしたらぜんぜん違うふたりになるんだろうなあ、と思いながら、そうとうに手を入れたため、当時とは少し印象の違うものになっているかもしれません。そしてイラストの梶原にき先生、ため息の出るようなうつくしいふたりをありがとうございました。また、担当さまをはじめこの本が出るまでに様々にご尽力頂いたすべての皆様に感謝しております。そして読んでくださったあなたにも、大感謝です。

この本の出る五月は、他社さん含め文庫やノベルズが一気に出る状態です。よろしければお見かけの際にはお手に取ってみてください。ルチルさんでもさほど間を空けず、お目見えする予定ですので、どうぞ皆様ごひいきに。


ウグイスの鳴き声がまだおぼつかない春に　崎谷はるひ

✦初出　いつでも瞳の中にいる………ラキアノベルズ「いつでも瞳の中にいる」
（2001年1月刊）を大幅加筆修正
いつでもあなたの傍にいる…同人誌収録作品を大幅加筆修正し改題

崎谷はるひ先生、梶原にき先生へのお便り、本作品に関するご意見、ご感想などは以下まで。
〒151-0051 東京都渋谷区千駄ヶ谷4-9-7
幻冬舎コミックス　ルチル文庫「いつでも瞳の中にいる」係
メールでお寄せいただく場合は、comics@gentosha.co.jp まで。

幻冬舎ルチル文庫

いつでも瞳の中にいる

2005年5月20日　第1刷発行

✦著者	崎谷はるひ　さきや はるひ
✦発行人	伊藤嘉彦
✦発行元	株式会社 幻冬舎コミックス 〒151-0051 東京都渋谷区千駄ヶ谷4-9-7 電話 03(5411)6431[編集]
✦発売元	株式会社 幻冬舎 〒151-0051 東京都渋谷区千駄ヶ谷4-9-7 電話 03(5411)6222[営業] 振替 00120-8-767643
✦印刷・製本所	中央精版印刷株式会社

✦検印廃止

ISBN4-344-80571-2　C0193　Printed in Japan